W0032218

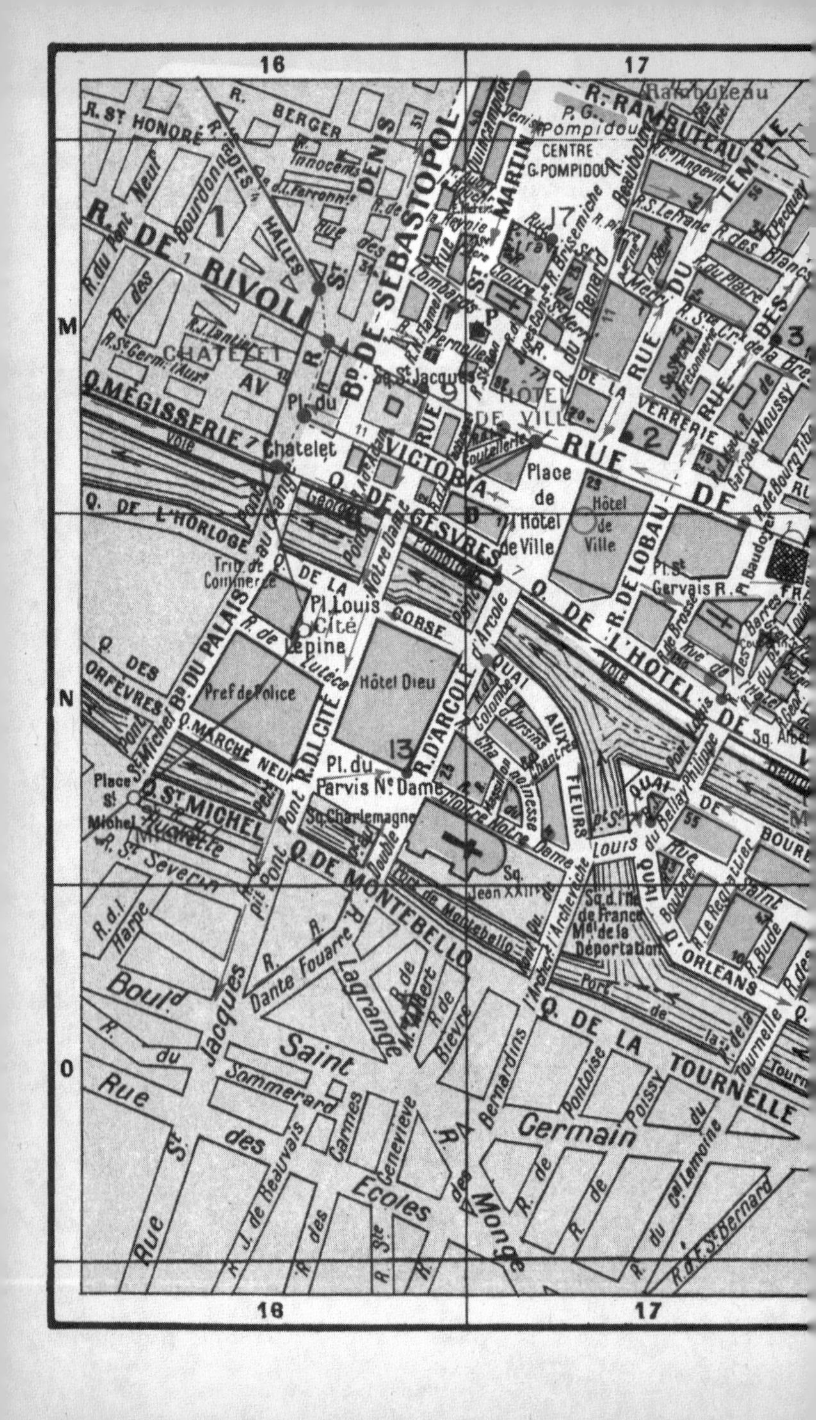

16
17
M
N
O
R. St HONORÉ
R. BERGER
R. RAMBUTEAU
Rambuteau
CENTRE
G. POMPIDOU
R. DE RIVOLI
HALLES
Bd DE SÉBASTOPOL
R. St DENIS
RUE St MARTIN
RUE DU TEMPLE
CHATELET
Q. MÉGISSERIE
Pl. du Châtelet
Sq. St Jacques
AV. VICTORIA
HÔTEL DE VILLE
RUE DE LA VERRERIE
RUE DE RIVOLI
Place de l'Hôtel de Ville
Hôtel de Ville
Q. DE GESVRES
Q. DE L'HORLOGE
Trib. de Commerce
Q. DE LA CORSE
Pl. Louis Lépine
Hôtel Dieu
Pref de Police
Bd DU PALAIS
Q. DES ORFÈVRES
Q. DE L'HÔTEL DE VILLE
R. DE LOBAU
Pl. St Gervais
R. D'ARCOLE
QUAI AUX FLEURS
Q. MARCHÉ NEUF
R. D. L. CITÉ
Pl. du Parvis Nr. Dame
Sq. Charlemagne
Place St Michel
Q. St MICHEL
Q. DE MONTEBELLO
Sq. Jean XXIII
Sq. d. l'Île de France
Mal. de la Déportation
QUAI DE BOURBON
Q. D'ORLÉANS
Q. DE LA TOURNELLE
Boul.d Saint Germain
Rue St Jacques
Rue des Écoles
R. du Sommerard
R. des Carmes
R. des Bernardins
R. de Pontoise
R. de Poissy
R. du Cal Lemoine
R. d. F. St Bernard
R. Monge

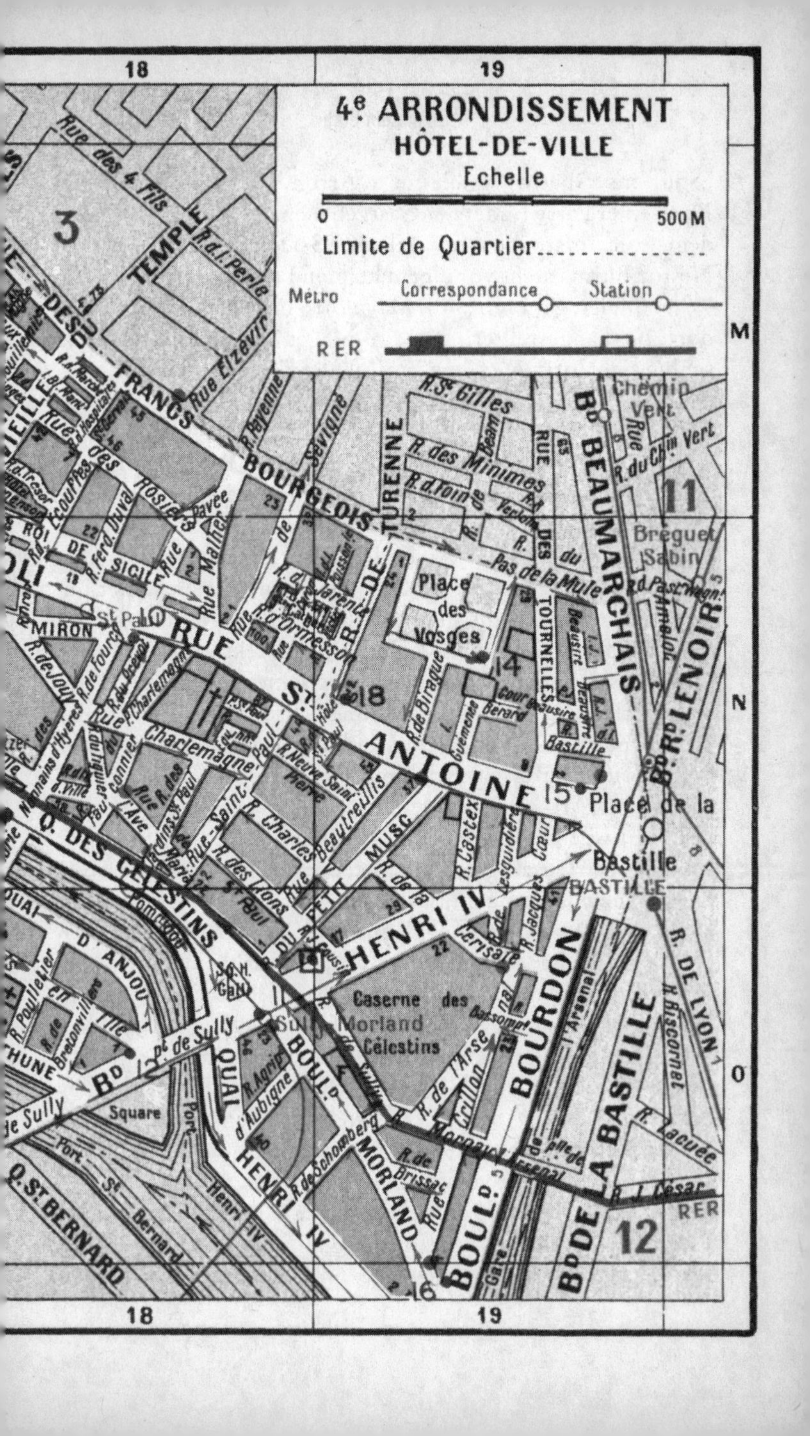

4e ARRONDISSEMENT
HÔTEL-DE-VILLE
Echelle
0
500 M
Limite de Quartier
Métro
Correspondance
Station
RER
18
19
M
N
O
3
11
12
Rue des 4 Fils
TEMPLE
R. d. l. Perle
Rue Elzévir
FRANCS
BOURGEOIS
R. Payenne
Sévigné
TURENNE
R. St Gilles
R. des Minimes
Béarn
BEAUMARCHAIS
Chemin Vert
R. du Ch. Vert
Bréguet Sabin
Pas de la Mule
Place des Vosges
TOURNELLES
LENOIR
Rue des Rosiers
Pavée
Rue Malher
R. Ferd. Duval
SICILE
ROI
MIRON
St Paul
RUE ST ANTOINE
R. de Jouy
R. de Fourcy
Charlemagne
R. de Birague
Cour Bérard
Bastille
Place de la Bastille
BASTILLE
R. Neuve Saint Pierre
Beautreillis
R. Castex
R. Charles
R. des Lions St Paul
PETIT MUSC
HENRI IV
Q. DES CELESTINS
QUAI D'ANJOU
Caserne des Célestins
Sully-Morland
R. de Lyon
BOURDON
R. de Lesdiguières
Cerisaie
R. Jacques Cœur
R. de l'Arsenal
Crillon
BOUL.D MORLAND
R. de Schomberg
R. de Brissac
QUAI HENRI IV
Pt. de Sully
Bd de Sully
Square
Port St Bernard
Q. ST BERNARD
BD DE LA BASTILLE
R. Lacuée
R. J. César
R. Biscornet
Gare

Zu diesem Buch

„Spur ins Ghetto" spielt im 4. Arrondissement von Paris. Nach einer Party findet der Gastgeber ein junges Mädchen auf dem Sofa, erstochen mit einem SS-Dolch. Privatdetektiv Nestor Burma steht vor einem heiklen Fall.

Léo Malet, geboren am 7. März 1909 in Montpellier, wurde dort Bankangestellter, ging in jungen Jahren nach Paris, schlug sich dort unter dem Einfluß der Surrealisten als Chansonnier und „Vagabund" durch und begann zu schreiben. Zu seinen Förderern gehörte auch Paul Éluard. Eines von Malets Gedichten trägt den bezeichnenden Titel „Brüll das Leben an". Der Zyklus seiner Kriminalromane um den Privatdetektiv Nestor Burma – mit der reizvollen Idee, jede Folge in einem anderen Pariser Arrondissement spielen zu lassen – wurde bald zur Legende. René Magritte schrieb Malet, er habe den Surrealismus in den Kriminalroman hinübergerettet. „Während in Amerika der Privatdetektiv immer auch etwas Missionarisches an sich hat und seine Aufträge als Feldzüge, sich selbst als einzige Rettung begreift, gleichsam stellvertretend für Gott und sein Land, ist die gallische Variante, wie sie sich in Burma widerspiegelt, weitaus gelassener, auf spöttische Art eigenbrötlerisch, augenzwinkernd jakobinisch. Er ist Individualist von Natur aus und ganz selbstverständlich, ein geselliger Anarchist, der sich nicht von der Welt zurückzuziehen braucht, weil er sie – und sie ihn – nicht versteht. Wo Marlowe und Konsorten die Einsamkeit der Whisky-Flasche suchen, geht Burma ins nächste Bistro und streift durch die Gassen." („Rheinischer Merkur") 1948 erhielt Malet den „Grand Prix du Club des Détectives", 1958 den „Großen Preis des schwarzen Humors". In der Reihe der rororo-Taschenbücher liegen bereits vor: „Bilder bluten nicht" (Nr. 12592), „Stoff für viele Leichen" (Nr. 12593), „Marais-Fieber" (Nr. 12684), „Bambule am Boul'Mich'" (Nr. 12769), „Die Nächte von St. Germain" (Nr. 12770) und „Corrida auf den Champs-Élysées" (Nr. 12436). Léo Malet lebt in Paris.

Léo Malet

Spur ins Ghetto

Krimi aus Paris

Aus dem Französischen
von Hans-Joachim Hartstein

Rowohlt

Malets Geheimnisse von Paris

Les Nouveaux Mystères de Paris

Herausgegeben von
Pierrette Letondor und Peter Stephan

4. Arrondissement

21.–30. Tausend Juni 1991

Veröffentlicht im Rowohlt Taschenbuch Verlag GmbH,
Reinbek bei Hamburg, Dezember 1990

Umschlagillustration Detlef Surrey
Umschlagtypographie Walter Hellmann
Gesamtherstellung Clausen & Bosse, Leck
Printed in Germany
780-ISBN 3 499 12685 0

1

Es kommt nicht oft vor, daß man Fred Baget in Begleitung nur einer Frau sieht. Normalerweise ist ein ganzer Schwarm um ihn herum. Möchte mal wissen, wie der Kerl damit fertig wird. Ich muß dazu sagen, er ist Maler. Ein „typisch Pariser Maler", wie man so sagt, was erschwerend hinzukommt. Daß er auf der Ile Saint-Louis wohnt, macht seine *appellation contrôlée* noch entsprechend wertvoller. Wir zwei sind zwar nicht grade saumäßig dicke Freunde, kennen uns aber doch so gut, daß er mich hin und wieder zu sich einlädt, um an einer Sauferei teilzunehmen. Ich lehne nie ab, weil ich ganz gerne mal was doppelt sehe – das hält den Blick jung. Vor allem wenn man was zu sehen kriegt. Und so gesehen wird man bei Fred Baget immer bestens bedient. Wie gesagt, in seinem Atelier und der dazugehörigen Wohnung wimmelt es normalerweise von hübschen nackten Mädchen, daß es nur so eine Pracht ist. Entweder sie posieren in Gruppen anmutig vor dem Meister, der sie auf die Leinwand bannt, oder aber sie nehmen in einem Abendkleid, Fassade und Rückseite tiefdekolletiert, an einem der Empfänge teil, die der Künstler häufig gibt.

Aber an dem Tag, von dem ich spreche, einem nebligen Februarnachmittag, ist ausnahmsweise nur eine einzige Frau bei Fred Baget. Sie liegt auf einem niedrigen Sofa in einem kleinen Hinterzimmer, dessen Funktion schlecht zu erraten ist.

Sie ist nicht nackt, dafür aber tot.

Ich beuge mich über sie.

Brünett, ungefähr fünfundzwanzig, ziemlich hübsch, stark ausgeprägter jüdischer Typ. Ihr etwas schmieriger Herrentrenchcoat ist aufgeknöpft; darunter trägt sie ein Wollkleid, schlicht aber geschmackvoll. Der Nylonstrumpf an ihrem rechten Bein mit dem leichenstarren Fuß ohne Schuh hat eine Laufmasche. In dem wächsernen Gesicht mit der leicht gebogenen Nase unter dem dezenten Make-up liegt ein friedlicher Ausdruck. Es ist schon einige Stunden her, daß sie ihre Geburtsurkunde verschluckt hat.

Fred Baget ist auch hier. Ich wende mich ihm zu.

Er ist grade mal vierzig Jahre alt, aber sein Scheitel wird immer breiter und seine Stirn immer höher. Mit den wenigen Bürstenhaaren sieht er aus wie ein Wiedehopf. Er ist groß, schlank, dabei sehr kräftig. Ein gutaussehender Mann, lässig elegant – unter normalen Umständen. Denn im Augenblick... In einem Sessel zusammengesunken, der Gesichtsausdruck äußerst mißvergnügt, der Teint so totenblaß wie bei der Leiche, bis auf Spuren von Lippenstift – man könnte meinen, er hätte eine Hautkrankheit –, schlampig gekleidet in einem grünen Morgenmantel, darunter ein Pyjama. Der Kopf wackelt hin und her, was seinem offensichtlichen Brummschädel bestimmt nicht guttut.

Da er vergessen hat, mir die Dame vorzustellen, frage ich:

„Wer ist das?"

Er sieht mich aus glasigen Augen verstört an und schluckt erst mal in aller Ruhe. Dann macht er mit wohlbekannter Säuferstimme die erste Sprechprobe:

„Sieht aus wie 'n Judenweib. Der Teufel soll mich holen, wenn ich mehr von ihr weiß. Und sie kann er auch gleich mitnehmen. Muß wohl mit jemandem gekommen sein, und der hat sie einfach liegenlassen."

„Als Modell? Stilleben ist doch gar nicht Ihr Fach."

Er brummt:

„Mein Gott! Ich bewundre Ihre Nerven, Nes. Sie machen dabei noch Witze..."

Ich zucke mit den Achseln. Was soll ich denn sonst tun? Vorausgesetzt natürlich, daß es überhaupt Witze sind. Ich weiß das manchmal selbst nicht so genau.

„Scheiß reden hebt die Moral", sage ich aufmunternd.

Er steht auf und gähnt geräuschvoll.

„Ein guter Schluck hebt sie noch besser", bemerkt er. „Gehen wir ins Atelier. Da hab ich noch 'ne Flasche stehen. Ich muß was trinken, dann erklär ich Ihnen... ich meine: versuche, Ihnen das hier zu erklären, weil... Der Teufel soll mich holen, wenn ich irgendwas kapier..."

Er wirft einen haßerfüllten und gleichzeitig erschrockenen Blick auf die Tote. Wir lassen sie auf dem Sofa liegen. Soll sich entspannen. Wir gehen durch ein großes Zimmer, von dem eine Wendeltreppe nach oben führt. Um Geländer und Gitterstäbe winden sich Kletterpflanzen. Wir stehen in dem weiträumigen Atelier.

Durch das breite Atelierfenster sieht man rechts Notre-Dame, links das Freiluftrestaurant der Tour d'Argent; im Vordergrund, am Ende des Pont de la Tournelle, das Denkmal zu Ehren der anderen guten Hirtin, Sainte Geneviève, Schutzpatronin von Paris. Das Denkmal hat eine leicht phallische Form. Möchte nur wissen warum.

„Hier hat heute nacht eine kleine Sitzung stattgefunden", sagt der Maler.

Er meint, er müßte mich ins Bild setzen. Wahrscheinlich eine Berufskrankheit, dabei völlig überflüssig. Ich kann mir selbst eins machen. Hab ja Augen im Kopf.

Im Atelier herrscht ein völliges Durcheinander. Schallplatten liegen ohne Hülle auf einem Kanapee verstreut. Daneben steht ein kombinierter Phono-Radio-Fernsehapparat. Kippen verschiedener Längen liegen einträchtig neben kaputten Gläsern und leeren Flaschen auf dem Boden. Der große Teppich ist zusammengerollt: es darf getanzt werden! Bilder stehen nebeneinander an der Wand wie bei einer Parade. Eins hat ganz schön was drübergekriegt, wahrscheinlich bei eigenwilligen Tanzeinlagen oder einer Schlägerei. Die Frau auf dem Bild jedenfalls hat sich einen K.-o.-Schlag mitten ins Gesicht eingefangen. Es stinkt nach kaltem Zigarettenrauch, vermischt mit einem Geruch von Fusel und sonstigem Alkohol.

Das Ganze erinnert mich an ein Einweihungsfest am Montparnasse vor dem Krieg, von dem im Café Dôme noch lange gesprochen wurde... als die Gäste das Krankenhaus wieder verlassen durften.

Inzwischen hat Fred Baget eine unangebrochene Flasche Scotch aus einem Versteck und zwei heilgebliebene saubere Gläser hervorgezaubert. Er gießt ein, fordert mich zum Sitzen auf, bleibt aber selbst stehen – sicher die Nerven. Ich schiebe ein paar Schallplatten zur Seite und setze mich aufs Kanapee.

Schweigend trinken wir.

Von der Seine steigt ein heiserer Klagelaut zu uns hoch. Ein Schleppkahn fordert uns in schleppendem Ton auf: los, tuuut was! Angefeuert von dem Schlepper, legt der Maler los:

„Heute nacht hat hier eine kleine Sitzung stattgefunden", wiederholt er. „Ich hatte den Kanal ganz schön voll. Hab ich übrigens immer noch, mehr oder weniger. Nachdem ich nämlich die dämliche Ziege da gefunden hab..." Er ballt die Faust. „Als ich dann auf Sie gewartet hab, mußte ich mir einfach ein paar hinter die Binde gießen. Hätte andere vielleicht ernüchtert, so 'ne Fundsache. Ich habe davon Durst gekriegt..."

Er hat seinen Whisky weggeputzt, gießt sich einen kräftigen Schluck nach und fährt fort:

„Hab nichts anderes getan als getrunken und mir den Kopf zerbrochen, nachdem ich Sie im Büro angerufen hatte..."

Er leert sein Glas, dreht es zwischen den Fingern und betrachtet es, fragt sich, ob er's noch mal vollmachen soll, entscheidet sich dann aber für die klügere Möglichkeit und stellt es auf die Staffelei. „Das war jetzt vor über drei Stunden", fügt er leicht vorwurfsvoll hinzu.

Er hat um elf angerufen. Meine Sekretärin Hélène hat ihm gesagt, daß ich nicht vor zwei wiederkommen würde. Punkt zwei hing er wieder an der Strippe. Ich war immer noch nicht zurück. Zehn Minuten später hatte er etwas mehr Glück·

„Ich hab ein dringendes Bedürfnis, Sie zu sehen", sagte er mit so eigenartiger Stimme.

Als ich dann am Quai d'Orléans aufkreuzte, fand ich ihn im gemütlichen Beisammensein mit der jungen Toten.

„... getrunken und mir den Kopf zerbrochen", wiederholt er. „Hab aber weder denselben Pegel wie gestern erreicht... vielleicht müßte ich dafür härtere Sachen draufgießen... noch hab ich kapiert, was... was auch immer, nur daß hier bei mir eine Leiche rumliegt, auf die ich gut und gerne verzichten könnte.

Aber, na ja, vielleicht geht's jetzt besser, wo Sie endlich da sind."

Er angelt eine Zigarette aus der Tasche seines Morgenmantels, steckt sich dieses korkenzieherähnliche Gebilde in den Mund und zündet sie an. Ich folge seinem Beispiel und verschaffe meiner Pfeife den ersten Auftritt.

„Hören Sie, Fred", sage ich dann. „Ich weiß nicht, wie ich Ihnen hier von Nutzen sein kann. An Ihrer Stelle hätte ich erst mal einen Arzt oder die Flics angerufen. Am besten beides. Aber da Sie das ja nicht getan haben und ich endlich da bin, wie Sie sagen, sicher weil Sie lieber einem Bekannten das erzählen, was Sie zu erzählen haben – los, nur zu. Erzählen Sie! Aber fangen Sie mit dem Anfang an, dann sehen auch Sie klarer."

Er macht sich daran, den Rekord im Rundlauf zu brechen, wie die Zehnjährigen im Zentralgefängnis. Er geht im Atelier auf und ab, bleibt stehen, um sich die Kehle anzufeuchten, einen Blick aus dem Fenster zu werfen, sich eine Zigarette anzuzünden, die er sofort wieder wegwirft, oder aber um seine vernebelten Erinnerungen wieder zusammenzukratzen. So liefert er mir den folgenden Bericht, den er mit Magenknurren würzt, hervorgerufen durch Hunger oder Nervosität.

„Wir waren ein Dutzend Männer und Frauen. Ich hatte ein Bild früher als vorgesehen beendet und wollte das feiern. Entschuldigen Sie, daß ich Sie nicht eingeladen habe..."

„Jetzt bin ich ja hier."

„Ja. Die meisten von den Leuten kannte ich. Aber wie immer hatten einige Bekannte zwei oder drei Freunde mitgebracht. Die Stimmung war gut, alle waren schnell blau. Ich jedenfalls war es gegen Mitternacht. Ich weiß noch, daß ich auf die Uhr geschaut habe. Mitternacht. Man kann sagen, ich hab nach Mitternacht nichts mehr mitgekriegt, weder was die andern noch was ich gemacht habe. Ich glaub, gegen vier Uhr morgens sind alle gegangen, bin mir aber nicht sicher. Alle!.. Eben nicht... das Judenweib hier... Na schön... Gut... Um zehn Uhr bin ich aufgewacht, in meinem Bett. Hab noch etwas gedöst, dann bin ich aufgestanden. Bin in der Wohnung rumgeirrt, hin und her, mir war kotzelend, hab versucht, meinen Kater zu verjagen. Da entdeck ich den... die Tote, mitten im kleinen Zimmer. Großer Gott! Fünf Minuten vorher wollte ich mich schon in den Hintern beißen, weil meine Putzfrau nicht da war. Aber als ich die Tote vor mir sah, beglückwünschte ich mich dazu. Wenn die an meiner Stelle die Leiche entdeckt hätte! Sie müssen wissen, mein Lieber, wenn ich einen kleinen Empfang arrangiere, sag ich meiner Putzfrau immer, sie brauche am nächsten Tag nicht zu kommen. Ich möchte nicht unbedingt, daß sie mitkriegt, in was für einem chaotischen Zustand die Wohnung hinterher immer ist, und daß sie irgendwelche Schlüsse daraus zieht. Also, nach so einem Saufgelage räum ich dann selbst etwas auf, so das Gröbste. Gar nicht schlecht für die Gesundheit, muß ich sagen. Dabei vergeß ich meinen Haarspitzenkatarrh. Oft sogar verschwindet er davon ganz. Aber, großer Gott! Bis jetzt mußte ich noch nie 'ne ganze Leiche verschwinden lassen! Da hab ich Sie angerufen."

„Zum Totlachen! Meinen Sie etwa, ich hätte eine Schublade mit Vorschlägen, wie man Leichen im Ärmel verschwinden läßt?"

Er fährt hoch:

„Großer Gott! Das haben Sie gesagt. Was denken Sie von mir?"

„Nichts."

Er brummt:

„Ich sitz schon dick genug in der Tinte."

„Entschuldigung. Immer meine üble Angewohnheit. Sollte ein Witz sein... Hm... Hören Sie... Sie haben gesagt: mitten im Zimmer. Also war sie nicht da, wo ich sie eben gesehen hab? Auf dem Sofa?"

„Nein. Ich hab sie dort draufgelegt. Fragen Sie mich nicht warum. Instinktiv. Hab sie aufgehoben und aufs Sofa gelegt. Ich hielt das wohl für anständiger."

„Und bei der Überführung hat sie ihren Schuh verloren?"

Er schüttelt den Kopf.

„Nein. Ich sag Ihnen, ich sitz ganz schön in der Tinte. Ich erinnere mich nicht, dieses Mädchen unter meinen Gästen gesehen zu haben; aber sie muß hier gewesen sein. Mit zwei Schuhen bestimmt, einer für jeden Fuß. Jetzt hat sie nur noch einen, und der andere ist in der ganzen Wohnung nirgendwo zu finden. Jedenfalls hab ich ihn nicht gesehen. Alles, was ich hier finde außer der... diesem Körper, ist ein Pelzmantel und eine Handtasche, was ihr wahrscheinlich gehörte. Oder jemand anders hat das vergessen. Ich kann's Ihnen zeigen, wenn Sie wollen. Liegt alles unten im *living-room*. Ich hab die Tasche aufgemacht, dadurch konnte ich ihren Namen aber auch nicht rauskriegen. In der Tasche war etwas Geld, dann der übliche Kram, aber kein Ausweis oder so. In den Manteltaschen auch nichts."

„Was will sie dann mit diesem Trenchcoat überm Buckel, wenn sie einen Pelzmantel hatte?"

„Ach ja!"

„Vor allem mit einem Herrenmantel. War hier Kostümzwang?"

„Nein... so richtig in der Tinte, sag ich doch."

Er faßt sich an den Kopf und seufzt. Danach einen Moment Stille, nur von Magenknurren unterbrochen, lauter als vorher. Ein richtiges Gegurgel, wie bei 'ner Klospülung. Der unfreiwillige Geräuschimitator grinst verlegen. Davon abgesehen, ist es auf der Ile-Saint-Louis still wie gewöhnlich.

„Was ist mit dem Mädchen passiert?" frage ich. „Hat sie die harten Getränke nicht gut vertragen?"

Er wühlt nervös in seinen spärlichen Haaren. Mit tonloser Stimme sagt er sorgenvoll:

„Na ja... deshalb hab ich Sie ja angerufen..."

Und nach einer Pause:

„Sie ist ermordet worden!"

2

„Ach!“

„Ja. Mit einem Messer, glaub ich. Ist mir aufgefallen, als ich sie auf das Sofa gelegt hab. Mit meinen Fingern fühlte ich einen Riß. Ich seh hin: Genau! Ein Riß auf dem Rücken des Trenchcoats. Und die Ränder haben sich leicht braun gefärbt.“

Ich steh auf.

„Das wollen wir uns doch mal ansehen. Sie haben mit der Leiche schon soviel rumgespielt. Etwas mehr oder weniger kommt jetzt auch nicht mehr drauf an...“

Wir gehen wieder runter zur Toten.

Ich dreh sie zur Seite, um ihren Rücken zu untersuchen.

Im Trenchoat ist in Höhe der Rippen ein waagerechter, etwa zwei Zentimeter langer Riß, verursacht von einem scharfen Gegenstand. Wie schon gesagt, mit dem leblosen Körper wurde schon ganz schön rumgespielt. Ihn auszuziehen, wird den Fall nicht entscheidend verschlimmern. Man könnte uns höchstens für verdorbener halten als wir sind. Aber es ist gar nicht nötig, diese Prozedur vorzunehmen und sich in den Augen „anständiger“ Leute seinen Ruf zu ruinieren. Wir begreifen auch so, daß die Klinge zuerst sämtliche Kleidungsstücke des Opfers durchstoßen hat und dann tief ins Fleisch gedrungen ist.

Vorsichtig bring ich die Leiche in ihre ursprüngliche Position. Und wieder bin ich erstaunt über den gelassenen Gesichtsausdruck der jungen Jüdin. Sie muß gestorben sein, ohne es zu merken, vielleicht sogar ohne zu begreifen, daß sie erstochen wurde. Es gibt wahrlich genug Beispiele von Leuten, die für einen etwas kräftigen Klaps auf den Rücken das halten, was sich dann als Messerstich oder Pistolenschuß rausstellt.

Ich seh mich im Zimmer um.

„Haben Sie die Waffe gefunden?“ frage ich den Maler.

„Nein. Das heißt, ich hab sie gar nicht gesucht. Aber wenn keiner sie versteckt hat, werden wir sie entdecken."

„Allerdings. Besitzen Sie irgendetwas, was man benutzt haben könnte?"

„Sie meinen, um... um..."

„Ja."

„Oben im Atelier hab ich zwei Messer, die ich mal aus Spanien mitgebracht habe. Sie liegen da immer noch und sind nicht gebraucht worden, um... für... na ja, sie sind eben nicht gebraucht worden. Ich hab mich sofort davon überzeugt... Großer Gott! Sie haben Ideen! Möchte bloß wissen, was das zu bedeuten hat."

„Vielleicht ist das ein Trick der Liga zur Bekämpfung des Alkoholismus. Überall wo sich Leute vollaufen lassen, legt sie eine Leiche hin. Hilft bestimmt besser als das *delirium tremens,* um die Leute auf den trockenen Weg der Enthaltsamkeit zu führen... Übrigens, ich glaub, Sie haben mir was von einem Pelzmantel und einer Handtasche erzählt..."

„Das liegt nebenan."

Mantel und Tasche bringen mich ebensowenig weiter wie meinen Gastgeber. Die Tasche enthält nichts Interessantes, und im Mantel steht weder Fabrikat noch Pelzgeschäft.

Ich geh wieder zurück zur Toten und durchwühle die Taschen des Trenchcoats: Tabakkrümel, ein abgebrochener Pfeifenkopf und eine zerknitterte Visitenkarte mit dem Namen eines gewissen Jacques Ditvrai.

„Ein Journalist", erklärt Baget. „Ein Freund aus der Nachbarschaft. Wohnt in einem Hotel am Quai d'Anjou."

„Hôtel de l'Ile, hm?"

„Stimmt. Kennen Sie's?"

„War mal da, bei einem Freund. Ein Nest von Leuten, die vom Schreiben leben. Haben früher sogar mal einen Verband gegründet: *Die Knurrhähne der Insel.*"

„Genau. Ditvrai gehörte aber nicht zu ihnen. Er ist ein Steppenwolf. Paßt vielleicht nicht zu seinem Beruf, ist aber nun mal so."

„Der Mantel gehört also diesem Jacques Ditvrai?"
„Bestimmt... äh... sollen wir nicht wieder raufgehen, einen trinken?"
„Gute Idee."
Wieder im Atelier, ein Glas in der Hand, stell ich die Frage, die sich mir aufdrängt:
„Und ich, was soll ich dabei tun?"
„Werd ich Ihnen sagen..."
Er nimmt einen kleinen Schluck, um sich Mut anzutrinken, dann:
„Also. Ich bin für die Ehrenlegion vorgeschlagen. Ich... Das alles macht sich nicht so gut, finden Sie nicht? Ich meine die Tote. Nicht daß ich keine entsprechenden Beziehungen hätte. Ich kenn berühmte Anwälte, einflußreiche Politiker, alle möglichen Leute mit langem Arm. Aber ich will sie da nicht hineinziehen. Die stecken voller Vorurteile. Deshalb hab ich an Sie gedacht. Ich weiß, daß Sie Leute bei der Polizei kennen. Sie können mit denen besser reden als ich. Kurz gesagt, ich möchte, daß... daß alles unauffällig vonstatten geht... ohne großes Aufsehen... na ja, Sie verstehen, was ich meine, nicht wahr?"
„Ja."
„Sie dürfen nicht glauben, daß ich mich meiner Verantwortung entziehen möchte. Aber man muß ja nicht unnötig Krach schlagen, wenn's auch ohne geht, oder? Dieses Judenweib ist also bei mir gestorben. Ermordet. Von wem? Ich weiß es nicht. Ich will nicht behaupten, daß sie woanders gestorben ist. Aber das ist kein Grund für einen Skandal. Andererseits wage ich nicht, der Polizei alleine entgegenzutreten, will aber meine Beziehungen nicht spielen lassen. Jedenfalls, soweit es sich anders regeln läßt. Also hab ich an Sie gedacht. Sie haben mit solchen Sachen gewisse Erfahrungen. Ich hab gedacht, Sie lehnen es nicht ab, bei dem Ganzen zu vermitteln. Natürlich nur, soweit das möglich ist."
„Ja."
Jetzt geh ich im Atelier auf und ab und denke über den Vorschlag des Malers nach, die Pfeife im Mund. Bei meiner Wanderung schiele ich zu den Bildern rüber. Sie geben die Palette des

Künstlers exakt und vollständig wieder. Fred Baget beschränkt sich nicht auf Aktmalerei. Sicher, das ist seine bevorzugte Gattung, seine Spezialität sozusagen. Aber sein Ansehen resultiert hauptsächlich daraus, daß er viele Damen von den oberen Zehntausend porträtiert hat. Man kann sagen – und hat's auch gesagt –, daß er versucht, in die Fußstapfen von Van Dongen zu treten. Und auch ein wenig in die seines Nachbarn Dignimont, „Insulaner" wie er. Unter den Bildern im Atelier gibt es ein paar Skizzen von einer Hure, immer derselben, die im schummrigen Licht vor einem Stundenhotel steht und auf die nächste Runde wartet. Ein tolles Weib. Man fragt sich, warum die sich ewig die Beine in den Bauch steht. In der Realität sieht das wohl anders aus.

Aber ich bin nicht hier, um Kritik zu üben, weder in Sachen Kunst noch in anderen. Ich beende meine Wanderung und sage:

„Ich werd versuchen, Kommissar Faroux von der Kripo zu erreichen. Werd ihm den Fall schildern. Das ist aber schon alles, was ich tun kann. Der Kommissar wird dann entscheiden, wie's weitergehen soll."

„Mehr verlange ich auch gar nicht", sagt Baget.

„Schön. Inzwischen... hm... Die Flics sind Ihnen gegenüber zwar freundlich, aber trotzdem, sie werden Ihnen Fragen stellen. Am besten, wir gewöhnen Sie sofort an den Ton, oder?"

Mit einer großzügigen Armbewegung schickt er sich ins Unvermeidliche.

„Ich möchte Ihre spanischen Messer sehen."

Er angelt sie aus einer Schublade und reicht sie mir.

Es sind Springmesser mit langer verzierter Klinge. Mit denen hätte man der Jüdin sehr gut die Verletzung beibringen können, an der sie gestorben ist. Nicht gerade übermäßig gepflegt, die Messer meine ich. Scheinen schon seit langem nicht mehr benutzt worden zu sein, nicht mal zum Brotschneiden.

Ich geb sie dem Eigentümer zurück. Der legt sie wieder in die Schublade.

Noch eine Frage brennt mir auf den Nägeln:

„Sagen Sie, Sie haben das Mädchen so seltsam benannt, scheint mir."

Erstaunt reißt er die Augen auf.

„Ich? Möchte wissen, wie ich das können sollte. Ich kenne ihren Namen nicht."

„Sie haben mich falsch verstanden. Ich meinte, Sie haben sie... charakterisiert."

„Charakterisiert?... Ach ja, vielleicht..." Er lacht bissig. „Ich hab sie als dämliche Ziege bezeichnet, hm? Großer Gott! Bei dem Ärger, den sie mir macht. Da kann man sich schon mal im Ton vergreifen... Aber ist ja egal. Hat Sie das schockiert? Wußte gar nicht, daß Sie so pietätvoll sind."

Ich schüttle den Kopf.

„Das meinte ich auch gar nicht. Sie haben sie als Judenweib bezeichnet."

Er fährt auf:

„Ja und? Was ist sie denn sonst, auf den ersten Blick?"

„Auf den ersten Blick sieht man ihr an der Nasenspitze an, daß sie eine Jüdin ist, würd ich sagen."

Er beißt sich auf die Lippen und wirft mir einen Seitenblick zu:

„Jaja, schon gut, ich versteh. Und Sie glauben, das ist ein Unterschied, hm?"

„Aber ja! Natürlich ist das ein Unterschied."

„Hören Sie", sagt er plötzlich leicht aggressiv, „das gehört doch alles der Vergangenheit an, biblische Geschichte, wenn ich so sagen darf. Gehen Sie mir damit nicht auf die Nerven. Ich sag Ihnen auch warum. Bei der Befreiung ist man mir damit schon gekommen. Während der Okkupation hatte ich an eine Organisation von Kollaborateuren, die also zwangsläufig mehr oder weniger antisemitisch waren, Beiträge gezahlt – nur Beiträge gezahlt. Das hat sich schnell wieder gelegt. Man konnte mir nichts Ernstes vorwerfen. Trotzdem kann man wegen dieser Vergangenheit von mir sagen, ich sei Antisemit – was nicht ganz richtig ist. Ist mir scheißegal. Aber, Herrgott nochmal! Was immer an meinem angenommenen Antisemitismus dran ist: glauben Sie bloß nicht, daß ich ihn soweit treiben würde, eine Jüdin bei mir abzumurksen."

„Sind Sie da so sicher?"

„Was?“ Er will losbrüllen, aber aus seinem Mund kommt nur so was wie ein Geröchel.

„Verstehen Sie mich recht, mein Lieber“, sage ich beruhigend. „Ich beschuldige Sie nicht, die Kleine um die Ecke gebracht zu haben. Aber ich habe den Eindruck, daß Sie sich dieselbe Frage stellen. Ich würde sogar sagen, Sie haben sie sich sofort gestellt, nachdem Sie die Leiche entdeckt hatten. Sie haben nachgesehen, ob Ihre spanischen Brotmesser an Ort und Stelle und sauber waren. Das ist normal. Heute nacht waren Sie total besoffen. Sie können sich an nichts mehr erinnern. Logischerweise fragen Sie sich, ob Sie in Ihrem Rausch keine nicht wiedergutzumachende Scheiße gebaut haben. Ist es nicht so?“

„Doch, so ungefähr“, gab er nach kurzer schwerer Bedenkzeit zu. „So ungefähr. Aber, großer Gott, dann müßte ich ja total bescheuert sein…“

„Na ja, das gibt mildernde Umstände…“

Er hält es nicht für nötig, mein Lächeln zu erwidern.

„Jetzt werd ich erst mal Faroux anrufen. Wo steht das Telefon?“

Er hat kaum den Mund aufgemacht, um mir zu antworten, da klingelt es schon. Er zuckt zusammen.

„Wenn man vom Teufel spricht…“, bemerke ich.

„Das ist nicht das Telefon“, brummt der Maler stirnrunzelnd, „sondern die Haustür. Wer kann das sein? Ich erwarte niem…“

Er stockt und sieht auf seine Armbanduhr.

„Ach ja! Das wird wohl das Mädchen sein…“

Er zeigt auf die Bilder mit dem Strichmädchen.

„Hab ich total vergessen. Entschuldigen Sie mich bitte einen Augenblick, ja?“

Er streicht sich mit der Hand durch die Haare, verstrubbelt sie aber nur noch mehr, bringt seinen Morgenmantel in Ordnung und verläßt das Atelier. Mit der Treppe als Hörrohr kriege ich alles mit. Er fragt: „Wer ist da?“ Eine Frauenstimme antwortet. Dann wird die Tür geöffnet, Gastgeber und Besucherin gehen ins Zimmer unter mir. Ich wage mich auf die ersten Stufen der Wendeltreppe vor, bück mich und spähe durch die Blumen, die sich um das Geländer ranken.

„Ich hatte total vergessen, daß Sie heute kommen sollten", sagt der Maler. „Entschuldigen Sie, aber ich kann jetzt nicht arbeiten."

„Das seh ich", sagt das Mädchen lachend.

Sie ist es tatsächlich, das Mädchen auf den Bildern hier. Eine hübsche Puppe, herrlich lasterhaft, ein sündiges Kind mit wunderschönem schwarzen Haar bis auf die Schultern, mit vollen Lippen und ebensolcher Bluse. Sie trägt einen Trenchcoat, genauso wie die Tote, die nur ein paar Meter von ihr entfernt liegt, aber glücklicherweise außer Sicht ist. Von dieser Art Mantel gibt es nicht sechsunddreißigtausend verschiedene Modelle. Sie sehen alle gleich aus.

„Aber Sie sollen sich nicht umsonst herbemüht haben", fährt Baget fort. „Ich werde Sie entschädigen. Wenn ich Sie brauche, sag ich Bescheid."

„Stehe Ihnen zur Verfügung, M'sieur. Wofür Sie wollen. Sie wissen doch, wo Sie mich finden können, oder?"

„Jaja. Einen Augenblick."

Er geht aus dem Zimmer.

Die junge Hure bleibt brav alleine, wie ein kleines Mädchen auf Besuch bei Tante Isabelle. Ihre Hände hat sie tief in den Manteltaschen vergraben, was ihre Brust hervortreten läßt. Zwei, besser gesagt, und was für welche! Das Mädchen sieht sich im Zimmer um, ohne sich von der Stelle zu rühren, schüttelt den Kopf, wodurch die Haare hin- und herschwingen, hebt unmerklich die Schultern, lächelt verständnisvoll.

Baget taucht wieder auf, ein paar Geldscheine in der Hand.

„Hier", sagt er.

Sie nimmt das Geld.

„Danke."

Sie sieht den Künstler leicht belustigt an.

„Na gut... also... wie Sie wünschen. Auf Wiedersehen."

„Gleichfalls."

Sie dreht sich um und geht auf ihren Stöckelschuhen zur Tür, von Berufs wegen aufreizend. Baget begleitet sie hinaus.

„Auf Wiedersehen."

„Auf Wiedersehen, M'sieur. Und Vorsicht beim Malen."
„Gleichfalls", antwortet er zerstreut.

Dann schlägt er hinter ihr die Tür zu und kommt wieder zurück ins Atelier. Ich gieße mir gerade ein Gläschen ein.

„Noch so 'ne Verrückte", seufzt er. „Hat mich die ganze Zeit angestarrt und gegrinst. Vorsicht beim Malen! Sollte wohl witzig sein. Möchte wissen wieso."

„Die glaubt, daß Sie sich nicht gerade zu Tode langweilen", erkläre ich ihm. „Sie hat unten den Pelzmantel und die Handtasche gesehen, und dann der Lippenstift in Ihrem Gesicht! Sie sollten sich die Schmiere abwischen. Wir müssen beim Kommissar einen anständigen Eindruck machen."

Er flucht. Auf einem Tischchen liegt ein kleiner Spiegel. Er begutachtet sich darin und fängt an, sich vom gröbsten Dreck zu befreien. Dann verrät er mir, wo das Telefon steht. Ich nehm den Hörer und knall ihn sofort wieder auf die Gabel.

„Was ist?" fragt Baget.

„Kein Freizeichen."

„Oh! Entschuldigen Sie, nachdem ich Sie angerufen hatte, hab ich's abgestellt, um nicht gestört zu werden."

Er stellt es wieder an, und jetzt klingelt's. Ich hab Glück, Florimond Faroux ist in seinem Büro. Guten Tag, wie geht's, danke, geht so, und Ihnen? Für Februar, obwohl... der Nebel, ist zwar nicht kalt usw. Dann:

„Sagen Sie, Faroux, erschlägt Sie die Arbeit, oder haben Sie ein halbes Stündchen Zeit?"

„Sogar ein ganzes Stündchen. Worum geht's, Burma?"

„Dann kommen Sie doch auf einen Sprung vorbei, Quai d'Orléans auf der Ile Saint-Louis. Zu Fred Baget, dem Maler. Von dort ruf ich an."

„Und was soll ich da?"

„Das überlaß ich lieber Ihnen. Werd Ihnen was zeigen."

„Was denn?"

„Was ich Ihnen immer zeige. Ein hübsches Mädchen."

„Wirklich?"

„Ja, und darum möchte ich auch, daß Sie alleine kömmen."

„Kömmen?"

„So sagt man unter uns Pastorentöchtern. Kann nichts dafür."

„Alleine?"

„Ja. Als Freund, gutnachbarlich. Werd's Ihnen erklären."

„Ist das hübsche Mädchen so schüchtern? Hat sie im Gedränge Angst?"

„Schüchtern ist vielleicht nicht das richtige Wort. Wenn ich's mir genau überlege, sie ist überhaupt nicht schüchtern. Sie können sich vor ihr nackt ausziehen. Würde mich wundern, wenn sie rot wird."

„Ach!"

„Ja."

„Sie wollen doch nicht sagen..."

Ich lache:

„Was ich Ihnen immer zeige, mein Lieber."

Er flucht, schnauzt: aber sonst geht's gut? Ich komme, nichts anfassen.

3

Mehr oder weniger unauffällig rückt Faroux an, mit seinem inquisitorischen Schnurrbart und, auf viertel vor zwölf, den schokoladenbraunen Hut, den er zur Ersten Heiligen Kommunion geschenkt bekommen hat. Trotz meiner Empfehlung ist er aber nicht alleine. Einer seiner Schergen begleitet ihn: Inspektor Grégoire. Vorschrift. Sie treten immer paarweise auf, wie andere interessante Sachen. Seit meinem Anruf in der Tour Pointue ist nicht viel Zeit vergangen. Sie haben ganz schön Tempo gemacht. Also sind sie nicht zu Fuß gekommen, sondern auf Staatskosten mit dem Wagen. Und der steht jetzt sicher unten vor dem Haus. Abgesehen von der bekannten Farbe und dem Fabrikat sitzt bestimmt ein Fahrer am Steuer, dem man den Polypen schon auf hundert Meter Entfernung ansieht. Das muß einfach auffallen in diesem Dorf Ile Saint-Louis. Na ja, mir soll's egal sein. Ich wohn nicht hier. Und Baget soll nächstens zusehen, daß keine unbekannten Toten in seiner Wohnung rumliegen.

„Wo ist die Leiche?" fragt Faroux wie ein ungeduldiger nekrophiler Vampir, ohne sich mit einer Begrüßung aufzuhalten.

Wir schleppen ihn zur Toten. Die Flics sehen sie sich an. Fehlt nur noch, daß sie an ihr schnuppern. Faroux streicht sich über den Schnurrbart. Ich hab das Gefühl, er hat an einen Witz geglaubt. Jetzt sieht er, daß es keiner ist, und ihm fällt so schnell kein anderer ein. Im allgemeinen ist er sehr vorsichtig bei Leichen, die ich ihm präsentiere. Zu oft sind sie der Anfang von unvorstellbaren Komplikationen und Scherereien. Also streicht er sich erst mal über den Schnurrbart und bittet uns um Erklärungen.

„Wir werden Ihnen welche geben."

Ich zwinker ihm zu. Mit ihm kann man Pferde stehlen. Er versteht sofort und betraut Grégoire mit einer Sache, die ihn von uns fernhält. Nachdem der Inspektor gegangen ist, lassen wir die Tote alleine und gehen in das große Zimmer nebenan. Ich fordere Fred Baget auf loszulegen. Der hat sich inzwischen etwas hochgerappelt. Hat sich wohl an die geheimnisvolle Leiche gewöhnt. Mit festerer Stimme als eben fängt er an zu erzählen. Zwischendurch läßt er geschickt ein paar Namen fallen. Bekannte Leute, Rechtsanwälte, Abgeordnete, Geschäftsleute. Beeindruckt Faroux aber offensichtlich nicht sehr. Er hört schweigend zu. Als der Maler zugibt, die Leiche bewegt zu haben, schnauzt er ihn an, auch weil man ihn erst jetzt benachrichtigt hat. Aber nichts Ernstes. Nur damit man merkt, daß er wirklich von der Kripo ist. Baget hat zu Ende erzählt, ich löse ihn ab und erkläre dem Kommissar, was wir uns von seiner verständnisvollen und liebenswürdigen Art versprechen: sachte rangehen, ohne Mauschelei natürlich, aber auch ohne übermäßiges Aufsehen. Ehrenlegion in Gefahr usw. Faroux schweigt immer noch wie ein Grab, streicht seinen Schnurrbart glatt. Wird ihn gleich in der Hand haben. Vor diesem Eisblock kommt Baget so langsam ins Schwitzen. Faroux sieht sich Mantel und Tasche an, die wir einstweilen in den Besitz der Toten übergehen lassen. Stumm wie ein Fisch wühlt mein Freund in den Taschen, wühlt und wühlt, schnüffelt und untersucht. Grégoire kommt zurück, Befehl ausgeführt. Was für ein Schauspieler! Wie im *Ambigu* ist er vorne rausgegangen und hinten wieder reingekommen. Ausgerechnet durch das kleine Totengemach. Er habe die Hintertreppe benutzt, der Schlüssel steckte in der Tür. Er hält einen Damenschuh in der Hand. Der kleine Fetischist in seinem Element!

„Der fehlende Schuh", sagt er triumphierend.

„Wo haben Sie den denn aufgelesen?" fragt ihn Faroux.

„Die Concierge hat ihn mir gegeben. Er lag bei ihr im Zimmer, auf einem Tischchen."

„Ach du Scheiße! Die Concierge..." stöhnt Baget auf.

„Ja? Was ist mit der Concierge?" hakt Faroux ein.

„An die hab ich gar nicht mehr gedacht. Sie wird einen ganzen Roman draus machen."

„Hm!" grunzen die beiden Flics vollkommen synchron; sie sehen beide aus, als kümmern sie sich einen Dreck um die Neigung der Portiersfrau zum Geschichtenerzählen.

„Hat die Concierge den Schuh gefunden?" fragt Faroux.

„Ja."

„Und wo?"

„Auf der Hintertreppe, heute morgen. Deshalb bin ich über diese Treppe wieder hochgekommen. Vielleicht konnte ich noch was entdecken. Konnte ich aber nicht, außer, wie gesagt, daß der Schlüssel dort steckt."

Der Inspektor zeigt in die Richtung, was völlig überflüssig ist.

„Hm..." macht Faroux und wendet sich an Baget:

„Ist das üblich? Steckt der Schlüssel immer? Sehen Sie nie nach, bevor Sie ins Bett gehen?"

„Ach, wissen Sie... Ich war wirklich zu blau, um an so was zu denken."

„Aber Sie lassen immer die Schlüssel stecken?"

„Wenn ich einen Empfang gebe, ist hier so was wie Haus der offenen Tür."

„Das ist dem Mädchen auch aufgefallen."

Dem Maler fehlen die Worte. Faroux nimmt seinem Untergebenen den Schuh aus der Hand und spielt damit.

„Hm..." macht er wieder, „was schließen Sie daraus, Grégoire?"

„Nun... äh... vielleicht ist das blöd... aber ich frage mich... na ja, es könnte sein, daß die Frau woanders ermordet wurde und ihre Leiche dann hierhergebracht wurde. Über die Hintertreppe. Und dabei hat sie den Schuh verloren."

„So blöd ist das gar nicht. An so was Ähnliches hab ich nämlich auch gedacht."

Faroux stellt den Schuh auf das nächstbeste Möbelstück. Fred Baget kann nicht anders, er gibt einen tiefen Seufzer der Erleichterung von sich.

„Ja, genau!" ruft er. „Ganz genau. Genauso muß das gewesen sein. Man wollte mir einen üblen Streich spielen. Aber verdammt nochmal! Ich verstehe überhaupt nichts mehr."

„Zerbrechen Sie sich mal nicht den Kopf", rät ihm Faroux. „Wir werden ja dafür bezahlt, für's Verstehen."

Er lächelt uns beiden komplizenhaft zu:

„Stimmt's, Messieurs?"

Mit anderen Worten: Ich tu, was ich kann, um die Verantwortung von Monsieur Baget abzuwälzen.

„So ungefähr", sage ich.

„Verdammt! Sie sind schwer zufriedenzustellen, Burma. Reicht Ihnen meine Erklärung nicht?"

„Ich glaub, daß es nicht die richtige ist."

„Haben Sie eine bessere?"

„Ich kann's ja mal einfach versuchen. Nur so eine Idee... Sie erinnern sich vielleicht an die Sache mit der Hure vom Montmartre. Ist erst ein paar Monate her. Das Mädchen kommt eines Abends in ihr Hotel, nimmt ihren Schlüssel vom Brett und schließt sich im Zimmer ein. Am nächsten Tag oder am übernächsten macht sich der Concierge Sorgen, weil er sie nicht wieder rauskommen sieht. Er bricht die Tür auf, und das Mädchen liegt da, tot, erstochen..."

„Ich erinnere mich. Schlagzeile in der Zeitung: *Mord im Bordell. Das Leben holt die Phantasie ein.* Wir haben dann ermittelt, daß die Prostituierte sich mit Zuhältern in die Haare gekriegt hatte, bevor sie nach Hause ging. Dabei war sie mit dem Messer verletzt worden, was erst so richtig wirkte, als sie schon im Zimmer war, von innen abgeschlossen. Und Sie glauben, wir haben es hier auch mit einem ähnlichen Fall zu tun?"

„Warum nicht? Die Ruhe im Gesicht der Toten hat mich darauf gebracht. Sie hat nichts gemerkt. Stellen wir uns folgendes vor: aus irgendeinem Grund, sagen wir, sie hatte einen sitzen, wollte sie an die frische Luft. Sie schnappt sich den erstbesten Mantel, diesen Trenchcoat, geht an den Quais spazieren. Sie wird von einem Rumtreiber angefallen, rennt zurück, die Treppe hoch, verliert einen Schuh, achtet aber nicht drauf. Sie will nur schnell zu ihrem Freund oder Freunden oder Freundinnen. Baget kennt sie nicht, aber mit irgendjemandem muß sie ja gekommen sein. Sie kommt also über die Hintertreppe wieder in die Wohnung, und da erst wirkt der Messerstich so richtig, wie Sie sagen."

„Ja, offensichtlich", stimmt der Kommissar träge zu. „Mal sehen, was der Arzt dazu sagt. Grégoire, haben Sie ihn benachrichtigt?"

„Ja, Kommissar. Und das Labor."

„Sehr gut."

„Großer Gott! Das gibt ja ein schönes Gedränge", stöhnt Baget.

„Was sein muß, muß sein", sagt Faroux. „Nochmal: ich geh ganz sachte vor... schön, fassen wir also zusammen..."

Bei der Zusammenfassung kommen wir wieder auf den Trenchcoat zu sprechen.

„Der gehört einem gewissen Ditvrai", erkläre ich. „Journalist. Glaub aber nicht, daß uns das mordsmäßig weiterbringt."

„Woher wissen Sie das?"

„Den Namen?"

„Ja."

„Die Visitenkarte in einer der Manteltaschen."

Ich zeige sie ihm.

„Ein Freund von Monsieur Baget?"

„Ja", bestätigt der Maler.

„Ditvrai... wie *dit vrai*... Das ist doch kein Name!"

„Warum nicht? Im Radio gibt's einen sympathischen Kerl, der heißt François Billetdoux. Wie *billet doux*. Kein Pseudonym."

„Aber hier glaub ich, das ist einer", mischt sich Baget ein. „Jedenfalls hab ich seinen richtigen Namen noch nie gehört."

„Wahr oder falsch spielt im Moment keine Rolle", unterbricht Faroux. „Ich teile Ihre Ansicht, Burma. Das wird uns nicht weiterbringen. Außerdem ist eine Visitenkarte kein Eigentumsnachweis. Der Trenchcoat kann genausogut jemand anderem gehören."

„Das muß der von Ditvrai sein."

„Wie dem auch sei, wir müssen jeder Spur nachgehen. Da es Ihr Freund ist, Monsieur Baget, wissen Sie doch sicher, wo er wohnt, oder?"

„Drüben, Quai d'Anjou, Hôtel de l'Ile."
Faroux notiert sich die Adresse.
„Bei welcher Zeitung arbeitet er?"
„Bei keiner und allen. Er ist freier Journalist, ein Einzelgänger. Wird nach Zeilen bezahlt, als freier Mitarbeiter. Er sucht sich seine Themen selbst aus, beschäftigt sich damit – manchmal fährt er dafür bis ans Ende der Welt –, bearbeitet es auf seine Art und versucht dann, sein Manuskript irgendwo unterzubringen. Vor kurzem hat er eine Reportage über die letzten noch lebenden Gangster der Al-Capone-Zeit veröffentlicht, im *Paris-Journal.* Und auch als Buch, wie die meisten seiner Reportagen."

In diesem Moment tauchen der Arzt und zwei Laboranten von der Tour Pointue auf, mit einem Fotoapparat bewaffnet. Der Medizinmann ist nicht mehr ganz jung, treuherzig, grauhaarig, graugekleidet, elegant. Er drückt dem Kommissar die Hand, begrüßt uns, den Maler und mich, mit einem leichten Kopfnicken und findet sofort den Weg zur Toten, ohne Zögern, vom Instinkt geleitet. Er beugt sich über die Leiche und beginnt, an ihr herumzufummeln. Dann richtet er sich wieder auf und überschüttet uns mit Fachausdrücken wie ein Regenschauer den Pudel. Ich kapiere nur, daß er nach der Obduktion mehr wissen wird. Ich hoffe es von ganzem Herzen.
Faroux macht ihn mit den zwei Theorien bekannt und fragt ihn nach seiner Meinung. Der Gerichtsmediziner erklärt, daß ein Messerstich mit verzögerter Wirkung im Bereich des Möglichen liege, wie beim Penizillin. Auch hier werde die Obduktion – schon wieder! – vielleicht Klarheit bringen, versprechen könne er allerdings nichts.
„Wann krieg ich sie geliefert?" erkundigt er sich.
Nicht faul, dieser Äskulap. Am liebsten würde er darum bitten, die Leiche einzuwickeln, damit er sie sofort mitnehmen kann. Einfach so, auf dem Rücken oder unterm Arm.
„Nur noch ein paar Fotos, und sie gehört Ihnen", antwortet Faroux.
„Wunderbar. Ich gehe sofort in die *Morgue.*"

Mit einem „Schönen guten Tag zusammen“ verschwindet er, so fröhlich, als wolle er auf ein Fest gehen.

Die Jungs vom Labor haben nicht viel zu tun. Um nicht ganz umsonst gekommen zu sein, schießen sie die üblichen Fotos, nehmen ein paar Fingerabdrücke und hauen dann auch ab.

Als nächstes treten zwei Aasgeier derselben Gattung auf, legen die Jüdin auf eine Bahre und hopp!, runter in den Wagen! Samt Mantel, Tasche und treulosem Aschenbrödel-Schuh.

Fred Baget sieht sich den Totentanz an, sein Gesicht verrät ausdrucksvoll die hausgemachte Stinkwut. Faroux knurrt, es gebe auch beim besten Willen ein Minimum an Formalitäten und Amtshandlungen, die nicht leicht zu umgehen seien, nicht wahr? Baget nickt ergeben, nicht sonderlich aufgemuntert.

„Sie können gehen, Grégoire“, sagt der Kommissar. „Wir sehen uns in der Tour.“

Und als der Inspektor gegangen ist:

„Monsieur Baget, bis zur weiteren Klärung des Falles haben Sie, glaube ich, keine Belästigungen mehr zu befürchten. Natürlich könnten Ihre Nachbarn etwas Ungewöhnliches bemerkt haben, das Hin- und Hergerenne und so... Aber Sie müssen verstehen, daß wir nicht unbemerkt kommen und gehen können, vor allem wenn wir eine Leiche einpacken müssen, nicht wahr? Aber es wird nichts nach außen dringen... jedenfalls hoffe ich es... Ich werde keine Mitteilung an die Presse geben. Sind Sie damit zufrieden?“

„Oh, danke, Kommissar, tausend Dank!“ ruft der Maler mit nicht zu überhörender aufrichtiger Dankbarkeit. Er ist fast zu Tränen gerührt.

Faroux beendet die Gefühlsausbrüche:

„Gut. Jetzt müssen wir dieses Mädchen identifizieren. Weder Sie noch Burma kennen sie. Uns bleibt nichts anderes übrig, als Ihre Gäste durchzugehen. Einer von denen muß sie ja mitgebracht haben, als sie noch auf den Beinen war...“

Er bewaffnet sich mit Notizbuch und Kugelschreiber.

„Wenn Sie mir bitte die Namen sagen würden...“

Baget nennt ein paar Namen und Adressen. Plötzlich scheint

ihm derselbe Gedanke zu kommen wie mir. Er stockt und sagt dann zögernd:

„Könnte Monsieur Burma eventuelle... äh..."

„Ja?"

Ich springe ein:

„Hören Sie, Faroux. Das ist zwar nicht ganz korrekt, aber... Wenn Sie Ihre Leute zu den Gästen schicken, werden die noch vor dem Mädchen identifiziert und in die Kartei aufgenommen. Das wird Staub aufwirbeln, das wird Aufsehen erregen, was wir doch vermeiden wollten. Könnte ich das nicht übernehmen?"

Faroux schüttelt den Kopf.

„Ich kann behutsam vorgehen, aber ich kann Sie nicht mit der Untersuchung betrauen, mein Lieber. Nein, das geht nicht. Alles, was ich versprechen kann, ist, nichts der Presse zu sagen und diskret vorzugehen. Mehr nicht. Sie können sich auf mich verlassen, Monsieur Baget..."

Er zeigt mit seinem tabakgelben Zeigefinger auf sich.

„... Aber ich bin nicht alleine. Da ist noch der Untersuchungsrichter. Und wenn es dann die eine oder andere Wende nimmt..."

Er braucht seinen Satz gar nicht zu beenden. Als einzigen Kommentar macht der Maler eine weitausholende Geste der Resignation. Kismet! Dann fährt er mit der Aufzählung seiner Gäste fort. Als er zu Ende ist, steckt Faroux Notizbuch und Stift ein, stellt noch ein paar uninteressante Fragen und verdrückt sich. Wir sind wieder alleine.

„Das wird alles mit einem Minimum an Aufwand vor sich gehen", fang ich an.

„Minimum, das reicht schon", explodiert Baget. „Scheiße! Ich..."

Er wird von der Türklingel unterbrochen: die Concierge.

„Oh! Was ist denn los, M'sieur Baget? Hab gewartet, solange die Herren da waren, aber jetzt, wo sie weg sind..."

„Haben die Ihnen nichts gesagt?"

„Nur daß es bei Ihnen passiert ist. Aber ich hab die... na ja, ich hab's gesehen."

„Jaja, eine meiner Bekannten. Sie hat sich nicht wohlgefühlt, und bei ihrem schwachen Herzen... Ich konnte sie schließlich nicht bis zum Jüngsten Gericht hierbehalten. Mußte die Polizei rufen."

„Natürlich, M'sieur Baget. Aber trotzdem..."

„Wenn sie Ihnen die Teppiche auf der Treppe versaut haben, geb ich Ihnen was fürs Ausbürsten."

„Danke im voraus, M'sieur Baget. Brauchen Sie irgendetwas?"

„Nichts. Alles, was ich mir gewünscht habe, hab ich bekommen. Sogar das, was ich mir nicht gewünscht habe."

Er komplimentiert sie hinaus und kommt dann wieder zu mir ins Zimmer.

„Da haben wir's!" schimpft er. „Das Minimum. Scheiße! Ich war bescheuert zu glauben, man könnte einfach so zur Polizei sagen: Ich hab hier bei mir eine Leiche rumliegen, die ich nicht kenne; kommen Sie doch bitte und holen Sie sie ab, und dann wollen wir das Ganze vergessen. Von wegen, das Ganze vergessen. Die Sauferei bekommt mir nicht. Werd in Zukunft besser aufpassen müssen. Na ja, kann man nichts machen. Der Kommissar tut bestimmt, was er kann. Sollte mich aber wundern, wenn sich die Sache nicht wie ein Lauffeuer verbreitet. Bald weiß ganz Paris Bescheid..."

Er flucht anständig vor sich hin, hebt resigniert die Schultern.

„Wie dem auch sei, danke für Ihre Vermittlung, Nes."

„Nichts zu danken."

„Und wo Sie schon mal angefangen haben, möchte ich, daß Sie weitermachen."

„Womit?"

„Ich träum nicht mehr davon, diese... diesen Vorfall noch geheimhalten zu können. Also: Angriff ist die beste Verteidigung. Ich werd mich mit Letreuil in Verbindung setzen. Ein Freund von mir, Anwalt. Man kann nie wissen. Außerdem... je schneller man herausgefunden hat, wer dieses Mädchen ist und vor allem, wer sie getötet hat, desto besser für mich. Das ist doch auch Ihre Meinung, oder?"

„Sicher."

„Also, ich will Sie engagieren, um das Geheimnis zu lüften. Die

Polizei einerseits und Sie andererseits, das müßte schnell gehen. Nehmen Sie an?"

„Wenn Sie darauf bestehen... Wüßte nicht, warum ich Ihnen einen Gefallen abschlagen sollte... Wieviel?"

„Sie haben es nicht mit einem Undankbaren zu tun, mein Lieber."

Er dreht sich unvermittelt um und verschwindet durch eine Tür unter der Wendeltreppe. Da muß wohl seine Spardose stehen. Als er wieder zum Vorschein kommt, hält er ein paar Scheine in der Hand. In der anderen zwei Gläser, unterm Arm noch ein Fläschchen Scotch. Offenbar sind die Notsäulen für plötzlichen Durst überall in der Wohnung verstreut. Er stellt den Glaskram auf ein Tischchen und schiebt mir das Geld rüber. Sein kleiner Empfang wird ihm noch die letzten Haare vom Kopf fressen.

„Ein hübsches Teil", bemerke ich.

„Was?"

„Das Modell von eben. Bei dem Geld muß ich an sie denken."

„Eine Hure..."

„Er gießt uns ein, flucht wieder und leert sein Glas in Rekordzeit.

„Ein hübsches Teil. Ich hatte genug Zeit, sie von oben zu bewundern."

„Ja. Nicht schlecht. Sie steht mir für eine Bildserie Modell."

„Hab ich gesehen. Hat sie auch einen Namen?"

„Margot."

„Wo kann man sie finden, wenn man sie braucht?"

„Ist sie Ihnen ins Auge gesprungen?"

„Auge ist gut..."

„Rue Quicampoix, Rue Nicolas-Flamel, Rue des Lombards. So in der Gegend. Solche Mädchen bewegen sich viel."

„Ja."

„Ihr Heimathafen ist ein Hotel in der Rue Saint-Bon."

„Kann ich sagen, ich komme von Ihnen?"

„Warum nicht? Aber rechnen Sie nicht damit, daß sie Ihnen einen Sonderpreis macht. Höchstens besonders hoch."

„Glaub ich auch. Sie gelten bestimmt nicht grade als völlig

abgebrannt. Was sie bei Ihnen vermutet, färbt auch auf Ihre Freunde und Bekannten ab. So gesehen, werd ich besser nichts von Ihnen sagen. A propos Geld: sie ist sicher teurer als die anderen Modelle zum offiziellen Tarif, hm? Wenn Sie einer Hure gleich mehrere Stunden des Arbeitstages abkaufen…"

„Klar, sie verschenkt ihre Zeit nicht. Aber das ist authentischer, und dann… sagen wir: die Laune eines Künstlers."

Und vielleicht wird das außerdem noch irgendwie anders verrechnet, und so kommt eins zum andern, wenn ich so sagen darf, und er auf seine Kosten.

„Weiß ihr Zuhälter Bescheid? Falls sie einen hat."

„Wahrscheinlich."

„Kennen Sie ihn?"

„Nein."

Er schielt mich von der Seite an:

„Sie fragen ins Blaue, oder? Brüten Sie was aus?"

„Weiß ich nicht."

Kurz darauf verlaß ich alles: Baget, seinen Kater, seine grimmigen Gedanken und den Scotch, um sie zu ersäufen.

4

Von der Wohnung geh ich direkt zur Concierge.

„Guten Tag, Madame. Ich weiß nicht, ob Sie mich wiedererkennen, ich war oben bei Monsieur Baget. Würde Ihnen gerne zwei, drei Fragen stellen."

„Sind Sie von der Polizei?"

„Ja."

„Was für eine Geschichte! Was ist eigentlich genau passiert?"

„Nichts Schlimmes. Jemand ist gestorben, aber das kommt ja jeden Tag vor. Mehrmals sogar. Natürlich immer jemand anders."

Diese Art Scherze verblüfft sie, und so kann ich meine Fragen anbringen. Sie hat in der vergangenen Nacht kein verdächtiges Geräusch gehört, weder auf der Straße noch im Flur oder im Innenhof. Sicher, es war ein ständiges Kommen und Gehen, wie immer, wenn Monsieur Baget einen Empfang gibt. Sehr nett übrigens, dieser Monsieur Baget, für einen Maler. Wenn er feiert, läßt sie das Eingangstor immer auf. Die Gäste kommen nämlich nicht unbedingt zur gleichen Zeit, einige gehen weg und kommen dann wieder, und sie will nicht alle naselang gestört werden. Aber es gab noch nie Ärger mit dieser Regelung. Es ist das erste Mal, daß bei Monsieur Baget jemand gestorben ist. Aber schließlich, wenn man krank ist, wenn das Herz nicht so mitmacht, dann geht man nachts auch nicht auf solche Feste, hab ich recht?

Ich stimme ihr zu.

„Und die andern Mieter?" frag ich. „Was sagen die denn so dazu? Ich meine zu diesen Empfängen. Das muß doch laut sein."

„Ach nein, die Wohnung von Monsieur Baget ist schalldicht, oder wie das heißt. Normalerweise wird im Atelier gefeiert, also ist eine ganze Etage dazwischen, bis zum Mieter unter ihm."

Den Schuh hat sie gefunden. Auf der Hintertreppe. Sie hat sich gedacht, daß er einer von Monsieur Bagets Gästen gehört. Sie wollte ihn aber nicht stören, also behielt sie den Fund erst mal bei sich.

„Einer Ihrer Kollegen hat ihn mitgenommen. Was für eine Geschichte, hm?"

Ich widerspreche ihr nicht und verabschiede mich.

Auf dem Quai d'Orléans ist es ungewöhnlich still. Es dämmert schon, von der Seine steigt Nebel auf. Durch die Straße fährt kein Auto. Man fragt sich, wie die wenigen, die entlang der Bürgersteige parken, dorthin gekommen sind und ob sie jemals wieder wegfahren. Sogar mein Dugat 12 kommt mir vor wie ein Geisterauto. Eben haben die Flics mit ihrem ganzen Kram etwas Leben in den Laden gebracht. Vielleicht sind ein paar Schaulustige stehengeblieben, aber auch das ist höchst fraglich. Zwischen dem Pont de la Tournelle und der Eisenbrücke, eine von den grünen Ungetümen, diesen häßlichen Rattenfallen, die Notre-Dame mit der Ile Saint-Louis verbindet, ist keine Menschenseele zu sehen. Nur etwas weiter stromaufwärts ein Kerl, der durch zwei Bäume hindurch in die Seine starrt, die Ellbogen aufs Geländer gestützt. Das Wasser ist schlammig, das jährliche Hochwasser bedeckt die unteren Teile der Ufer mit einer dünnen Schicht. Vier unerschütterliche Angler patschen mit ihren Gummistiefeln darin herum, interessieren sich nur für ihren Schwimmer. Sie müssen wohl Luchsaugen haben, um ihn bei der hereinbrechenden Dunkelheit noch zu sehen. Was sie betrifft, kann Fred Baget beruhigt sein. Das sind nicht die Leute, die herumerzählen, daß die Flics in ein Haus gegangen und mit einer Leiche wieder rausgekommen sind. Es müßte schon dicker kommen, um sie von ihrer friedlichen Beschäftigung abzulenken. Sie haben nichts gesehen und nichts gehört.

Ich reiß mich von dieser Stelle los, sonst schlaf ich am Ende noch ein. Diese Ruhe fällt einem noch mehr auf durch das Treiben, die Bewegung, den Verkehr vom anderen Seineufer. Dumpf dringt der Lärm herüber an mein Ohr. Ich zünde meine Pfeife an und gehe zum Auto. Dann überleg ich mir, daß mir ein kleiner Spaziergang nicht schlecht täte und meine Gedanken sortieren würde. Ich laß also den Dugat stehn und gehe zu Fuß durch die Rue Le Regrattier. Als ich an der Nr. 5 vorbeigehe, fällt mir ein, daß 1794 Jean-Baptiste Coffinhal hier gewohnt hat, der Präsident des Revolutionstribunals. Damals war es die „Straße der Frau ohne Kopf". Ein hübsches Programm für den klugen Coffinhal, der Lavoisier den Kopf abschlagen ließ mit den Worten: „Die Republik braucht keine Gelehrten." Also wirklich, wenn man sieht, was uns die Gelehrten mit ihren „Erfindungen" beschert haben! Gar nicht so ohne, dieses Konventsmitglied. Aber wahrscheinlich hat er damals noch nicht so weit gedacht.

In Gedanken versunken, komme ich zum Quai Bourbon. Ich gehe nach rechts und gelange hinter dem Pont Marie zum Quai d'Anjou. Genau vor dem Hotel, das ich suche, befindet sich ein altes Pissoir; darüber eine Laterne, dessen Licht mühsam den Nebel durchdringt, wie das unheilvolle, todbringende Leuchtfeuer eines Strandräubers. *Hôtel de l'Ile.* Die Goldbuchstaben heben sich von dem schwarzen Untergrund des Schildes ab. Darunter das breite abgerundete Fenster der Eingangshalle mit cremefarbenen Vorhängen.

Ich gehe hinein, werfe einen Blick über das Schildchen „*Complet*" durch das Fenster ins Büro. Niemand zu sehen. Ich klopfe gegen die Scheibe. Das lockt niemanden herbei. Ich klopfe nochmal. Immer noch nichts. Ich drehe den Türknopf und öffne die Tür. Das löst ein kurzes Klingelzeichen aus. Sonst nichts. Nichts mehr frei, keine einzige Bude zu haben. Also läßt man sich auch nicht stören. Ein richtiges Dorf, diese Ile Saint-Louis. Alles geht hier ganz einfach vonstatten, voller Vertrauen. Ungeduldige und stürmische Zeitgenossen bleiben am besten weg. Ich kenn mich hier aus. Vor zwei Jahren hab ich mal meinen Freund André Héléna besucht, den Kriminalschriftsteller. Ich mußte eine Viertelstunde warten, bis ich jemanden zu Gesicht bekam. Heute scheint's genauso zu sein. Aber da naht schon das Dementi. Ein Kerl kommt durch die hintere Tür.

„Entschuldigen Sie", sagt er. „Ich war beschäftigt."

„Bitte."

„Sie wünschen?"

„Ein kleiner Spaziergang ...“

...nicht schlecht, um „die Gedanken zu sortieren". Denn nicht selten geht einem beim Spazierengehen auf, wie eine Sache besser laufen könnte...

Er zeigt auf das Schild. Ich schüttel den Kopf.

„Ich hab schon ein Bett. Ist Monsieur Jacques Ditvrai zu Hause?"

Der Mann sieht auf das Schlüsselbrett.

„Wahrscheinlich. Zweite Etage, Nr. 6."

Er wartet nicht mal, bis ich hinausgegangen bin, sondern verschwindet sofort wieder durch die Tür zu seiner Beschäftigung.

Ein komfortables Hotel, sehr sauber. Der rote Teppich im Treppenhaus ist bestens in Schuß. An jeder Treppenstufe ist er mit einem sorgfältig blankgeputzten Kupferstab befestigt. Es riecht nach Bohnerwachs, ein wenig auch nach Parfüm. Diese Herren Journalisten haben wohl eine Schwäche für aromatische Frauen. Es sei denn, die Zimmermädchen gehören auch in diese Kategorie. Ein komfortables Hotel, aber die Perfektion ist hier nicht zu Hause. In der zweiten Etage ist es ziemlich düster. Ich muß ein Streichholz anzünden, um die Zimmernummern lesen zu können. Die 6 liegt am Ende des Flurs. Ich klopfe an, und mir wird aufgetan.

„Monsieur Jacques Ditvrai?"

„Ja."

Den Ton könnte man als gereizt oder überrascht bezeichnen, wenn man genau hinhört... oder sich so seine Gedanken macht.

„Mein Name ist Nestor Burma. Kann ich reinkommen?"

„Nestor Burma..."

Er streicht sich übers Kinn. Die Bartstoppeln schreien nach einem Rasierapparat.

„Der Detektiv?"

„Ja. Kennen Sie mich?"

„Hab von Ihnen gehört. Bitte, kommen Sie rein."

Das Zimmer wird durch geschickt angeordnete Wandlampen besser ausgeleuchtet als sonst die Hotelzimmer. Außerdem ist es weniger unpersönlich als der Kerl, der drin wohnt. Ein Sessel, der nicht zur Standardausstattung gehört, Bücherregale und weitere Regale mit 'ner Menge Kleinkram von Auslandsreisen. In einer Ecke erblicke ich vor dem Wandschrank einen Koffer mit bunten

Aufklebern aus aller Welt, zum Aufbruch bereit. In einer anderen Zimmerecke steht ein metallener Aktenschrank. Auf dem Tisch glimmt eine Zigarette im Aschenbecher vor sich hin. Daneben sehe ich eine Reiseschreibmaschine, eine Flasche Mineralwasser, ein Röhrchen Aspirin und einen Haufen Papier. Auf einem Päckchen Gauloises und einem Päckchen Tabak liegt eine Meerschaumpfeife. Ein Raucher von Format.

„Bitte", sagt Monsieur Ditvrai und zeigt auf den Sessel.

Er selbst nimmt auf dem mit Zeitungen und Zeitschriften überhäuften Sofa Platz, lehnt sich zurück. Wahrscheinlich seine typische Haltung. Ich sehe mir den Mann genau an.

Mittelgroß, mitteldick. Durchschnitt, kommt überall durch. Bestimmt hat er was im Kopf, wie man so sagt, was sich aber nicht in seinem Gesicht widerspiegelt. Er sieht hoffnungslos nichtssagend aus, keine besonderen Merkmale. Nur sein Blick ist wach und flink. Würd einen erstklassigen Flic abgeben. Einer, der sich wie kein zweiter unters Volk zu mischen weiß, grau in grau, der geborene Spion. Alles Eigenschaften, die ihm auch in seinem Journalistenberuf zustatten kommen. Einem so durchschnittlichen Menschen begegnet man nicht mit Mißtrauen oder Zurückhaltung. Auch sein Alter läßt sich schlecht schätzen. Dreißig? Vierzig? Noch älter? Schwer zu sagen.

Im Zimmer ist es warm, er hat Jackett und Krawatte abgelegt. Ein kräftiger, muskulöser Bursche in grauem Nylonhemd; der offene Kragen läßt den hervorspringenden Adamsapfel sehen, das einzig Bemerkenswerte an ihm.

„Was verschafft mir die Ehre Ihres Besuches?" fragt er.

„Wir haben einen gemeinsamen Freund: Fred Baget. Ich komme grad von ihm."

„Ist er zu Hause?"

„Ja."

„Muß einen ganz schön dicken Kopf haben, hm?"

„Jetzt geht's ihm schon etwas besser."

„Hab versucht, ihn am frühen Nachmittag anzurufen, aber er hat nicht abgenommen. Lag wohl noch im Bett. Ich bin seinem Beispiel gefolgt und hab mich auch aufs Ohr gehauen."

„Er hat das Telefon abgestellt, um nicht gestört zu werden."
Er nickt verständnisvoll.
„Ach ja, natürlich."
„Haben Sie wegen des Trenchcoats angerufen?"
„Genau. Nicht daß ich besonders dran hänge, ich hab noch einen. Aber ich hab ihn gestern nacht verbummelt, vielleicht bei Baget, vielleicht aber auch woanders. Und ich wüßte gerne ..."
Er schlägt sich mit der Faust in die flache Hand.
„Aber, Herrgott nochmal! Woher wiss ..."
Er stockt und fängt an zu lachen:
„Stimmt ja. Sie sind Detektiv."
Er zuckt die Achseln und runzelt die Stirn.
„Na gut. Aber ich weiß immer noch nicht, was Sie von mir wollen. Hat Baget Sie geschickt?"
Er rutscht hin und her, um es sich bequemer zu machen. Bei der Bewegung schiebt er die Zeitungen zur Seite. Unter einer *France-Soir* erblicke ich etwas, was zwar nicht so aussieht wie Carmen Tessier, aber trotzdem Krach machen kann. Es ist aus blauem Stahl und ähnelt verteufelt einer Kanone. Mit einem Mal erscheint mir Ditvrai höchst zwielichtig. Ich finde sein Verhalten irgendwie falsch, aufgesetzt. Er hat meinen interessierten Blick bemerkt und legt seine Hand auf die Spritzpistole, einer schweren Automatik, sehr wenig umgänglich.
„Das ist ..." beginnt er.
Er legt sich mächtig ins Zeug. Aber ich hab schon meinen Revolver rausgeholt, damit seiner nicht mehr so alleine ist. Von meinem bequemen Sessel aus richte ich ihn auf den Journalisten.
„He!" protestiert er. „Was ist denn in Sie gefahren? Sind Sie verrückt?"
Er sieht ernsthaft böse aus. Ich werd wieder friedlich, aber trotzdem ... so ganz verfliegt mein Verdacht nicht.
„Entschuldigen Sie", sage ich, „aber ich hab einen gefährlichen Beruf. Bei mir geht das automatisch, wie bei Ihrem Ding da."
„In meinem Beruf geht's auch nicht immer gemütlich zu. Vor kurzem hab ich mich unter Leuten bewegt, die dafür bekannt sind, den Colt locker sitzen zu haben. Das hier ist ein Geschenk

von denen. Hab ihn gerade gereinigt, als sie geklopft haben. Großer Gott! Was müssen Sie von mir gedacht haben?"

Er lächelt. Wir sehen beide sehr schlau aus.

„Und was machen wir jetzt? Duellieren wir uns?"

„Wär etwas dumm, finden Sie nicht auch?"

„Allerdings."

„Also, tun wir die Waffen weg."

Ich gehe mit gutem Beispiel voran und stecke meinen Überredungskünstler wieder ein. Ditvrai steht schweigend auf und legt seine Automatik in die Schublade.

„Haben die Flics den Revolver gesehen?" erkundige ich mich.

Er antwortet nicht, nimmt die Wasserflasche und trinkt einen Schluck. Dann stopft er sich seine Pfeife und zündet sie an. Schweigend. In aller Ruhe. Nachdenklich.

„Die Flics?" sagt er schließlich aus seiner Sofaecke heraus.

„Waren die noch nicht hier?"

„Bei mir?"

„Ja."

„Warum sollten sie."

„Ich dachte, daß Sie vor mir schon einen oder mehrere Besuche hatten."

Nach einer kurzen Pause sagt er:

„Irrtum. Sie haben jetzt schon zwei begangen, in sehr kurzer Zeit. Für einen Detektiv mit Ihrem Ruf... Erst glauben Sie, ich wollte Sie abknallen, und jetzt vermuten Sie bei mir Besuch... Flics... Könnten Sie sich nicht etwas deutlicher ausdrücken?"

„Wenn die Flics noch nicht hier waren, dann werden sie noch kommen. Sie stehen auf der Liste."

„Auf welcher Liste?"

„Die Baget ihnen gegeben hat. Sie werden bei allen Gästen vorbeischauen. Dort ist nämlich heute nacht was passiert. Und was den Trenchcoat angeht... was für ein Glück, daß Sie nicht besonders dran hängen, ich glaub nämlich, den können Sie abschreiben."

„Warum?"

„Aus guten Gründen. Baget hat ihn heute morgen irgendwo in

seiner Wohnung gefunden, mit was drin. Ein Mädchen, das er nicht kennt. Erinnert sich nicht, sie jemals gesehen zu haben, von wegen besoffen und so. Das Mädchen war nicht persönlich eingeladen, ist wohl von einem Gast mitgebracht worden. Eine sehr hübsche Jüdin..."

Ich beschreibe sie so gut wie möglich, einschließlich Kleidung. Das ausdruckslose Gesicht vor mir verändert sich nach und nach. Zum Schluß füge ich noch hinzu:

„Und tot übrigens, toter geht's nicht."

Er springt auf.

„Tot?"

„Erstochen."

„Ersto... Rachel?"

„Sie kennen das Mädchen?"

„Großer Gott, ja! Sie ist mit mir gekommen... aber... hören Sie... Das soll wohl ein Witz sein!"

„Erzählen Sie das Baget. Und der Ehrenlegion, die er im Auge hat. Nicht grade eine Empfehlung für das Ministerium, eine Leiche im Haus. Eine ermordete..."

„Aber um Gottes willen! Wie ist das passiert?"

„So genau weiß man das noch nicht. Aber vielleicht können Sie mir Hinweise geben."

Er lacht säuerlich:

„Ach ja? So ist das also. Sie haben mich im Verdacht!"

„Nein."

„Trotzdem sind Sie zu mir gekommen."

„Wegen des Trenchcoats. Und weil's auf meinem Weg lag. Und rein zufällig. Und weil ich Schwein gehabt hab. Das ist alles."

„Und in welcher Eigenschaft?"

„Ich arbeite für Baget. Er möchte, daß diese Geschichte – die sehr diskret behandelt wird – daß diese ärgerliche Geschichte – er findet sie für sich noch ärgerlicher als für die Tote – daß diese Geschichte möglichst rasch aufgeklärt wird. Deswegen hat er mich engagiert. Einerseits die Flics und andererseits ich, das müßte schnell gehen. Seine eigenen Worte."

„Tja..."

Er streckt die Hand aus, mit der Handfläche nach oben, und bewegt die Finger, so als wolle er etwas zu sich ranziehen.

„Können Sie sich ausweisen?“ fragt er mich. „Sie sagen: Ich bin Nestor Burma. Wo ist der Beweis?“

Er hat seine Kaltblütigkeit zurückgewonnen. Anscheinend ein Schnelldenker. Ich reiche ihm meine Papiere. Er sieht sie sich an und gibt sie mir zurück.

„Nur zu“, seufzt er. „Stellen Sie Ihre Fragen.“

„Das ist doch viel zu polizeilich für uns beide. Sagen Sie mir nur: Was wissen Sie über dieses Mädchen? Rachel, glaub ich...“

„Ja. Rachel Blum. Hab sie vor ein paar Wochen im Kino kennengelernt.“

Er spricht langsam weiter:

„Wir sind ins Gespräch gekommen. Sie wohnt... äh... wohnte in der Rue des Rosiers. Wir sind dann mehrmals ausgegangen. Gestern hab ich sie mit zu Baget genommen. Na ja, ich glaub, das ist schon alles.“

„Sie nehmen sie mit zu Baget, und dann hauen Sie ab, ohne sich weiter um sie zu kümmern?“

„Ja. Erstens war ich blau. Wie alle. Trotzdem hatten einige noch Durst. Als bei Baget Schluß war, haben mich einige Leute mitgeschleppt... kann Ihnen nicht mal sagen, wohin... war viel zu blau. Aber ich kann Ihnen sagen, mit wem.“

„Sie halten mich wirklich für einen Flic, hm? Weiter.“

„Ich bin also mitgegangen, ohne mich um meinen Trenchcoat oder um Rachel zu kümmern... na ja... doch, ich glaub, ich hab sie gesucht... aber nur so, auf die Schnelle... die andern hatten's eilig... ich hab weder Rachel noch den Trenchcoat auf Anhieb gesehen und hab's aufgegeben.“

„Beim Trenchcoat versteh ich's ja, aber das Mädchen?“

„Oh, Rachel? Ich weiß nicht... Scheiße! Haben Sie noch nie gesoffen?“

„Doch.“

„Dann wissen Sie ja, wie das geht! Hab mir wohl gedacht, daß sie schon gegangen war. Und dann glaub ich, ich hab gemerkt, daß ich mich vertan hatte. Ein Holzweg sozusagen.“

„Holzweg?"

„Herrgott nochmal, ja! Was meinen Sie? Was sollte ich denn mit ihr machen, mit dieser Rachel? Was Eingemachtes?" Er hebt die Schultern. „Diese Jüdinnen dichten einem immer Rassismus an... Pardon! Nicht alle, wohlgemerkt. Aber die meisten. Und Rachel gehörte zu denen. Ich bin kein Rassist. Ich hab's mit Negerinnen gehabt, mit Chinesinnen, Javanesinnen und so weiter. Nein, kein Rassist, nicht für einen Sou. Ich dachte, das würde ihr gefallen, einer Jüdin, daß ich kein Rassist bin. Von wegen!... Na ja!... Und sie trug meinen Trenchcoat, hm?"

„Ja."

„Was wollte sie damit?"

„Das weiß keiner."

„Die muß auch ziemlich blau gewesen sein."

„Wahrscheinlich. Vielleicht war's auch ein Irrtum."

„Irrtum?"

„Ja."

„Meinen Sie, man hat sich in der Person geirrt... wegen des Trenchcoats?"

„Weiß ich nicht, mein Lieber. Könnte das sein?"

„Dafür müßte ich erstens Feinde haben, die für sowas in Frage kämen. Hab ich aber nicht. Zweitens weiß ich zwar, daß heutzutage eine Frau für einen Mann gehalten werden kann, bei dieser Hosenmode. Aber Rachel trug einen Rock..."

„Und langes Haar."

„Also kein Irrtum. Und wer sollte mich bei Baget verwechselt haben?"

„Tja... es ist nicht sicher, daß der Mord bei Baget passiert ist. Rachel ist bei ihm gefunden worden, aber sie kann auch woanders ermordet worden sein."

Er reißt die Augen auf:

„Was für eine Geschichte."

„Das sagen alle. Schön. Wichtig ist, daß die Leiche identifiziert ist, mehr oder weniger. Ich bin nämlich nicht offiziell von der Kripo beauftragt. Werd den Flics die Information rüberschieben – dazu bin ich verpflichtet. Aber kommen werden sie trotzdem.

Sie wollen die Bestätigung von Ihnen, werden Ihnen die Leiche zeigen. Na ja, Sie kennen ja das Drehbuch. Vielleicht könnten Sie sich direkt mit Kommissar Faroux in Verbindung setzen. Das wär genauso gut, vielleicht noch besser."

„Ja, ja", stimmt er mir zu.

„Wo genau wohnt sie in der Rue des Rosiers?"

„Keine Ahnung. So in der Mitte. Ungefähr gegenüber der Rue des Ecouffes. Unten im Haus ist ein Schallplattenladen."

„Kannten Sie als einziger von Bagets Gästen das Mädchen?"

„Ja."

Ich stehe auf.

„Danke. Das wär's wohl. War nett, Sie kennengelernt zu haben, Monsieur Ditvrai. Übrigens, ist das ein Pseudonym?"

„Ja. Auf Wiedersehen, Monsieur Burma."

Anscheinend will er mir seinen richtigen Namen nicht nennen. Macht nichts. Kann ich vorläufig drauf verzichten. Und sollte ich eines Tages das Bedürfnis haben, werd ich ihn schon rauskriegen.

„Auf Wiedersehen."

Wir geben uns die Hand, und ich verschwinde.

5

Draußen ist es jetzt stockdunkel. Zwar ist der Nebel nicht dichter geworden, aber es wird kälter, kälter als bei Ditvrai, kälter als tagsüber. Die nahe Seine macht es auch nicht besser, die Feuchtigkeit dringt einem bis auf die Knochen.

Es gibt feudalere Beobachtungsposten als das Pissoir vor dem Hotel, genau dort, wo eine Treppe hinunter zur Seine führt. Aber ich habe keine Wahl. Ich verstecke mich darin, auf die Gefahr hin, für etwas gehalten zu werden, was ich nicht bin... falls ich lange hierbleiben muß und mich jemand bemerkt.

Komischer Vogel, dieser Ditvrai. Entweder ist er ein Trottel, völlig naiv, oder aber zu allem fähig. Und was er denkt? Fehlanzeige. Unmöglich rauszukriegen, ob ihn etwas überrascht oder nicht, ob er mehr weiß, als er sagt, oder weniger, oder ob er nur so tut, ein falscher Fuffziger in den Vierzigern, der die Wahrheit erfahren will und einem die Würmer aus der Nase zieht. So geradeaus wie eine Heizschlange. Oder: Ich bin der Trottel, und meine Phantasie geht mit mir durch. Glaub ich aber nicht. Instinkt. Mein Näschen. Ach ja, meine Nase! Läßt mich ausgerechnet in einem Pissoir Wache schieben.

Von hier aus kann ich durch die viereckigen schmucken Löcher, die eigentlich zu Lüftungszwecken ins Blech gebohrt werden, direkt auf das Hotel sehen. Ich orte das Fenster von Ditvrais Zimmer. Durch die nur halb zugezogenen Vorhänge dringt Licht.

Worauf warte ich? Der Journalist soll gefälligst rauskommen, verdammt nochmal, damit ich ihm hinterhergehen kann. Er könnte zu den Flics gehen, könnte sie aber auch anrufen. Oder nicht telefonieren und ins Bett gehen. Toll, was der so alles tun oder lassen kann!

Die Minuten fließen dahin wie die Seine unter mir, genauso

ruhig, nicht mal ein Plätschern ist zu hören. Das Wasser fließt unermüdlich und geräuschlos, trotz seines hohen Pegels. Von Zeit zu Zeit schlägt es Wellen, und ein Kahn zieht an seinem knarrenden Tau. Autos fahren über den Pont Marie. Jemand geht in das Hotel. Ein andrer kommt raus. Nicht Ditvrai. Bei ihm brennt immer noch Licht. Ein zweiter betritt das Hotel. Mir geht's hier drin immer besser. Wenn ich noch lange in dieser Zelle bleibe, dann bin ich reif fürs Desinfizieren. Ein nicht gerade prachtvolles Versteck, das in meinen Memoiren keine Erwähnung finden wird, falls ich jemals welche schreiben sollte.

Die Zeit vergeht.

Plötzlich wird es bei Ditvrai dunkel. Totale Finsternis. Eins von beiden, wie Pierre Destailles singt: entweder er kommt raus, oder er hat sich wieder aufs Ohr gelegt.

Er kommt raus.

Nicht alleine. Jemand ist bei ihm. Ein Mann in kurzem Mantel mit hochgeschlagenem Kragen und einem Schlapphut. Es könnte der Mann sein, der eben ins Hotel gegangen ist. Jedenfalls nach seinem Mantel zu urteilen. Aber von diesen Mänteln scheinen 'ne Menge in Umlauf zu sein. Ditvrai trägt auch einen.

Vor dem Hotel kommt ihnen eine junge Frau entgegen. Der Journalist grüßt sie und zieht seinen Hut. Jetzt erkenne ich ihn genau. Sein Begleiter macht es mir nicht so leicht. Sein Hut ist ihm auf dem Kopf festgeklebt. Entweder verbietet es ihm seine Religion, das Haupt zu entblößen, oder aber, was wahrscheinlicher ist, er kennt die elementaren Regeln der Höflichkeit nicht.

Die beiden Männer gehen den Quai d'Anjou hinunter. Erleichtert verlasse ich mein Versteck und folge ihnen. Sie scheinen sich nicht angeregt zu unterhalten. Nach kurzer Zeit bleibt Ditvrai vor dem Hôtel de Lauzun stehen. Sie steigen zusammen in einen Dauphine. Aha! Deshalb hab ich mir also die Füße in einer zweifelhaften Brühe abgefroren. Ein starkes Stück, schwer zu verdauen.

Das Auto fährt in Richtung Pont Sully. Automatisch merke ich mir das Kennzeichen. Kann es kaum lesen bei der großzügigen Straßenbeleuchtung. 2175 oder 2173 BB 75. Das nützt mir sehr viel!... Nein, ich werd es in meinen Memoiren nicht erwähnen. Eben weil ich es nicht vergessen werde!

Ich kehre um, biege in die Rue des Deux-Ponts ein und gehe in das erstbeste Bistro, um Faroux anzurufen und ihm meine neuesten Informationen über die Tote mitzuteilen. Aber der Kommissar ist nicht im Büro. Inspektor Grégoire auch nicht. Sie klappern wohl gerade Bagets Gäste ab. Hab keine Lust, einen anderen Flic in den Genuß meiner Neuigkeiten kommen zu lassen. Ich gehe zurück zum Quai d'Orléans, um mein Auto zu holen. Zehn vor acht. In der Hoffnung, daß die Buchhandlung Oeters noch auf hat, verlasse ich die Ile Saint-Louis und rase zum Boulevard de Sébastopol.

Mir ist zu Jacques Ditvrai eine Idee gekommen. Baget hat mir erzählt, daß seine Artikel auch als Bücher erscheinen. Möchte mal einen lesen. Vielleicht komm ich dem komischen Kerl dadurch etwas näher. Häufig entlarvt sich ein Autor unfreiwillig in seinem Geschreibsel.

Bei Oeters, dem Buchhändler auf dem Boulevard de Sébastopol findet man so gut wie alles, was man an gedrucktem Zeug haben will. Sollte mich wundern, wenn er keinen Ditvrai im Laden hätte. Unter Freunden muß man zusammenhalten. Außerdem hab ich hier in der Gegend zu tun.

Oeters hat seine Bücherkästen schon reingeholt, will seinen Laden dichtmachen. Aber er ist noch in Betrieb. Als ich reinkomme, ist er grade mit einer Kundin fertig. Eine von den Frauen, die ich mag: blond, hohe Absätze, enger Rock, bei dem sich der Hintern und alles abzeichnet.

„Sieh an! Nestor Burma!" wundert sich der Buchhändler. „Haben Sie hier zu tun?"

„Bin zufällig vorbeigekommen."

Er gibt der Blonden das Wechselgeld zurück, und sie verabschiedet sich nett lächelnd von uns, das Buch unterm Arm.

Oeters drückt mir die Hand. Dann nimmt er eine von seinen Dutzend Pfeifen, die sein Büro schmücken – schöne Pfeifen aller Größen und Formen –, stopft sie und zündet sie an. Er lächelt mir zu.

„Sind Sie wirklich nur so spazierengegangen?"

„Also, um ehrlich zu sein, ich suche ein Buch von einem Jacques Ditvrai. Da hab ich an Sie gedacht."

„Jacques Ditvrai?"

Er stößt eine duftende Rauchwolke aus.

„Ein Journalist, der einige seiner Reportagen in Buchform veröffentlicht", erkläre ich.

„Das müßte ich dahaben."

Er schiebt die Leiter an eine bestimmte Stelle und steigt hinauf. Während er die oberen Bücherreihen durchforscht, fragt er mich:

„Sie sind doch hier im Viertel so gut wie zu Hause, haben Sie 'ne Ahnung, was los ist?"

„Wo denn?"

„Rue des Lombards, Rue Quincampoix, so in der Gegend..."

Mit einer weitausholenden Geste beschreibt er das Quadrat.

„Nein..."

Ich lege den Katalog wieder hin, in dem ich gerade blättern wollte.

„Ist was los?"

„Scheint so. Sie wissen doch, wie das ist, nicht wahr? Das riecht man. Hab so das Gefühl, daß Polizisten in Zivil da herumstrolchen, irgendwie ungewöhnlich."

„Seit wann?"

„Ein paar Tage."

„Vielleicht haben die einen Moralischen und fallen den Huren auf den Wecker."

„Kann sein. Könnte aber auch mit den Anschlägen zu tun haben, neulich, auf die Hüter des Gesetzes. Vor kurzem sind 'ne Menge Nordafrikaner bei den Hallen geschnappt worden... Aha! Da haben wir ihn... Jacques Ditvrai... *Al Capones Geister...*"

Er steigt von seiner Hühnerstange herunter. Ich nehme das Buch, bezahle, wir plaudern noch ein wenig über dies und das, dann gehe ich.

Mein Magen knurrt. Die Zeit fürs Abendessen ist schon lange

vorbei. Zum zweiten Mal sag ich mir heute, daß mir ein Spaziergang gut täte, anregend für den Verstand. Also laß ich meinen Wagen in der Rue de la Reynie.

Über den Pont au Change, den Boulevard du Palais, den Pont Saint-Michel und den Quai gleichen Namens gehe ich zu Fuß auf die andere Seite der Seine, in die Rue Saint-Julien-le-Pauvre. Dort gibt es ein Restaurant, *Aux Cris de Paris,* in das mich vor kurzem Francine D..., eine der schönsten Frauen unserer Hauptstadt, mitgenommen hat.

Hier ißt man in den Miniaturstraßen und unter den Dächern von Paris. Der *patron* Georges Silly hat dieses Bühnenbild entworfen. Dazu steht am Eingang eine echte Gaslaterne und im Innern ein nicht weniger echter Baum. Nicht um die Gäste daran aufzuhängen! Im Gegenteil, man ist sehr um sie besorgt. Neben der Gaslaterne steht eine Waage, ähnlich wie in Apotheken. Dort können sie sich wiegen, vorher und nachher.

Von Francine weiß ich auch, daß man hier manchmal Brigitte Bardot treffen kann. Im Augenblick juckt mich die Bardot nicht, wenn ich so sagen darf. Aber wenn sie da ist, wird sie wie immer die Attraktion sein. Alles wird sich nur um sie drehen, und so hab ich wenigstens meine Ruhe. Die B.B. ist nicht da, aber ich hab trotzdem meine Ruhe. Werde eine Kleinigkeit essen und mir dabei ungestört Ditvrais Buch ansehen, *Al Capones Geister.* Wie der Titel schon sagt, handelt es sich um die Reportage, von der Baget mir erzählt hat. Der Journalist hat sie überall auf der Welt aufgestöbert, diese ehemaligen Helden der Unterwelt. Chicago, London, Italien usw. Vielleicht hat er sich aber auch gar nicht von der Ile Saint-Louis wegbewegt. Oder nur wenig, grade mal bis zur *Bibliothèque nationale* zum Beispiel. Er wäre nicht der erste aus der ehrenwerten Gesellschaft, der so vorgegangen ist. Der Koffer bei ihm beweist nichts.

Im übrigen ist die Reportage im üblichen Stil geschrieben, makkaronisch und verworren. Der Satz kommt in Fahrt, verfängt sich, fängt sich wieder, verliert Adjektive, wechselt das Thema, dreht und wendet sich, zieht hier ein Verb hervor, dort ein Substantiv, zwei oder drei Attribute tauchen auf und bleiben an der

Oberfläche, so gut sie können, Kommata werden eingestreut, und zum Schluß widerspricht das Ende dem Anfang; aber was macht das schon? Philosophieprofessoren gehen seit langem mit gutem Beispiel voran. Kurz und gut, Ditvrai könnte sich Chancen auf den Goncourt ausrechnen, wenn er sich an einen Roman macht und ihn im selben Stil hinschmiert. Für den Augenblick ist das die wichtigste Schlußfolgerung aus der Lektüre. Frage mich, ob das den Buchpreis wert ist.

Ich begebe mich in die düstere Rue des Lombards, Hände in den Taschen, Pfeife im Mund, wie ein Erwachsener. Tag und Nacht wimmelt es hier von seltsamen Individuen, vorsichtig und verstohlen, gleichzeitig freudlos und lebhaft, mit unbestimmtem und zugleich ganz bestimmtem Ziel. Aber nachts ist das noch deutlicher zu spüren. Tagsüber fahren Autos, gehen brave Hausfrauen und Mütter mit ihren Sprößlingen zum Bazar von Hôtel-de-Ville. Nachts gehört die Straße den Huren und allem, was damit zusammenhängt. Einige Mädchen gehen auf und ab, andere stehen unbeweglich vor den Hotels oder in irgendeiner dunklen Ecke. Für jeden Geschmack ist was dabei, auch für jeden Geldbeutel. Ganz junge und ältere, verbrauchte. Wie überall auf dem Strich. Im Mantel, Regenmantel oder einfach nur im Pullover. Alle mit mächtigen Hintern und Brüsten. Die einen haben herausfordernde Vorbauten die anderen veranschaulichen die Wellentheorie. Ein kaum beleuchteter Hausflur spuckt einen Kunden aus, er entfernt sich sehr schnell, dicht an den Häuserwänden, mit gesenktem Kopf, so als schäme er sich. Die Nacht verschluckt ihn gnädig. Andere Freunde flüchtiger Paarungen treiben sich hier rum und treffen ihre Wahl. Oder sie speichern Bilder in ihren Köpfen, Wachträume, die sie sich später selbst in ihrem Privatkino vorführen. In der Gegend von Rue de la Quincampoix, Rue Saint-Martin und Rue Nicolas-Flamel treffen sich Prostituierte, eventuelle Kunden, Neugierige, zwielichtige Gestalten. Sie alle schlendern umher vor dem Hintergrund des massigen Schattens der Tour Saint-Jacques auf der anderen Seite der Rue de Rivoli. Die Bürgersteige sind schmal, die Fahrbahnen auch nicht viel breiter. Es herrscht beinahe völlige Stille, fast schon feierlich, nur manchmal unterbrochen von dem jammernden Lallen eines Betrunkenen oder dem Stimmengewirr junger Leute, die einfach laut sprechen müssen, um nicht die Fassung zu verlieren. Erfolgloses Strohfeuer, das in flüsternden Verhandlungen gelöscht wird. Aus den Bistros fallen Lichtkegel aufs Pflaster. Dort drinnen an der Theke werden leise Worte gewechselt, die in Lärm ausarten können. Aber draußen herrscht Stille. Die Stille von unentschlossnen, grübelnden Männern. Die Stille von Mädchen, die sich nur anbieten, nicht aber Männer ansprechen dürfen. Manchmal wagen sie, einladend zu murmeln, wenn jemand an ihnen vorbeigeht. In der Rue Caumartin im 9. Arrondissement spannen sie frech die Wange mit der Zunge, in der Rue Mogador grüßen sie sogar: Guten Tag, Monsieur. Hier wird nur gemurmelt. Die Polizeiverordnung untersagt ihnen sogar, die Passanten direkt anzusehen. Den Polizeiverordnungen kommt es auf eine Dummheit mehr oder weniger nicht an, genauso wie den ausschweifenden Gedanken tugendhafter alter Jungfern. Man hält uns Männer für arme Küken, die man vor der Verführung der Schlange schützen muß. Das offene Ansehen, Auge in Auge, wird schon als Ansprechen aufgefaßt. Wenn ich demnächst mit einem Flic zu tun habe, mit Faroux oder einem andern, kann er mich ruhig auffordern, ihm „offen in die Augen zu sehen". Gepfiffen! Damit er hinterher behauptet, ich hätte ihm unsittliche Angebote gemacht...

Apropos Flics: mir schießt wieder durch den Kopf, was der Buchhändler mir erzählt hat. Unwillkürlich laß ich meine Blicke schweifen, ob hier einer rumläuft. Im Augenblick gibt es in der Rue des Lombards alles, was das Herz begehrt – ich glaube, ich sagte es schon –, aber nichts, was von Nahem oder Weitem einer dieser Witzblattfiguren vom Quai d'Orfèvres ähnlich sehen könnte. Vielleicht hat sich mein Buchhändler geirrt, vielleicht hat er auch nicht das gesehen, was er suchte – eine Gesetzesübertretung in einer dunklen Ecke zum Beispiel –, und ist abgezogen. Egal. Ich jedenfalls suche jemanden, aber bis jetzt tappe ich noch im dunkeln.

Ich gehe auf und ab, wechsel den Bürgersteig, werfe einen

Blick in die Bistros. Zum vierten oder fünften Mal streife ich eine Blondine, die an der Ecke Rue de la Quincampoix steht, vor der gelben Hauswand eines Stundenhotels mit blauen Kacheln. Sie ist noch weniger gesprächig als ihre Kolleginnen. Keinmal fällt ein Murmeln für mich ab, nicht die kleinste Ermunterung, nicht die unauffälligste Einladung zum wollüstigen Beisammensein. Wahrscheinlich veranlaßt mich diese besondere Zurückhaltung, sie mir beim nächsten Mal näher anzusehen. Und ich erkenne sie wieder, trotz der lächerlichen Beleuchtung. Das ist die aus der Buchhandlung, die uns beim Hinausgehen so nett angelächelt hat. Im Moment lächelt sie überhaupt nicht. Aber ich kümmere mich nicht darum. Ich hab das Gefühl, wir kennen uns schon seit einer Ewigkeit. Also kann ich's mir erlauben, sie um eine Auskunft zu bitten.

„Oh, guten Abend!" beginne ich.

Sie antwortet nicht sofort, sieht mich an. Ich meine so etwas wie Überraschung in ihren Augen zu lesen, so als hätte sie einen besonders unverschämten Kerl vor sich. Vielleicht ist das ihre Spezialität, saublöde Provinzler aus Seine-et-Oise, die sich nicht entscheiden können. Schließlich antwortet sie aber doch:

„Guten Abend."

Aber ohne große Begeisterung, und das war's auch schon. Na schön. Schon kapiert. Entweder sie erkennt mich nicht, oder, was wahrscheinlicher ist, sie will mich nicht erkennen. Das Leben woanders und das Leben hier auf dem Strich sind zwei verschiedene Paar Schuhe. So was gefällt mir. Ich finde die Haltung sympathisch und rücksichtsvoll. Für einen Moment bin ich verlegen. Aber dann schüttle ich mich und sage:

„Ich suche eine Ihrer Kolleginnen. Vielleicht können Sie mir sagen, wo ich Sie auftreiben kann."

Ich spiele mit einem Geldschein. Unauffällig fürs Auge, aber laut genug fürs Ohr. Soll nicht zu ihrem Schaden sein, auch wenn ich eine andere vorziehe. Als Vermittlungsgebühr.

„Wen denn?"

„Ein Mädchen namens Margot."

„Margot?"

Im Radio wär sie 'ne Katastrophe. Nicht wegen ihrer Stimme, die ist noch angenehmer als die so einiger Sprecher. Aber sie hat sofort die Diskutiermethode an sich, Typ *Tribune de Paris:* jeden Satz mit den letzten Worten des Vorredners beginnen.

„Ja, Margot."

Ich bin anscheinend auch nicht besser.

„Die dicke oder die andere?"

Ich lache:

„Gibt's da ein ganzes Sortiment?"

Sie schielt mich von der Seite an.

„Kleiner Witzbold, hm, M'sieur?"

Sie sagt das, als bekäm sie von solchen Scherzen Krämpfe.

„Wenn ich 'n guten Tag habe."

„Soso. Die dicke Margot kann heute abend nicht. Ist krank."

„Wenn ich's mir so richtig überlege, dann such ich eher die andere."

„Die andere?"

Schon wieder *Tribune de Paris.*

„Ja. Die andre."

Nur weiter so!

„Die andere..."

Pause. Sieht aus, als müßte sie mittlere Probleme wälzen. Ich knistere inzwischen weiter mit meinem Scheinchen. Versau damit noch Richelieus Schnäuzer und Bärtchen. Er wird schon schlaffer (der Schein, nicht der Kardinal), knistert immer leiser in meiner Hand. Nur noch ein Lappen. Aber immer noch tausend Francs wert.

„Die andere", fährt die Hure endlich fort, „schafft in der Rue Nicolas-Flamel an. Zweites Hotel rechts."

„Ist es auch die..." Ich beschreibe sie. Die Blonde nicht.

„Danke."

Ich schiebe ihr den Schein in die Hand. Man könnte den Eindruck haben, als nähme sie das Geld nur widerstrebend an.

Ich gehe in Richtung Rue Nicolas-Flamel. Aber nach ein paar Schritten, weiß der Teufel warum, dreh ich mich um. Meine Kupplerin sieht mir hinterher. Sie wird angesprochen, scheint dem Kerl aber keine große Aufmerksamkeit zu schenken. Vielleicht bin ich ihr ins Auge gesprungen, mit dem sie mich eigentlich gar nicht ansehen darf. Wer weiß? Plötzlich stürzt sie ins Hotel. Der Kerl steht immer noch da, ganz geknickt, nehme ich an.

Das alles kommt mir sehr seltsam vor. Ich komme ins Grübeln. Tausend Francs fürs Nichtstun! Sie hat das bestimmt auf die Minute umgerechnet und macht jetzt erst mal 'ne entsprechende Strichpause.

Sieh an! Nestor, der Pfadfinder auf dem heißen Pflaster. Jeden Tag eine gute Tat.

Guten Tag!

Die Margot aus der Flamel ist grade in einer „Sitzung". Also stehe ich Schlange. Kurz darauf kommt sie. Sie ist tatsächlich das Mädchen, das ich bei Fred Baget gesehen hab. Inzwischen hat sie den Trenchcoat gegen einen Wollmantel eingetauscht. Meine Annäherungsversuche kann ich mir hier so ziemlich sparen. Schon verschwinden wir in dem gastlichen Hotel, das von einer schmächtigen Schlafmütze bewacht wird. Auf der Bude wird erst Zoll bezahlt, dann kann man sich's bequem machen. Sie trägt einen Rock mit einem praktischen Reißverschluß, ideal für ihren Beruf. Alles auf die Minute genau festgelegt. Geschäft ist alles. Auch das Ausziehen. Schnellabfertigung. Ökonomie der Bewegung, Taylorimus in der Liebe. Mit der Rakete in den siebten Himmel. Wird ganz schön schwer, auf ein anderes Thema zu kommen als auf das vereinbarte. Ich versuch's trotzdem. Erst mal ein Kompliment für ihren Körper. Seh zwar nicht viel, aber das macht nichts. Dann bemerke ich, daß sie mit ihrer Figur ein ideales Modell für einen Maler abgäbe. Das überrascht sie. Mit einem Mal wirkt sie menschlicher. Sie fragt:

„Wie kommst du darauf?"

„Nur so."

„Bist du Künstler?"

„Im gewissen Sinne."

Sie schüttelt den Kopf.

„Nein, du bist keiner. Ich kenn die Künstler. Na ja, einen. Du siehst mir nicht danach aus."

„Trotzdem hab ich einen Blick dafür. Und ich seh genau, daß du ein herrliches Modell wärst."

„Woher willst du wissen, daß ich's nicht manchmal bin?"

„Siehst du, ich hab 'n Blick dafür."

Margot ist sehr nett, aber im allgemeinen ist ihr Zimmer kein Debattierklub. Ich kann nicht länger um den heißen Brei herumreden. Ich muß direkt fragen:

„Und was hält dein Kerl davon?"

Sie runzelt die Stirn.

„Was juckt dich das denn, Schätzchen?"

Danach kann ich nur noch die Klappe halten.

Ich weiß nicht, ob sie angeklopft haben. Ich weiß nur ganz sicher, daß sie reinkommen. Die Tür wird aufgestoßen und wieder zugeschlagen. Da stehen sie. Ich springe auf wie ein Ehemann, der von seiner Frau in verfänglicher Situation mit der Nachbarin, dem Dienstmädchen oder dem Brotmädchen überrascht wird. Margot springt ebenfalls auf und protestiert:

„Was soll das? Das geht nicht... Ich bin..."

„Schnauze", knurrt einer.

Sie hält sie.

Es sind fünf. Der Kerl von unten, die Blonde und noch drei andere, Zuhälter. Das riecht man drei Meilen gegen den Wind.

6

Eigentlich sehen sie gar nicht so bedrohlich aus. Aber solche plötzlichen Besuche mag ich nicht. Man hat schließlich unter anderem auch Schamgefühl. Ich steh ziemlich blöd da, so halb angezogen, und schau sehnsüchtig zu meiner Jacke rüber, die über der Stuhllehne hängt, verdammt nochmal, weit weg in der anderen Zimmerecke. Wußte gar nicht, daß solche Buden so riesig sein können! Und in meiner Jacke steckt meine Kanone, an die ich jetzt nicht rankomme. Na dann, gute Nacht!

Einer der Kerle zeigt auf mich und fragt die Blonde:

„Ist der das?"

„Ja."

„Gut."

Die Natur hat ihn mit einem Riesenzinken ausgestattet, Typ Riechkolben, dazu mit Schweinsäuglein unter zusammengewachsenen Augenbrauen und mit hohlen Wangen. Nach der letzten Mode von Pigalle gekleidet. So ungefähr dreißig und 'n paar Zerquetschte, die im Knast schon mitgerechnet.

Einer von seinen beiden Kollegen ist klein, fett und eingebildet. Südländischer Teint, Fliegendreck auf der Oberlippe – Hitler-Verschnitt –, halb Schlepper, halb Puffbesitzer, älter als der erste, Kleidung wie gehabt.

Der dritte Strolch ist noch älter. Trägt seine mehr als fünfzig Jahre weniger gelassen als seine Freizeitmütze, seinen Tweedmantel und seine Brille. Schmale, blutleere Lippen, die Haut wie 'ne Scheibe gekochter Schinken, ganz schön zerknautscht. Jede Menge Ringe an den Fingern. Zerstören den gutbürgerlichen Eindruck, den er auf den ersten Blick macht.

Für ein paar Minuten herrscht Stille im Zimmer, nur unterbrochen von huschenden Schritten auf dem Flur, Türen, die zugezogen werden, Vibrieren in der Wasserleitung, von dem ganzen

Drum und Dran also, Anzeichen dafür, daß es in dem Laden munter drüber geht.

„Und nun?" werfe ich betont lässig in die Runde, um bloß nicht zu zeigen, daß ich Böses ahne, wenn ich auch nicht grade vor Schiß umkomme. „Und nun? Spielen wir *in flagranti*?"

Ich zeig auf die Dame des Hauses, die auch ganz durcheinander ist. Sie sitzt auf dem Bett, die Schenkel im Freien.

„Sie wollen doch nicht behaupten, daß ich sie vergewaltigt hab, oder?"

„Schnauze", knurrt das Rüsselschwein.

Bis jetzt hat nur er was von sich gegeben. Der Jüngste von allen, scheint aber der Boß zu sein. Er grinst hämisch.

„Kleiner Witzbold, hm?"

„Hat die Blonde Ihnen das nicht schon gesagt?"

Er sieht zu ihr hin. Aber diesmal spricht nicht er, sondern der Fettsack mit dem widerlichen Schnäuzer. Wie erwartet hat er einen Marseiller Akzent:

„Verschwinde!"

Das Mädchen gehorcht wortlos.

„Und vielen Dank!" ruft ihr das Rüsselschwein hinterher.

„Nichts zu danken."

Der Kerl vom Hotel hustet geräuschvoll.

„Und du hau auch ab", wird ihm nahegelegt.

„Ja, aber ihr habt mir versprochen..."

„Ja ja. Keinen Ärger. Wenn du dich raushältst."

„O.K."

Der Dicke packt seinen Arm und schiebt ihn nach draußen. Dann schließt er die Tür, baut sich davor auf und wartet, wobei er auf einem Streichholz rumkaut. Die Leidenschaft in Person. Der Kerl mit der Freizeitmütze sieht dem Treiben wie ein Tourist zu. Vielleicht ist er ja tatsächlich einer, und das Ganze ist ein Programmpunkt von *Paris by night.*

„Zieh dich an, Guite", sagt das Rüsselschwein.

„Ja, Dédé."

Margot-Guite schnappt sich den Rock und streift ihn über, raschelt mit der zerknitterten Seidenwäsche, kämpft mit dem plötzlich widerspenstigen Reißverschluß. Dédé Rüsselschwein wendet sich wieder mir zu, holt ein Stück Papier raus, liest; dann fragt er mich, gar nicht aggressiv, beinahe höflich:

„Monsieur Burma, hm?"

Ich fühle mich etwas gebauchpinselt. Bin nicht bescheidener als andere. Es tut der Eigenliebe gut, wenn man sieht, daß man bekannt ist. Manchmal kann man allerdings drauf verzichten. Jetzt zum Beispiel. Auch wenn ich lange brauche, kapier ich schließlich. Und eigentlich hätte ich schon lange kapieren müssen, daß die Blonde beim Buchhändler meinen Namen gehört und irgendwo im Gehirn gespeichert hat. Und als ich mich dann nach Margot erkundige, wird sie stutzig, warum, weiß ich nicht. Hat nichts Eiligeres zu tun, als ihren Kerlen Bescheid zu sagen.

„Ja", bestätige ich. „Ich bin Nestor Burma."

„Privatdetektiv?"

Ich geb die übliche Antwort:

„Zu Ihren Diensten."

„Sehr witzig", findet er.

Er ist aber der einzige, der das findet. Der Fettsack macht ein finsteres Gesicht, der Tourist gar keins. Ich schwimme, und Margot wird's ungemütlich.

„Kann ich gehen?" fragt sie.

„Bleib. Ich brauch dich noch."

Sie setzt sich wieder aufs Bett. Dédé fährt fort:

„Agentur Fiat Lux, Rue des Petits-Champs. Privat..."

Er kennt sogar meine Privatadresse.

„Sie kommen ja schnell an Informationen ran", bemerke ich. „Sollten Sie mal 'n Job suchen, ich stell Sie wohl ein."

Er zuckt die Achseln.

„Hat man erst mal den Namen, und steht der Name dann noch im Telefonbuch..."

Er geht zu meiner Jacke und filzt sie. Das Buch von Ditvrai und meine Kanone kommen zum Vorschein. Er sieht sich die Waffe an und pfeift durch die Zähne.

„Entschuldigen Sie", sagt er, „die geb ich Ihnen später zurück."

Er steckt sie ein. Dann wirft er einen Blick auf das Buch, klopft mit seinen langen weißen Fingern auf den Deckel. Die Hand hat nie den Stiel einer Hacke oder eines Hammers berührt.

„*Al Capones Geister*... Interessieren Sie sich für so'n Quatsch?" fragt er mitleidig.

„Ich les so was gerne."

„Quatsch", seufzt der Fettsack. „Davon gibt's jede Menge, von so'm Quatsch."

„Halt dich da raus", schnauzt ihn der andere an. Dann lächelnd zu mir:

„Er ist Jude. Juden müssen immer diskutieren."

Jude? Von wegen! Der Dicke sieht einem Juden, jedenfalls wie man sich die so vorstellt, so ähnlich wie ich einem Bischof.

„Was denken Sie über Juden, M'sieur Burma?"

Was soll das denn wieder?

Ich antworte:

„Gar nichts. Ich will meine Ruhe haben. Tja, die Juden... ist man dafür, trifft man auf einen, der gegen sie ist, und umgekehrt. Hat man keine Meinung, heißt es, das gehört sich nicht für einen Katholiken. Keinem kann man's recht machen."

„Genau. Und was haben wir damit zu schaffen, hm?"

„Eben."

„Hier. Ihr Jackett."

Er reicht es mir, zusammen mit dem Buch. Aber er muß über eine enorme Fingerfertigkeit verfügen. Auf dem kurzen Weg hat er sie um meine Brieftasche erleichtert. Während ich mich anziehe, wühlt er in meinen Papieren.

„In Ordnung", sagt er dann und gibt mir mein Hab und Gut zurück. „Sie sind der Privatflic Nestor Burma. Und jetzt reden wir mal 'n paar Takte, ja? Ich hoffe, Sie werden nicht erwartet..."

„Nein."

„Schön."

Er zieht den einzigen Stuhl zu sich ran und setzt sich rittlings drauf, so als wolle er sich für die Nacht einrichten. Der Fettsack gibt einen hörbar mißbilligenden Seufzer von sich. Dédé dreht sich zu ihm:

„Was ist los?“

Der andere schaut auf die Uhr.

„Das dauert und dauert... und ich trau dem Braten nicht, vor allem nicht dem Trottel da unten.“

„Na gut, dann geh doch runter und leiste ihm Gesellschaft. Und sieh zu, daß er keinen Quatsch macht!“

Der Fettsack spuckt den Streichholz auf den Boden. Bevor er verschwindet, tischt er uns nochmal seinen Lieblingssatz auf:

„Davon gibt's jede Menge, von so 'm Quatsch.“

Der Tourist hat bis jetzt keinen Piep gesagt. Scheint aus Holz zu sein.

„Und jetzt zu dir, Guite“, redet Dédé weiter.

„Was soll ich dazu sagen?“ fragt das Mädchen.

„Was habt ihr hier gemacht, ihr zwei?“

Sie lacht.

„Also wirklich. Wir haben...“

„Geredet? Hat er dir Fragen gestellt?“

„Schon, aber...“

„Was für welche?“

„Na ja... äh... Fragen ist vielleicht zuviel gesagt. Geredet haben wir eben. Man redet immer was mit den Kerlen. Na ja, du kennst das doch, Dédé. Er hat gesagt... Ach, nee! Komisch, so was sagen die andern nie. Er hat gesagt, ich wär ein prima Aktmodell für einen Maler. Da hab ich geantwortet, daß ich manchmal Modell steh, und er hat mich gefragt, wie du das so siehst.“

„Und? Was hast du geantwortet?“

„Daß ihn das 'n Scheißdreck angeht! Weiter ist er nicht gekommen.“

Der Kerl sieht mich an:

„Ja, wirklich, was geht Sie das denn wohl an, M'sieur Burma?“

„Hören Sie“, sage ich. „Sie scheinen Probleme zu haben, weil ich mir Ihre Frau ausgesucht habe. Ich weiß nicht, ob Sie die Angewohnheit haben, ihre Kunden alle so zu kontrollieren, mir jedenfalls ist das scheißegal. Ich kann Ihnen genau erzählen, weshalb ich hier bin. Heute nachmittag war ich bei Fred Baget, dem Maler. Ein Freund von mir... Und da taucht Ihre Margot auf. Sie gefällt mir, und peng! Baget hat mir gesagt, wo ich sie finden kann. Und hier bin ich."

Dédé hüstelt und schielt zu der Hure rüber.

„Moment", sagt die. „Den hab ich bei dem Maler nicht gesehen. Wenn da noch einer war, dann höchstens ein Weib."

Ich zieh die Schultern hoch.

„Sie meinen das, weil sein Gesicht mit Lippenstift vollgeschmiert war, hm?"

„Und ich hab noch einen Mantel und 'ne Tasche gesehen."

„Jaja. Es war wirklich eine Frau bei ihm. Aber ich war auch da."

Dédé lacht dreckig:

„Na so was!"

Bestimmt denkt er jetzt von Malern und Privatdetektiven, daß sie ziemlich lose Sitten haben. Orgiastisch, römisch-dekadent.

„Ja, ich war auch da. Kann's auch beweisen, kann Ihnen erzählen, was Sie anhatten, sogar was Baget gesagt hat."

Ich tu's. Dann füge ich noch hinzu:

„Ich stand oben auf der Wendeltreppe. Von da sieht man alles, ohne gesehen zu werden."

„Geht das?" fragt Dédé seine Margot.

„Ja."

„Na gut."

Er reibt sich zufrieden die Hände, dann redet er weiter:

„Jetzt weiß ich immer noch nicht, warum Sie wissen wollten, wie ich Guites Verhältnis zu diesem Farbenkleckser seh."

Ich kann ihm doch nicht erzählen, daß ich eine Idee hatte und deshalb hierher gekommen bin. Einen Moment lang hab ich mir folgendes überlegt: Dédé findet die „Sitzungen" bei dem Maler gar nicht gut. Das gibt ihr die Möglichkeit, für ein paar Stunden vom Strich abzuhaun. Vielleicht war sie die ganze letzte Nacht weg. Da platzt ihm der Kragen (diese harten Jungs sind etwas weich in der Birne, sehr weich sogar; nicht zu vergleichen mit einem Stück Brie, wär 'ne Beleidigung für den Brie). Er lungert also auf der Ile Saint-Louis rum, um ihr den Marsch zu blasen. Sie kommt aus dem Haus des Malers, und zack! Ohne groß nachzudenken hat er sich vom Trenchcoat täuschen lassen und die Jüdin erstochen, wütend wie er war. Klar, ich war auf der falschen Spur. Aber erzählen kann ich's ihm trotzdem nicht. Ich sag nur:

„Wissen Sie, mein Lieber, Baget ist Künstler, so 'ne Art großes Kind. Ich paß etwas auf ihn auf, sozusagen vom alten Onkel beauftragt oder so was Ähnliches. Als ich hörte, daß er mit Margot zu tun hat, wenn auch anders als üblich, denk ich mir: Stop! Wenn das mal dem Kerl von dieser Maus nicht gefällt? So. Ich will also zu ihr, weil sie mich erstens beeindruckt hat, und zweitens, um mich so nebenbei zu vergewissern, daß mein Freund nicht gefährlich lebt. Das Nützliche mit dem Angenehmen verbinden, kann man sagen."

„Er lebt nicht gefährlich", sagt Dédé. „Wenn Sie keine anderen Sorgen haben... Ich war immer im Bilde über diese Sitzungen. Hab nichts dagegen. Er malt Bilder von ihr. Er löhnt gut. Und sie kann sich ausruhen, so 'ne Art Urlaub... und vielleicht auch gut für die Werbung."

„Warum nicht?"

„Sollte 'n Witz sein."

„Wieso? Ich bin doch hier, oder?"

„Stimmt."

Er winkt:

„Du kannst abhaun, Guite."

Sie steht auf, noch etwas ängstlich.

„Hoffentlich... oh, sag, Dédé... ich... hab ich..."

„Verpiß dich", sagt er liebevoll.

Aufatmend geht sie zu ihm. Zum Abschied gibt er ihr einen freundschaftlichen Klaps auf den Hintern. Sie geht raus.

Ich frage mich immer noch, was das ganze Affentheater soll, halt aber besser die Klappe. Erstens hab ich keine Waffe. Dédé hat noch immer meine Kanone. Also muß ich abwarten und ertragen, was ertragen werden muß. Und zweitens ist die jüdische Frage noch nicht gelöst. Ich entwickle mich zu einem Experten der jüdischen Frage. Sie läßt mir keine Ruhe. Als Verdauungsschnäpschen ist mir heute nachmittag die Leiche von Rachel Blum serviert worden. Und heute abend fragt mich dieser kleine

Lackaffe, was ich über die Juden denke. Komisch! Man sagt zwar, Juden laufen überall rum, vor allem in diesem Arrondissement. Trotzdem ist es nicht normal, daß mir an einem einzigen Tag eine solche Dosis verabreicht wird.

Nach Margots Abgang ist es erst mal still. Dédé betrachtet mich abschätzend. Gleichzeitig denkt er nach. Das sieht man an der Art, wie er seinen Hut in den Nacken schiebt, um den Falten auf der Stirn freien Lauf zu lassen, Falten des Grübelns und der Konzentration. Schließlich murmelt er undeutlich ein paar Worte. Er steht auf, hat also offenbar einen Entschluß gefaßt. Er rückt seinen Hut zurecht, knöpft seinen Mantel zu. Die rechte Hand in der Manteltasche umklammert wahrscheinlich einen Püster, seinen oder meinen. Seine Schweinsäuglein bohren sich mir tief ins Herz.

„Jetzt werden wir mal ernsthaft miteinander reden, M'sieur Burma", sagt er vielversprechend. „Aber nicht hier. Das könnte länger dauern, und wir sind schon viel zu lange hier. Wenn Sie uns bitte begleiten wollen..."

Ich zeige auf seine ausgebeulte Manteltasche.

„Ich nehme an, ich habe keine Wahl, hm?"

„Wir werden Sie schon nicht fressen, jedenfalls nicht, ohne was zu trinken. Los!"

Seine Hand bleibt da, wo sie ist.

„Egal. Sie haben von einem Job gesprochen. Wenn ich was davon verstehe..."

„Werd's Ihnen schon noch erklären. Woanders."

Ich verlasse die Bude. Die beiden Kerle nehmen mich in die Mitte. Wie in einem Waffeleisen. Im Erdgeschoß sitzt der Fettsack in einer Ecke des Büros. Ein wachsamer Wächter.

„Wir haun ab", sagt Dédé.

Der Dicke mustert mich und bemerkt:

„So 'n Quatsch."

Beschränkter Wortschatz für eine fixe Idee. Dédé antwortet nicht. Der Junge vom Hotel ist erleichtert, daß wir abziehen. Wir gehen in Richtung Rue de Rivoli. Die Huren weichen vor uns zurück. Respektvoll, könnte man meinen. Sie sehen uns so gespannt an. Aber vielleicht bilde ich mir das auch nur ein. Die Ereignisse des Tages lassen die Phantasie ins Kraut schießen. Das Lustigste dabei ist, daß ich das Gefühl habe, einfach abhauen zu können. Verspür aber gar keine Lust dazu. Ich gehe mit. Mal sehen. „Jedenfalls nicht, ohne was zu trinken", hat der Kerl gesagt. Schweigend überqueren wir die Rue de Rivoli und gehen um den Square Saint-Jacques herum. Vor dem Eingang des Théâtre Sarah-Bernhardt in der Avenue Victoria parken Autos. Der Fettsack bleibt vor einem stehen, öffnet die Tür und klemmt sich hinters Lenkrad. Ich nehme hinten Platz, immer noch als Waffel.

„Wenn das eine Entführung sein soll", bemerke ich, „dann haben Sie Pech gehabt. Für mich zahlt keiner."

„Sie lesen zuviel Blödsinn, M'sieur Burma", lacht Dédé.

Der Fettsack läßt den Motor an. Er hat kein Wort gesagt, nicht gefragt, fährt einfach los. Sicher weiß er, wo's hingeht. So eingequetscht, wie ich hier sitze, sehe ich nicht viel von der Gegend. Hab den Eindruck, daß wir unnötige Umwege machen. Wohl ein Trick, damit ich die Strecke nicht verfolgen kann. Es wird immer spannender. Schließlich biegen wir in eine schmale Straße ein. Der Schlitten kommt nur mit Mühe durch, streift mal rechts, mal links mit den Reifen den Bordstein. Wir halten an. Ich steige aus, immer zwischen Dédé und dem Touristen eingeklemmt. Der Dicke fährt weiter, wir gehen durch eine stinkende Passage. Ich hatte nicht grade viel Zeit, um mir die Gegend anzusehen, aber ich kenn Paris. Daran haben die Knaben bestimmt nicht gedacht bei ihrer Zickzackfahrt. Wenn ich nicht irre, sind wir in der Passage du Prévôt, ein Schlauch, der die Rue Charlemagne mit der Rue Saint-Antoine verbindet. Jenseits der alten Gebäude befindet sich die Rue de Fourcy. Vor dem Gesetz „Marthe Richard" berühmt für seinen *Blühenden Korb,* ein Abbruchhaus, das inzwischen einer Klinik für pränatale Medizin gewichen ist. Das ist keine Erfindung von mir. Jeder kann hingehen und sich das ansehen.

Dédé klopft an eine Tür. Ein stämmiger Kerl öffnet. Wir folgen ihm in ein schäbiges Zimmer, das nur spärlich beleuchtet ist. Das zerschlagene Boxergesicht des Türstehers sieht aus wie eine zerbeulte Regenrinne. Er sieht mich an.

„Wer ist das?“

„Ein Flic“, sagt Dédé grinsend.

Der Boxer fährt hoch:

„Scheiße! Du...“

„Privater.“

„Was, Privater?“

„Privatflic.“

„Ist doch dasselbe.“

„Halt dich da raus. Ich weiß schon, was ich tu.“

„Hoffentlich. Himmel, Arsch und Zwirn!“

„Hör mal, wir wollen in Ruhe reden.“

„Hab Kundschaft.“

„Die Küche wird reichen.“

„Wie du willst. Großer Gott! Du hast immer Schwein, Alter. Alles was du anpackst, haut hin. Hast nie Scheiß gebaut. Genau das macht mir Sorgen. Eines Tages machst du ein Ding, daß es nur so knallt.“

„Schnauze“, knurrt Dédé.

Wir gehen durch ein schmuddliges Wohnschlafzimmer. Auf dem Tisch ein Liter Wein, davor ein junger Besoffener, der eine Nutte durch den offenen Morgenmantel befummelt. Er sieht uns mit seinen samtschwarzen Augen an. Einen Zinken hat der, so was sieht man nur auf antisemitischen Karrikaturen! Heute ist offensichtlich Laubhüttenfest. Wir gehen in die Küche, in der ein Ofen bullert. Es ist heiß hier, sehr heiß. Und da soll ich keinen Schiß kriegen! „Wir werden Sie schon nicht fressen, jedenfalls nicht, ohne was zu trinken.“ Möglich. Und da kommt auch schon die Nutte mit einer Flasche Weißen und Gläsern. Ich seh sie mir an. Hoffentlich soll die mich nicht verführen. Margot, na ja, das ginge, aber die hier... Sie geht wieder zurück zu Sems Sohn, um ihre schwindenden Reize anzubieten. Dédé gießt ein. Jetzt stößt auch der Fettsack wieder zu uns, liebenswürdig wie immer, im Maul ein neues Streichholz. Dédé steckt sich eine Gauloise ins Gesicht, der Tourist eine parfümierte englische Zigarette. Ich leiste ihnen mit meiner Friedenspfeife Gesellschaft. Wir trinken alle einen Schluck, dann eröffnet Dédé endlich die Runde.

Das Gespräch dauert ziemlich lange. Sehr heikel. Dann darf ich das Drecksnest wieder verlassen. Träume ich oder was? Ich hatte in meiner Karriere ja schon so einige Klienten. Von jeder Sorte, Form und Farbe. Aber noch nie hab ich „im Interesse der Familie" ermittelt, wie Dédé grinsend sagte, engagiert von Zuhältern.

Irgendwann ist es immer das erste Mal.

7

Die Rückfahrt geht in aller Stille vor sich. Alle drei, Dédé, der Fettsack und ich, hängen wir unseren Gedanken nach. Den Touristen haben wir im Passage du Prévôt gelassen. Muß wohl wirklich so was Ähnliches wie 'n Tourist sein. Erstens ist er Ausländer. Richtung Engländer. Das hört man an seinem Akzent (er ist nämlich gar nicht stumm, nur träge und reserviert). Und zweitens hat er den typischen Hang eines Touristen zum Sumpf. Der Grund, weshalb er nicht mit uns gekommen ist, war die Nutte.

Nicht weit von der Rue de la Reynie, wo ich meinen Wagen geparkt habe, werd ich abgesetzt. Mitten auf dem Boul' Sébasto im dichten Gewühl nahe den Hallen. Dédé reicht mir seine Hand und meine Kanone. Ich nehm beides.

„Schön brav sein!" gibt er mir mit auf den Weg.

„Werd ich."

„Tschau", sagt der Dicke, und wir schütteln uns ebenfalls die Hand. Solche alltäglichen, automatischen Gesten haben die Bedeutung, die man ihnen gibt.

„Ich", sagt er drohend und hält meine Hand fest, „ich glaub, wir machen grade großen Quatsch. Leg dich ins Zeug, Alter. Würd mich freuen, wenn ich mich irre."

Er läßt mich los.

„Tschau."

Ich steig aus und knall die Wagentür zu. Der Motor heult auf, der Wagen verschwindet im dichten Verkehr Richtung Montmartre. Ich gehe zu meinem Dugat, der zwischen einem Lieferwagen und einem Stapel Sackkarren eingeklemmt ist. Ich manövriere ihn raus, so gut ich kann. Eine Hure und ein Lastenträger sehen mir belustigt zu. Ein Uhr nachts. Ich könnte nach Hause fahren und mich ins Bett legen, aber dafür bin ich zu aufgekratzt. Aufs Geratewohl fahre ich durch das schlafende Paris.

Ohne mir dessen bewußt zu sein, befinde ich mich in der Nähe des Pont Sully. Ditvrai fällt mir ein. Dort hat er mich einfach stehengelassen und ist davongebraust. Jacques Ditvrai... Rachel Blum... Fred Baget... Margot... Dédé...

Und jetzt noch Samuel Aaronovič.

Stop, Nestor! Geh ein bißchen spazieren. Behauptest ja immer, daß dir das deine Gedanken sortiert. Jetzt kannst du diese Methode anwenden. Ich parke meinen Wagen an der *Bibliothèque de l'Arsenal* und geh zu Fuß zum Fluß. Es nieselt zwar nicht schlecht, man kann's aber aushalten. Übrigens auch so was wie ein Frühlingsversprechen. Ist gar nicht mehr so weit weg, der Frühling. Etwas über einen Monat. Kurz vorher, am 7. März, bricht für mich mein privates Neues Jahr an. Vielleicht hab ich heute schon im voraus mein Geburtstagsgeschenk gekriegt. Und was für ein Geschenk! Nestor, der dynamische Detektiv, im Dienste der Unterwelt!

Dédé ist bestimmt nicht der gewöhnliche Gauner, wie man bei seiner Fresse meinen könnte. Der ausrangierte Boxer hat gesagt, daß er Schwein hat und ihm immer alles gelingt. Vielleicht weil er bei seinen Aktionen unverschämt genug ist und auch vor unkonventionellem Verhalten nicht zurückschreckt. Das beste Beispiel dafür hat er heute nacht geliefert.

„Ich glaube, ich kann Ihnen vertrauen, M'sieur Burma. Dafür hab ich ein Näschen." Er faßt sich an seinen Rüssel. „Groß und lang genug ist sie ja, hat mich bis jetzt noch nie im Stich gelassen. Ich möchte Ihnen einen Vorschlag machen. In Ihrer Eigenschaft als Detektiv, so sagt man doch, oder?"

„Im Ernst? Wollen Sie mich vielleicht zufällig engagieren?"

„Genau das. Überrascht Sie das?"

„Es beunruhigt mich."

„Warum? Ich zahle gut..." Er zieht ein Bündel Geldscheine aus der Tasche, schlägt damit auf das brüchige Wachstuch und läßt es wieder verschwinden. „Sie arbeiten doch für jeden, der zahlt, oder?"

„Moment! So einfach ist das nun auch wieder nicht."

„Sind meine Moneten weniger wert?"

„Etwas. Im allgemeinen bieten meine Klienten moralische Sicherheiten. Ich will niemandem auf den Schlips treten ... ist nur 'ne Feststellung: bei Ihnen fehlen die. Sie sind weder Notar noch Industrieller, führen kein ausgesprochen gutbürgerliches Leben. Wohlgemerkt, ich pfeif drauf, viele von diesen ehrbaren Bürgern sind keinen Pfifferling wert. Aber, na ja, was zählt, ist die Fassade. Wenn mich ein Notar oder ein kleiner Geschäftsmann engagiert, besteht nicht so leicht die Gefahr – von Ausnahmen abgesehen –, daß ich in irgendeine Geschichte reinrutsche und auf den Arsch falle. Und auch wenn's schiefgeht, kann mir keiner anhängen, ich hätte was mit Gangstern gedreht. Aber wenn ich für Sie arbeite ..."

Dédé nimmt mir meine Offenheit nicht übel. Er findet meine Bedenken berechtigt. Der Tourist auch. Bei dieser Gelegenheit sagt er ein paar Worte mit seinem starken Akzent. Nur der Fettsack äußert sich nicht, in keiner Richtung. Offenbar geht ihm der „Quatsch" quer runter.

„Keine Sorge", sagt Dédé. „Sie sollen nichts Illegales machen. Ehrenwort."

„Gut. Und dann? Die Konsequenzen?"

„Es wird keine unangenehmen Konsequenzen geben. Ehrenwort Nummer zwei. Also?"

„Na gut, ich kann's mir ja mal anhören. Schießen Sie los."

„Wir suchen jemanden hier im Viertel. Leider kennen wir uns mit so was nicht aus. Sind auch zu auffällig, das ist schlecht. Wir leben ständig in 'ner Art Reservat. Pigalle usw. Wie die Indianer. Oder die Juden in ihren Ghettos ..."

Wieder mal die Juden! Hab ja auch schon lange nichts mehr von ihnen gehört.

„Sobald wir unsern Standort wechseln und die Flics das merken, stellen die sich gleich was vor. Streichen immer um uns herum."

Ich muß an Oeters denken, den Buchhändler. Hat sich nicht getäuscht. In der Gegend um die Rue des Lombards geht was Ungewöhnliches vor sich, unterschwellig. Die Typen vom Montmartre sind gekommen, haben sich sozusagen für länger in dem

Viertel eingenistet. Und die Flics fragen sich natürlich, was die im Schilde führen.

„Ich will denen lieber keinen Grund zum Rätselraten geben. Zieh mich zurück, verfolge aber weiter mein Ziel. Und das ist im Augenblick, einen bestimmten Kerl wiederzufinden."

„Um ihn aus dem Weg zu räumen?"

„Ganz und gar nicht. Sie lesen zuviel Schund, sag ich doch. Müßte zensiert werden. Aus dem Weg räumen, das machen wir unter uns, in unseren Kreisen. Der Kerl, den ich suche, gehört nicht zu uns. Wenn er einer aus der Unterwelt wär, brauchte ich Sie nicht, um ihn zu packen. Aber das ist keiner von uns. Arbeiter, war damals Mützenschneider. Rue des Rosiers, Rue Pavée, so die Gegend. Was das Ganze nicht einfacher macht. Diese Juden, Scheiße! Wenn man denen was abknöpfen will... verdammt mißtrauisch. Schließlich kann man sie nicht alle verprügeln."

Ich lache:

„Nein. Wird nicht gern gesehen. Kann man nur mit auffallen."

„Ganz genau. Aber Sie, Sie haben das doch im Programm. Hm, M'sieur Burma? Sie vergessen, wer wir sind, und arbeiten für uns, hm?"

Ich nörgle noch ein Weilchen herum. Verlangt schon der gute Ton. Innerlich hab ich mich schon entschieden mitzumachen. Ein Kerl, der Mützen herstellte. Rue des Rosiers, Rue Pavée, so die Gegend. Bestimmt ein Jude. Wieso interessieren sie sich für ihn, Dédé und seine Leute? Und ob vielleicht... Heute nachmittag Rachel Blum, und heute abend dieser Mützenheini. Ob's da einen Zusammenhang gibt? Wenn ich das unerwartete Angebot dieser Jungs hier ablehne, werd ich's nicht erfahren. Also los, aber nur kein plötzliches Interesse zeigen. Ich kriege nochmal sein Ehrenwort, daß es keinen Ärger gibt:

„Sie treiben für mich den Kerl auf, das ist alles. Ihm passiert nichts."

„Garantiert?"

„Garantiert."

„Gut, ich mach mit."

Schnell nenn ich eine Zahl als Honorar. Dédé holt sein Geld raus und schiebt mir die geforderte Summe rüber.

„Samuel Aaronovič", sagt er dann. „Knapp über dreißig. Die ganze Familie ist deportiert worden und umgekommen, falls Ihnen das weiterhilft. Weiß nicht mal, wie er aussieht, ob er 'n Buckel hat, hinkt, einäugig ist: Nie gesehen..."

Er macht erst mal 'ne Pause.

„Samuel Aaronovič, lassen Sie mich notieren. Natürlich wird das so geschrieben, wie's gesprochen wird?"

„Diese Scheißnamen", seufzt er.

Ich warte auf weitere Tips, aber es kommt nichts mehr.

„Ist das alles?"

„Ja."

Ich mach einen Schmollmund à la Brigitte. Nicht ganz so charmant.

„Ziemlich dürftig."

„Weiß ich auch, verdammt."

„Sagen Sie... also, ich bin nicht grade Supermann... kann sein, daß ich nichts rauskriege. Vor allem mit den mageren Informationen."

„Tun Sie Ihr Bestes. Wir werden ja sehen. Aber keine Zicken, klar?" Sein Blick verdüstert sich. Sieht nicht grade gemütlich aus. „Offen und ehrlich. Und schön brav sein."

„Werd ich."

Ich hab das dunkle Gefühl, daß er mir etwas verschweigt oder einen Bären aufbindet. Nach kurzem Schweigen sagt er:

„Werd Sie jeden Tag anrufen, hören, wie weit Sie sind."

„In Ordnung."

„Schön brav sein", wiederholt er. „Und nicht von hier aus gleich zu den Flics laufen! Ich hab Vertrauen zu Ihnen, aber ich warne Sie trotzdem. Wir können verdammt ungemütlich werden. Aber nur, wenn's sein muß. Also: Brav sein."

„Offen und ehrlich."

„Genau."

Wir geben Pfötchen, um den Pakt zu besiegeln. Scherz beiseite: wir geben ein hübsches Paar ab, wir zwei Nonkonformisten. Ein Gangster, der einen Privatdetektiv anheuert, und ein Privatdetektiv, der sich anheuern läßt. Erlebt man auch nicht alle Tage!

Im Weitergehen hab ich diese Szene noch einmal durchlebt. Inzwischen hab ich den Pont Sully verlassen, an dessen Pfeilern sich das trostlos dahinplätschernde Hochwasser der Seine bricht. Jetzt bin ich wieder auf der Ile Saint-Louis und geh den Quai d'Anjou entlang. Es nieselt immer noch. Das Licht der Straßenlaternen spiegelt sich auf dem nassen Pflaster wider, auf den Dächern der parkenden Autos. Die Insel liegt in tiefem Schlaf, so friedlich provinziell wie nie. Irgendwo schlägt dumpf eine Kirchturmuhr. Wahrscheinlich Saint-Louis-en-l'Ile. Alles ist still. Bürger, schlaft ruhig weiter! Ich komme zu Ditvrais Hotel. Eine Nachtlampe im Büro wirft ein schwaches Licht. Keine Menschenseele zu sehen. Ich blicke an der Fassade hoch. Dunkle Fensterlöcher, geschlossen, schwarz. Nicht alle. Aus einem Zimer dringt Licht, durch einen Spalt an der Seite. Zweite Etage. Ditvrai. Plötzlich packt mich das Verlangen, dem Journalisten einen Besuch abzustatten.

Auf meinen sanften Druck hin öffnet sich die Hoteltür. Haus der offenen Tür, Vertrauen & Co., Tag und Nacht. Niemand taucht im Büro auf, um mich zu fragen, was ich hier will. Die Eingangshalle ist dunkel. Ich drücke auf den Knopf für das Minutenlicht. Die Treppe wird schwach beleuchtet. Auf jedem Absatz brennt eine dürftige Birne. In den Korridoren muß man irgendwie zurechtkommen. Das Lachen einer Frau dringt an mein Ohr... gedämpft, lauernd, gekünstelt. Man schäkert. Oder man träumt, daß man schäkert. In der zweiten Etage reiße ich wieder ein Streichholz an. Aus dem Zimmer gegenüber Ditvrai tönt leise Musik, verhalten, kaum hörbar, aus dem Radio oder vom Plattenspieler. Streichholz und Minutenlicht gehen aus. Egal. Ich steh vor der richtigen Tür. Ich klopfe. Nicht sehr laut. Keine Antwort. Nochmal. Wieder nichts. Ich will schon den dritten Versuch wagen, besinne mich eines anderen und spähe zuerst durch das Schlüsselloch. Tiefschwarze Nacht. Vielleicht schützt ein kleines Metallplättchen die Hotelgäste vor neugierigen Blicken. Ich dreh mich um und probiere es am Zimmer gegenüber, das mit der kleinen Nachtmusik. Hier kann ich das Licht sehen. Zwar nicht blendend hell, aber immerhin Licht. Ditvrai hat's also ausgeknipst, als es klopfte. Ich bin sicher, daß er da ist. Findet wohl, es gehe ein bißchen zu weit, ihn um diese Zeit zu besuchen. Um so mehr, da er nicht weiß, wer's ist. Aber er könnte wenigstens fragen, anstatt sich totzustellen. Da er nicht fragt, werd ich mich anmelden. Eben hab ich mit dem Auge vor dem Schlüsselloch gehangen, jetzt mit dem Mund.

„He! Ditvrai! Ich bin's. Nestor Burma."

Keine Ahnung, warum ich solch ein Theater mache. Auch nicht, warum ich nervös werde.

„He! Ditvrai!"

Nix. Stellt sich immer noch tot! Tot! Oh, Scheiße! Aber nein. Ich rede Blech. Eben brannte Licht, jetzt nicht mehr. Er hat einfach keine Lust aufzumachen. Hat heute nicht seinen besten Tag. Seine Stunde ist nicht gekommen. Also halt ich die Klappe und warte regungslos. Werd meine Abhöraktion in regelmäßigen Abständen wiederholen. Wenn's sein muß, bis morgen früh. Ich verbeiß mich ziemlich in die Sache. Finde ihn wohl sehr eigenartig, diesen Ditvrai. Ja. Immer eigenartiger.

Im Zimmer gegenüber ist die leise Musik jetzt verstummt. Kein Laut ist mehr zu hören. Die Minuten verstreichen. Endlich höre ich ein Geräusch. Der Türriegel wird zur Seite geschoben. Ditvrai öffnet die Tür.

In seinem Zimmer brennt kein Licht. Durch den halb zugezogenen Vorhang dringt ein diffuses Licht von den Laternen des Quai d'Anjou ins Zimmer. Ich kann Ditvrai kaum sehen.

„Aha", sag ich, „man vergewissert sich, daß der Störenfried weg ist!"

Das löst einen Wirbelsturm aus.

Der Junge verliert weder Kopf noch Zeit. Packt mich am Kragen – vielleicht auf gut Glück, aber er hat's –, zieht mich zu sich ran und verpaßt mir einen Schlag mit irgendetwas. Ich knick zusammen. Instinktiv wende ich meinen Kopf zur Seite. Was fürs Gesicht bestimmt war, trifft jetzt den Nacken. Bekommt mir auch nicht besser, übrigens. Meine Arme wedeln wie Windmühlenflügel. Um den Kerl zu erwischen, müßten sie nochmal wedeln. Aber er ist schon am mir vorbei in den Flur gestürzt. Ich springe auf. So was Ähnliches wie eine amerikanische Rechte trifft mich am Kinn. Um mich herum wird es noch dunkler. Gleichzeitig seh ich bunte Lichtkreise, die sich überschneiden, verschieben, verwischen, auflösen. Ich breche zusammen, höre noch, daß etwas Schweres mit mir auf den Boden kracht. Sicher mein Kopf. Mein letzter Gedanke gilt Ditvrai. Doch, immer eigenartiger, dieser Bursche.

Die Welt, in die ich eintrete, ist voller Duft. Anders kann ich das, was ich rieche, nicht beschreiben. Ich muß mich retten, so gut ich kann, aber ich weiß nicht wie, bewege weder Hand noch Fuß, hab aber trotzdem das Gefühl herumzukriechen. Rückwärts. Zangen reißen mir an den Achseln. Ich verliere einen Schuh, denke: wie Rachel, wie Aschenbrödel. Welche Rachel? Welches Aschenbrödel? Das Schwindelgefühl vergeht. Ich liege wieder reglos da. Irgendwo hinter meinem Schädel steigt eine rote Rakete in den Himmel und verglüht. Ende des Feueralarms oder so. Auf meiner Brust krabbeln Spinnen. Und diese Spinnen verströmen einen Duft, ein Parfüm. Ich öffne die Augen... und schließe sie schnell wieder, so sehr blendet mich das Licht. Die Spinnen setzen ihren Erkundungsgang fort. Ich höre jemanden kurz atmen. Mich. Oder die Spinnen. Ich hebe langsam die Augenlider, vorsichtig, gewöhne mich nach und nach an das Licht, an den durchfluteten Nebel, der mich umgibt und sich allmählich auflöst. Ich liege neben einer Tür in einem hübschen Zimmer, hübsch auf dem Teppich. Neben mir steht ein Mädchen. Meine dankbaren Augen sehen aus der Froschperspektive eine anmutige Gestalt. Eine wohltuende Weide für die ruhebedürftigen Augen. Jung, hübsch, sieht aus wie die Schauspielerin Gaby Bruyère. Die kupfern schimmernden Haare fallen unordentlich lose auf ihre Schultern. Der Morgenrock gähnt herzhaft. Das rosa Nachthemd darunter mit dem großzügigen Dekolleté entblößt sie mehr, als daß es sie bekleidet. Sehr angenehm. Sympathisch. Beruhigend.

Weniger beruhigend ist es, daß die Kleine einen schweren Revolver auf mich richtet.

8

Sie merkt, daß ich wieder zu mir komme, beugt sich über mich. Ich krieg eine Landschaft zu Gesicht, die ich im Augenblick leider nicht entsprechend würdigen kann. Sie flüstert:

„Geht's Ihnen besser, Monsieur?"

Ich bewege mich nicht. Das Sprechen bereitet mir große Schwierigkeiten.

„Würd mir prima gehen", bringe ich endlich heraus, „na ja, fast prima, wenn Sie das Schießeisen da wegtäten. Ich bin genau in der Schußlinie."

Sie sieht auf die Waffe, hebt den Blick wieder und lacht nervös auf.

„Ach ja, richtig! Entschuldigen Sie. Ich hielt sie in der Hand, als Sie wieder aufwachten... hatte es völlig vergessen."

Sie lächelt mich an. Ihre Stimme klingt nicht sehr sicher. Eine Mischung aus frechem Biest und kleinem Angsthasen. Wohl eins von den kleinen Mädchen, die ihre Familien zur Verzweiflung bringen. Impulsiv, kapriziös, zu jeder Schweinerei bereit, aber so liebenswürdig, daß man ihnen alles verzeiht. Aber doch ein starkes Stück! Kaum durch die Pubertät gequält, hält sie schon eine Knarre in der Hand, fuchtelt damit einem armen, mißhandelten Profi vor der Nase rum. So was muß man doch persönlich nehmen. Fehlte mir noch in meiner Sammlung, die Kleine!

„Was machen Sie mit einem Revolver, verdammt nochmal", knurre ich. „Ihre Tugend verteidigen?"

„Oh, das ist Ihrer", gesteht sie treuherzig.

Herrlich! Sie legt ihn neben ein Kofferradio und eine offene Brieftasche, die meiner verteufelt ähnlich sieht.

„Haben Sie mich durchwühlt?"

„Ja, ich bin von Natur aus neugierig, für alles Aufregende zu haben. Obwohl... ist gar nichts Aufregendes dran, jemanden zu durchwühlen. Ich wollte nur sagen, das sind nötige Charakterfehler ... für das, was ich werden will."

„Was denn?"

„Journalistin."

Dazu sag ich lieber nichts. Sie fügt hinzu:

„Und dann ... sagen wir, das ist mein Lohn für die Erste Hilfe. Hab das Gerangel auf dem Flur gehört, wahrscheinlich als einzige. War nicht sehr laut, aber ich hab nicht geschlafen. Als ich aus meinem Zimmer kam, lagen Sie auf dem Boden. Alleine. Ich bin nämlich nicht sofort auf den Flur gestürzt. Na ja, hab Sie dann unter den Armen gepackt und hierher geschleift, so gut ich konnte."

„Um mich ganz für sich zu haben, nehme ich an?"

Sie lacht.

„Genau. Wissen Sie, daß ich ganz schön Mühe hatte? Sollte man gar nicht meinen, daß Sie so schwer sind."

„Ach! Deswegen sind Sie so salopp gekleidet ... Bei der Anstrengung ..."

„Oh nein! Ich bin immer salopp gekleidet, wie Sie sagen. Natürlich nur zu Hause, wenn ich alleine bin."

Sie merkt, daß sie es jetzt nicht mehr ist, wird rot und bringt sich in Ordnung. Ich mit meinen unbedachten Äußerungen! Zu meiner Entschuldigung muß ich allerdings sagen, daß mein Kopf ganz schön was abgekriegt hat.

„Also dann ... vielen Dank für die Erste Hilfe, Mademoiselle ... äh ... wie war noch der Name?"

„Suzanne Rigaud."

„Danke, Suzanne. Ich bin Nestor Burma, Privatdetektiv."

„Ich weiß."

„Ach ja, sicher."

Ich krieg Krämpfe in den Beinen und im Rücken. Versuche, mich hinzustellen, schaff's aber nicht alleine. Die Kleine hilft mir. Erste Hilfe. Die Wärme ihres Körpers überträgt sich auf meinen. Ich humple – ein Schuh fehlt mir – zum Bett und setze mich. Der Kopf dreht sich mir. Hinterm Ohr spür ich ein verdammtes Stechen. Ich fasse hin und fühle eine Beule, die unter der Hand dikker wird. Mein Kinn tut mir auch weh. Ich bitte Suzanne um Wasser für eine oder mehrere Kompressen und um eine weniger langweilige Flüssigkeit für die Kehle. Sie hat beides im Haus.

Nach einer Weile hab ich mich wieder soweit erholt, daß ich ein ernsthaftes Gespräch führen kann. Ich frag meine Gastgeberin über Ditvrai aus, ihren Kollegen, wenn ich richtig verstanden habe. Vorher erzähl ich ihr noch irgendein Märchen, um die Vorfälle zu erklären. Das Mädchen kennt Ditvrai nur flüchtig, weiß herzlich wenig über ihn. Reicht nur für „Guten Abend", wenn man sich zufällig auf dem Flur trifft. Weder kontakt- noch hilfsbereit, der Kerl. Einmal hat sie ihn gefragt, ob er sie in seinem Dauphine da und dahin mitnehmen könne. Er bedauerte sehr, aber es liege nicht auf seinem Weg.

Ich ziehe meinen treulosen Schuh wieder an und stehe auf. Der Kopf tut mir immer noch weh.

„Großer Gott! Der muß mir einen mit dem Hammer verpaßt haben.

„Beinahe. Hiermit. Hab's neben Ihnen gefunden."

Suzanne zeigt auf einen schweren Metallaschenbecher. Kann man einen Ochsen mit umbringen.

„Und danach ist er wohl sofort abgehauen, hm?"

„Sieht so aus."

„Vielleicht werfen wir mal einen Blick in sein Zimmer. Die Tür ist bestimmt noch auf."

„Ich hab jedenfalls nichts angerührt."

„Also los."

Ich nehme meinen Revolver. Für den Fall, daß er sich einfach wieder hingelegt hat, als wär nichts gewesen. Aber er ist nicht mehr in seinem Zimmer. Auch der Koffer ist verschwunden, dazu ein paar Klamotten aus dem Schrank, wie man an den leeren Kleiderbügeln sieht. Davon abgesehen, das übliche Durcheinander, wie bei meinem ersten Besuch. Suzanne schnüffelt überall rum. Ein richtiger Jagdhund. Als Journalistin wird die Kleine gut klarkommen. Hat die Anlage dazu. Ich durchwühl natürlich auch alles. Auf der Suche nach irgendetwas, das mit Rachel Blum zu tun hat oder mit... Samuel Aaronovič. Warum nicht, wo ich schon mal dabei bin... Aber ich sag's lieber gleich: es ist ein Reinfall. Das Gegenteil hätte mich, offen gestanden, überrascht. Auf dem Tisch liegen einige Aktenordner. Hat wohl vor kurzem noch reingesehen. Jeder Ordner ist mit einem oder mehreren Buchstaben beschriftet, vollgestopft mit allen möglichen Papieren, Zeitungsausschnitten, Entwürfen von Reportagen usw. Hilft mir alles nicht weiter. Ebensowenig wie ein großer Umschlag, der mehrere kleine enthält, leere und volle. In den vollen stecken Fotos jeden Formats von Pariser Ereignissen: Wahl der „Hirtin vom Zentralmassiv"; „Das geistreichste Bein"; „Die teuflischsten Augen"; der Prix Goncourt usw. Auf einem der Fotos erkenne ich meinen Freund Marc Covet vom *Crépuscule* in fröhlicher Runde. Er hebt grade sein Glas, um auf irgend jemanden zu trinken. Das bringt mich darauf, daß Ditvrai auf keinem dieser Abzüge zu sehen ist. Er schlummert wohl separat, in irgendeinem Familienalbum. Find ich aber nicht. Nirgendwo ein Foto von ihm. Hat sie alle mitgenommen, wie seinen schweren Revolver. Auf dem Sofa seh ich einen Ordner mit dem Buchstaben B. wie Blum (Rachel)? Warum nicht Burma (Nestor)? Oder Baget (Frédéric)? Oder Beelzebub (Dämon)? Jetzt geht wieder die Phantasie mit mir durch. Der Ordner ist leer, bis auf einen kleinen Ausschnitt aus dem *Crépuscule:* QUADRATKILOMETER DES LASTERS. DER BANDENKAMPF IN SOHO UM DIE KRONE DER UNTERWELT GEHT WEITER. Ich muß lachen. In seinem Buch ist auch davon die Rede. „Quadratkilometer des Lasters"! Ich nehme an, er meint das Französische Viertel in London. Hab mich also nicht getäuscht: er bastelt seine Reportagen mit Schere, Klebstoff und Besuchen in den Archiven von Kollegen zusammen!

Schön. Das ist alles. Ein Schlag ins Wasser, wie gesagt. Bringt mich nicht gerade wieder auf die Beine. Fühl mich hundsmiserabel.

Wir gehen wieder rüber in Suzannes Zimmer. Diesmal setz ich mich aber nicht auf ihr Bett. Ich leg mich gleich hin. Glaub ich wenigstens. Möglicherweise bin ich auch sofort eingeschlafen, als ich das Bett nur sah.

Gerade bin ich aufgewacht. Es ist hellichter Tag. Wo bin ich? Ach ja, ich erinnere mich. Suzannes Zimmer... Auch an Ditvrai erinnere ich mich wieder. Vor allem solange ich das Stechen im Kopf noch spüre... Ich werfe die Decke zur Seite, unter der ich geschlafen habe, völlig angezogen. Nur Krawatte und Schuhe hat man mir ausgezogen. Ich setze mich hin. Suzanne steht neben dem Bett. Sie trägt einen Schottenrock und einen Pullover, unter dem sich ihr Busen angenehm abzeichnet. Sie hat sich die Haare zu einem Pferdeschwanz zusammengebunden. Ihre Gesichtsfarbe ist frisch, ihre Augen aber gerötet. Sie hat bestimmt nicht lange geschlafen.

„Oh! Guten Tag", sage ich.

„Tag. Geht's Ihnen besser?"

„Sieht so aus."

„Gut geschlafen?"

„Glaub schon. Entschuldigen Sie bitte, ja? Hab ich Sie sehr gestört?"

„Sie haben geschnarcht wie ein Holzfäller."

„Der gefällte Holzfäller."

Sie lacht:

„Ja. Aber Ihr Schnarchen hat mich nicht gestört."

„Schön, um so besser. Wie spät?"

„Gleich Mittag."

„Scheiße. Man kann alles übertreiben, hm? Wenn Sie gestatten, schütt ich mir etwas Wasser ins Gesicht, bevor ich abhaue. Würd Sie aber gern noch um einen Gefallen bitten."

„Ja."

„Beobachten Sie Ditvrai. Und sobald er auftaucht, benachrichtigen Sie mich bitte. Wenn er nicht schon zurück ist..."

„Nein. Und so bald kommt der auch nicht wieder. Das Zimmermädchen hat mir erzählt, daß er heute morgen hier angerufen hat. Er habe ganz plötzlich weggemußt, man solle das Zimmer für ihn freihalten, wie üblich. A propos üblich: anscheinend haut er oft so Hals über Kopf ab."

Ich grinse:

„Vielleicht immer, wenn er jemanden halbtotgeschlagen hat."

„Kann sein. Allerdings ist er noch nie nachts verschwunden, so plötzlich und unerwartet. Wahrscheinlich hat er deshalb angerufen. Ach ja, noch was: die Kripo hat nach ihm gefragt."

Das müssen Faroux' Leute gewesen sein. Wie die Karabiniere bei Offenbach.

„Was für eine Geschichte, hm?"

„Jaja."

„Ich hab Kaffee gekocht. Möchten Sie?"

„Gerne. Auf jeden Fall, wenn Ditvrai wiederkommt – falls er wiederkommt –, ob nun in einem Monat, in einem Jahr, wie der Dichter sagt, benachrichtigen Sie mich bitte."

„O.K."

Ich steh auf, wasch mich und trink zwei Tassen Kaffee. Dabei erzählt Suzanne mir ihr Leben. Vor allem von ihren Plänen, eine berühmte Journalistin zu werden. Ein Albert Londres im Spitzenunterrock, aber ohne Bart. Sie war mal auf der Journalistenakademie, hat es aber drangegeben und versucht jetzt, sich auf eigene Faust durchzuschlagen. Ganz schön hart.

„Was Sie brauchen, ist ein Sensationsartikel, nicht wahr?"

„Klar."

„Und Sie meinen, Sie haben so was Ähnliches, hm?"

„Ich, wieso?"

„Aber ja doch. Schon gut, Kleine. Ich kann in Ihrem hübschen kleinen Kopf lesen, als hätte Ihr Nachbar ihn mit einem Aschenbecher aufgeschlagen. Was heute nacht hier passiert ist, ist gar nicht so übel. Eine Meldung aus dem Polizeibericht. Geheimnisvoll, fast sensationell. Mit einem Privatflic, wie in den Krimis. Würde mich wundern, wenn Sie nicht schon ein paar Seiten hingekritzelt hätten, während ich gepennt habe. Hören Sie, Suzanne: Ihren Salat will keiner haben. In dem Stück kommt ein Reporter vor, und er hat nicht grade 'ne schöne Rolle. Die Brüder halten doch zusammen. Die ärgern keine Kollegen. Das wäre gegen die Spielregeln. Ich rate Ihnen deshalb, still zu sein. Niemandem zu erzählen, was Sie gesehen haben, was Sie sich zusammenreimen können von dem, was heute nacht in einem friedlichen Hotel auf der friedlichen Ile Saint-Louis passiert ist. Und offen gesagt, mir würde das gar nicht in den Kram passen, wenn Sie was ausplaudern würden. Also halten Sie die Klappe! Und wenn die Sache gegessen ist, werde ich Sie mit Marc Covet zusammenbringen, vom *Crépuscule.* Sie schreiben dann auf der ersten Seite, mit Namen und allem Drum und Dran. So wahr ich Nestor Burma heiße."

Um kurz nach drei bin ich in meinem Dugat vor dem Büro der Agentur Fiat Lux, wo ich Direktor und Hauptaktionär bin (von „Aktion", Hinweis auf meine Energie). Hélène, meine Sekretärin, gibt ihren Lippen gerade einen neuen Anstrich.

„Endlich, da sind Sie ja!" ruft sie. „Mein Gott! Woher kommen Sie denn?"

Sie zeigt auf meinen zerknitterten Anzug.

„Nicht aus dem Bügelsalon."

„Das seh ich. Hab mir schon Sorgen gemacht. Sie sind jetzt einen vollen Tag weg. Faroux hat mehrmals angerufen."

„Was wollte er?"

„Hat er nicht gesagt. Und Sie? Sagen Sie Ihrer kleinen lieben Hélène, was mit Ihnen passiert ist? Denn Ihnen ist doch bestimmt was passiert."

Ich setze sie ins Bild. Dann versuchen wir zusammen eine Analyse der vergangenen Nacht, aber was Berühmtes kommt dabei nicht raus. Wir wissen nur folgendes: Rachel Blum ist ermordet worden. Jacques Ditvrai kannte die Jüdin und ist abgehauen, nachdem er von dem Mord erfahren hat. Und nachdem er eine Weile nachgedacht hat. Und nachdem er einen Burschen getroffen hat. Aber als er sich entschlossen hat abzuhauen, konnte ihn nichts mehr aufhalten. Pech für den, der ihm in die Quere kam. (Ich befühle meine Beule). Unabhängig oder abhängig davon suchen Gangster einen Mützenschneider namens Samuel Aaronovič.

„Diese Sache mit den Zuhältern", bemerkt Hélène, „ist das nicht etwas windig?"

„Ich vermute, Dédé hat mir nicht alles gesagt. Aber seine Lage versteh ich sehr gut. Er und seine Leute haben die Aufmerksamkeit der Flics auf sich gezogen. Sind überall rumgelaufen, haben sich in einem fremden Viertel eingenistet. Da fällt ihnen ein Privatdetektiv in die Hände. Dédé nutzt das aus und wälzt die undankbare Aufgabe auf ihn ab. Vielleicht hatte er mich kurz im Verdacht, dasselbe Wild zu jagen. Aber da konnte ich ihn wohl beruhigen. Er engagiert mich also. Ich bin davon überzeugt, daß sie keine Wahl hatten. Entweder forschen sie weiter, ungeschickt und durchsichtig für die Flics, die sie ständig auf der Pelle haben. Oder aber sie hören damit auf. Dieser Aaronovič muß wohl ziemlich wichtig sein, wenn Sie mich auf die Spur setzen."

Hélène stimmt mir zu. Dadurch wissen wir aber immer noch nicht, ob es noch einen anderen Zusammenhang zwischen der toten Jüdin und dem Phantom des Mützenschneiders gibt als ihre ethnische Verwandtschaft.

Daraufhin rasiere ich mich, zieh mich um, trink einen Schluck und ruf Faroux an.

„Aha! Da sind Sie endlich", bellt er. „Was brüten Sie aus?"

„Was soll ich schon ausbrüten?"

„Ach nichts, gar nichts. Lassen Sie das auch schön sein."

„Dann sind Sie doch zufrieden. Und Sie?... Wie weit sind Sie? Haben Sie das Mädchen indentifiziert?"

„Ja. Können Sie zur 36 kommen?"

„Wenn Sie es wünschen."

Sie haben die Tote identifiziert. Gott sei Dank! Dann brauch ich Faroux nichts von meinen Begegnungen mit Ditvrai zu erzählen.

„Salut, Burma", begrüßt mich Faroux. „Setzen Sie sich. Verdammt, was haben Sie seit gestern gemacht?"

„Nichts weiter."

„Sie sehen aber ziemlich ramponiert aus."

„Sie ist dreiundzwanzig..."

„Aha! Deswegen waren Sie also weder zu Hause noch im Büro, hm?"

„Ich liefer frei Haus, seit kurzem. Was wollen Sie von mir?"

„Nichts Besonderes. Aber hin und wieder wüßte ich ganz gerne, wo Sie stecken. Vor allem dann, wenn Ihre Freunde eine Leiche in der Wohnung finden. Erzählen Sie mir nicht, Ihr Baget habe Sie nicht engagiert! Wenn er nicht selbst drauf gekommen ist, dann haben Sie ihm sicher auf die Sprünge geholfen."

„Was für ein Riecher! Er hat mich tatsächlich engagiert."

„Was erhofft er sich davon?"

„Daß es mit mehreren schneller geht. Je mehr an dem Fall arbeiten, desto schneller wird das Geheimnis gelüftet. Je schneller das Geheimnis gelüftet wird, desto geringer sind die Chancen für einen Skandal."

„Hm... Haben Sie Ihre Ermittlungen schon begonnen?"

„Auf welcher Basis? Ich weiß bestimmt weniger als Sie. Kaum war ich eingestellt, hab ich 'ner Frau nachgestellt."

„Hm... Hätte gerne noch etwas über diesen Baget gehört. In seiner Gegenwart gestern war's ja schlecht möglich. Deshalb hab ich versucht, Sie zu erreichen. Sie verstehen, ich will wohl behutsam vorgehen, aber der Mann muß auch glaubwürdig sein. Da ich Sie nicht erreichen konnte, hab ich mich woanders erkundigt. Kein übler Bursche, Ihr Maler. Tadellose Beziehungen... scheint anständig zu sein... wer sich besäuft, nimmt keine Drogen. Trotzdem fällt auf sein Bild, wenn ich so sagen darf, ein kleiner blöder Schatten."

„Was für einer?"

„Er war Kollaborateur."

„Oh, Kollabo! Kleiner Kollabo! Nicht mal ein kleiner. Er hat Beiträge gezahlt. Sonst nichts."

„War er nicht in der SS? Oder sogar Waffen-SS? Wo die Nazis doch auch Franzosen rekrutiert haben..."

„Davon weiß ich nichts. Würde mich aber wundern."

„Aber er hätte SS-Leute kennen können?"

„Auch das weiß ich nicht."

Faroux öffnet eine Schublade und fischt einen schweren Dolch heraus, versehen mit einem Etikett.

„Können Sie Deutsch?"

„Ein paar Worte."

„Sehen Sie mal, was hier auf der Klinge eingraviert ist. Nicht sehr deutlich, aber man kann's ganz gut entziffern. Sie können die Waffe ruhig in die Hand nehmen. Die Laboruntersuchung ist abgeschlossen."

Ich nehm die Waffe. Zum Fürchten mit dem wuchtigen Griff und der feindseligen Klinge.

„Mal sehen ... ich verstehe zwei Wörter ... *Ehre ... Treue ...* Ist das nicht das Motto der Ehrenlegion?"

„Der gesamte Spruch lautet: *Meine Ehre heißt Treue*. Und das war das Motto der SS."

„Also ein Dolch der SS?"

„Ja ..."

Er fügt hinzu:

„Man hat ihn vor kurzem benutzt. Bei unserer Jüdin."

Hab ich mir doch gleich gedacht!

„Wie finden Sie die Brühe?" brach Faroux das Schweigen zwischen uns. Ein Schweigen, das nicht weniger bedrückend war als der Nazidolch.

„Etwas braun. Wo haben Sie das Ding gefunden?"

„Bei einem von Bagets Freunden. Von seiner Liste."

„Auch ein Kollaborateur?"

„Nein. Der war bewährter Widerstandskämpfer."

„Hm ... Versteh ich nicht. Ihre Andeutungen über den Kollaborateur Baget sollten doch wohl zu diesem Dolch führen ... zu der Tatwaffe ... falls es die Tatwaffe ist .."

„Es ist die Tatwaffe. Die Klinge paßt genau in die Wunde und den Riß im Mantel."

„... und der Dolch gehört Baget und folglich ist er der Täter, stimmt's?"

„Das wollte ich damit nicht sagen ..."

Von wegen!

„Ich rede nur von Fakten, von verblüffenden Fakten, mehr nicht. Baget war Kollaborateur, Rachel Blum Jüdin. So hieß sie nämlich ..."

„Rachel Blum?"

„Ja. Erinnert Sie der Name an was?"

„Nicht an Léon, den sozialistischen Ministerpräsidenten, wie Sie vielleicht denken. Aber ich hab mal eine Rachel Blum gekannt, vor dem Krieg. Das ist natürlich nicht die, mit der wir's zu tun haben. Meine Rachel war eine Verwandte meines Freundes Samuel Aaronovič. Aber vielleicht gehören die alle zur selben Familie."

Sollte dieser Samuel der Polizei irgendwie bekannt sein, wird Faroux anbeißen. Oder zumindest mit der Wimper zucken. Er beißt nicht, er zuckt nicht. Er lacht nur.

„Mit kleinen Mädchen schlafen, bekommt Ihnen gar nicht. Werden Sie kindisch oder was? Was hab ich denn mit denen zu schaffen, mit Ihrer Blum oder diesem Aarondingsbums? Aber die heißen alle so..."

„Stimmt. Oder Levy oder Bloch. Wie bei uns Dupont oder Durand. Man wirft den Levys vor, daß sie ihren Namen ändern wollen. Aber das ist doch ganz normal. Würd Ihnen das gefallen, zehn Spalten im Telefonbuch?"

„Schluß mit dem Blödsinn. Baget war also Kollaborateur und Rachel Jüdin. Das mußte schiefgehen..."

„Und Baget tötet Rachel. Mit einem Dolch, den ihm ein befreundeter SS-Mann während der Okkupation geschenkt hat. Dann gibt er die Tatwaffe einem Widerstandskämpfer, mit dem er ebenfalls befreundet ist und der seit der Befreiung Antisemit ist. Sagten Sie nicht: Schluß mit dem Blödsinn?"

„Ich nenne Ihnen nur die Fakten. Der Widerstandskämpfer, bei dem wir den Dolch gefunden haben, hat uns die Waffe sofort gegeben, als er von dem Mord hörte. Er hatte sie nicht vom Maler. Hat sie im Rinnstein am Quai d'Orléans gefunden, nach dem Besäufnis. Übrigens: der Gerichtsmediziner schließt sich unserer These an. Die Obduktion hat ergeben, daß Rachel Blum möglicherweise draußen umgebracht wurde... Was machte sie da? Frische Luft schnappen? Sie war beschwipst, ihr Magen enthielt 'ne Menge Alkohol... Also, vielleicht draußen. Und dann könnte sie wieder zu Baget hochgegangen sein. Um dort in seiner Wohnung zu sterben. In diesem Fall hätten wir es eventuell mit einem Penner als Täter zu tun. Nur... ein Penner tötet eine Jüdin mit einem Nazidolch... das macht mich nachdenklich."

„Mich macht viel nachdenklicher, daß der Mörder die Tatwaffe weggeworfen hat. Als wollte er eine besondere Art von Abrechnung vortäuschen."

„Könnte sein. Jedenfalls, ein komplizierter Fall."

„Kennen Sie unkomplizierte?"

„Ja... in die Sie nicht verwickelt sind. So, Nestor Burma, ich wollte Sie informieren, weil ich geahnt habe, daß Baget Sie engagiert hat. Keine Dummheiten, mein Lieber. Lassen Sie sich nicht von Ihrer Gutmütigkeit hinreißen. Sollte Ihr Klient keine weiße Weste haben, lassen Sie besser die Finger davon."

„Schon gut. Ich werde behutsam vorgehen. Das ist doch unsere Parole, oder? Und Sie, hm?"

„Ich werde ebenfalls behutsam vorgehen. Im Augenblick gibt es keinen Grund, die Taktik zu ändern."

„Sie nehmen sich Bagets Gäste vor?"

„Ja..." Er lacht. „Und Baget. Sanft. Sachte."

„Und der Eigentümer des Trenchcoats?"

„Ditvrai? Wir waren bei ihm. Er nicht. Kurz danach rief uns das Hotel an. Scheint wegen einer Reportage unterwegs zu sein. Warten wir seine Rückkehr ab."

Auch das scheint ihn nachdenklich zu machen. Und mir gibt es zu denken, daß der Journalist sich nicht mit den Flics in Verbindung gesetzt hat, wie ich es ihm ans Herz gelegt habe.

Faroux steht auf. Die Audienz ist beendet.

„Sie haben das Mädchen aber flott identifiziert", bemerke ich. „Hatten Sie sie in Ihrer Kartei?"

„Nein. Ein Glückstreffer. Ihre Eltern haben sich Sorgen gemacht, weil sie so lange weg war. Haben es gestern nachmittag am Quai de Gesvres gemeldet. Wir haben sie die Leiche identifizieren lassen. Das war's auch schon."

„Wie haben Sie's ihnen erklärt...?"

„Wir sind behutsam vorgegangen, haben von einem Penner als Täter gesprochen..."

„Was hat das Mädchen eigentlich gemacht, beruflich?"

„Nichts Besonderes. Nichts, was uns weiterhelfen könnte. Hat bei ihren Eltern gearbeitet. Einfache Handwerker in der Rue des Rosiers. Stellen Mützen her. Im Ghetto wimmelt's davon, Mützenschneider, Schneider, Tuchhändler..."

9

Im Treppenhaus der Kripo wird's mir schwindlig. Hätte ich mich nicht am Geländer festgehalten, wär ich kopfüber die Treppe runtergefallen.

Die Ursache für diesen Anfall ist nicht die neue Information. Wie der Kommissar so richtig sagte: In der Rue des Rosiers wimmelt's von Mützenschneidern. Jedenfalls gibt's davon mehr als tugendhafte Mädchen ein paar Meter weiter. Rachel Blum und der Kerl, den Dédés Bande sucht, übten also denselben Beruf aus. Diese Entdeckung ist weder sensationell noch eine Spur noch der Anfang einer Klärung. Nein. Wenn sich um mich herum alles dreht, dann wegen Ditvrais Schlag auf die Rübe.

Ich kämpfe gegen den aufdringlichen Bohnerwachsgeruch an, komme wieder zu mir. Ohne aufzufallen, verlasse ich die Tour Pointue und fahre in mein Büro. Keine weiteren Schwierigkeiten. Falscher Alarm.

Ich erzähle Hélène von meinem Gespräch mit Faroux. Wir reden 'ne Weile drüber, dann schnapp ich mir das Telefon und ruf nacheinander Baget und Suzanne an. Dem ersten sag ich, alles laufe wie am Schnürchen, er solle sich keine Sorgen machen. Leicht gesagt! In aller Unschuld frage ich ihn nach Ditvrai, aber er kann mir nicht viel dazu sagen.

Suzanne sag ich überhaupt nichts. Sie ist nämlich gar nicht zu Hause. Hatte ihr übrigens auch herzlich wenig zu sagen. Guten Tag, vielen Dank nochmal, das wär's dann schon gewesen.

„Ich hab alle Aaronowitze aus dem Telefonbuch rausgeschrieben", sagt Hélène und reicht mir eine Liste.

„Unser Samuel wird wohl nicht dabeisein. Sonst hätte Dédé ihn schon gepackt..."

Ich lege die Liste zur Seite. Schon diese Bewegung verursachte in meinem Kopf einen Aufruhr.

„Mir ist nicht so besonders, mein Schatz. Es ist zwar erst fünf, aber ich glaub, ich hau mich jetzt besser in die Falle. Morgen ist auch noch ein Tag."

Ich versorge mich mit einem halben Dutzend Aspirin und leg mich hin. Vor dem Einschlafen guck ich noch die Tages- und Abendzeitungen durch. Nichts über die Ile Saint-Louis, wie mit Faroux vereinbart. Nicht mal was über die Eltern, die das ungewöhnlich lange Ausbleiben ihrer Tochter gemeldet haben, um sofort deren Leiche indentifizieren zu dürfen. Bestimmt waren die Leute vom Quai de Gesvres noch nie so schnell. Aber man verschweigt den Rekord.

Mich trifft der Schlag, als ich den Artikel über einen gewissen Kacem Kechir lese. Der Araber lebt schon seit dreißig Jahren in Paris, hat sein Denken aus der anderen Welt aber noch nicht abgelegt. Sein Schwiegersohn war ins Krankenhaus gekommen und hatte seine Frau, Kechirs Tochter, eine Woche lang alleine zu Hause gelassen. Deshalb hat der Araber ihn umgebracht. Anscheinend ist das, was der Schwiegersohn getan hat, schändlich, entehrend, ist gegen die althergebrachten Traditionen. Ergebnis: fünfzehn Jahre für Kechir. Dabei ist seine Tochter in den Zeugenstand getreten und hat das Gericht um Gnade angefleht. Dieser Hornochse (ich meine den Vater)! „Meine Ehre heißt Dummheit", oder wie war das noch bei der SS? Zum Teufel mit diesem Muselmann! Aber er steht nicht alleine da. In demselben Blättchen lese ich, daß ein junges Mädchen „aus gutem Hause" sich umgebracht hat, weil ihre Eltern es nicht gerne sahen, daß sie mit einem jungen Mann aus einer niedrigeren Gesellschaftsschicht zusammen war.

Das geht mir alles auf den Wecker, und das Stechen in meinem Kopf wird davon auch nicht weniger. Hab höchstens noch Fieber dazugekriegt. Ich pfeffer die Zeitungen in die Ecke, schluck noch drei weitere Aspirin, dreh mich auf die Seite und schlaf sofort ein. Mir ist zum Kotzen, der ideale Gemütszustand für rosarote Träume.

Ein blaugrünes Aquariumlicht überflutet die Place des Vosges.

Unter den Arkaden huschen Schatten hin und her. Ein alter Mann kommt aus einem rosafarbenen Haus. Es ist Victor Hugo, mit Bart und allem. Als er an mir vorübergeht, murmelt er mir zu: „Du kannst diesen Mann in aller Ruhe töten." Ich lache. Kleiner Witzbold. Er ist verschwunden, ich lache immer noch. Eine Stimme flüstert mir zu: „Juliette Minou Drouet". Jetzt bin ich in der Mitte der Place, lehne mich gegen das Gitter. Von hier kann ich ganz deutlich die Gesichter der Personen erkennen, die unter den Arkaden stehen, jeder für sich, wie Statuen in Nischen: Rachel Blum, Suzanne Rigaud, Jacques Ditvrai. Die Gesichter der zwei übrigen sind nur verschwommene Flecken; aber ich weiß genau: der eine ist ein Araber namens Kechir und der andere ein Jude namens Aaronovič. Dann entsteht plötzlich Bewegung. Zwei Flics aus dem Nichts packen den tobenden Araber und schleifen ihn fort. Rachel und Suzanne sind verschwunden. Besser gesagt, sie haben sich in eine dritte mir unbekannte Frau verwandelt, eine Mischung aus ihnen beiden. Einer der Flics kommt wieder zurück (vielleicht war er gar nicht fort!). Er sieht mich an, lacht unerträglich, grauenhaft, aber lautlos. Reicht mir die Hand, die Handfläche nach oben. Darin liegen ein SS-Dolch und ein gelber Judenstern. Ich meine zu verstehen, daß Kechir die Unbekannte umgebracht hat (das heißt Rachel-Suzanne), aus Gründen „althergebrachter Tradition". Ein Judenaraber, das paßt nicht zusammen, sagt der Flic. Er wird wütend, als ich antworte: der Stern und der Dolch auch nicht. Ich hab den Eindruck, daß der Flic mich erst gehen läßt, wenn ich bestimmte Dinge erkläre. Ich rufe Ditvrai. Jetzt sind auf der Place des Vosges (die übrigens in Wirklichkeit etwas anders aussieht) nur noch Ditvrai, der Flic und ich. Ditvrai kommt zu uns. Wenn er für mich bürgt, läßt der Flic mich laufen. Aber Ditvrai tut so, als hätte er mich noch nie gesehen. Wutentbrannt hau ich ihm eins mit dem Aschenbecher über den Kopf. Eine Notrufsäule wächst aus dem Boden. Es läutet schrill.

Ich wache auf. Das Telefon läutet immer noch. Ich knips die Nachttischlampe an uns seh auf die Uhr. Mitternacht. Gähnend nehm ich den Hörer ab.

„Hallo."

„Ich möchte nachhören, wie weit Sie sind." Der ungedulige Dédé.

„Noch nicht weiter. Hatte einen kleinen Autounfall und konnte mich nicht gleich heute um Ihre Sache kümmern. Ist auch gut so, übrigens."

„Lassen Sie's sausen?"

„Nein. Aber ich habe nachgedacht, und dabei ist mir einiges aufgefallen. Wenn Sie bei Ihren Nachforschungen die Polizei geweckt haben, dann warten wir vielleicht besser, bis daß sie wieder eingeschlafen ist. Ein, zwei Tage. Wird doch wohl so lange Zeit haben, oder?"

Er beugt sich meinen Argumenten. Die Unterhaltung endet mit seiner erneuten Aufforderung, ihn nicht aufs Kreuz zu legen: „Schön brav sein." Ich lege auf. Wollte ihn eigentlich noch fragen, welche Bewohner der Rue des Rosiers er selbst schon ausgequetscht hat. Zu spät. Kann man nichts machen.

Ich steh auf, spül mir den Mund aus und leg mich wieder hin. Die sechs Stunden Schlaf haben mir gutgetan.

Ich denke über meinen Traum nach. Armer Kacem Kechir! Er und sein althergebrachter Quatsch. Jedenfalls hat der Traum einen Gedanken ans Tageslicht gefördert.

„Was sollte ich denn mit ihr machen, mit dieser Rachel? Was Eingemachtes?" hat Ditvrai gescherzt. „Diese Jüdinnen haben Rassenvorurteile... Ich bin kein Rassist."

Dafür aber andere, in Rachels Kreisen. Verwandte oder Freunde. Der Flirt zwischen der Jüdin und dem Journalisten könnte die Gefühle eines radikalen Glaubensbruders von Rachel verletzt haben. Also beschließt er, die Abtrünnige zu bestrafen. Er weiß, daß sie mit Ditvrai zu Baget auf eine Party geht. Lungert in der Nähe herum. Sie kommt raus, er schlägt zu. Vielleicht nicht in der Absicht, sie zu töten. Nur so zur Warnung. Da ich schon mal bei Vermutungen bin, vermute ich, daß seine wütende Tat, vielleicht nach einem heftigen Wortwechsel, ihn selbst überrascht. Sogar zu Tode erschreckt. Der Dolch rutscht ihm aus der Hand in den Rinnstein. Er läßt ihn einfach liegen. Nur... wie ich schon in meinem Traum bemerkte: „Ein Jude und ein Nazidolch, das paßt nicht zusammen." Oder es war eine Trophäe aus dem Krieg. Einem SS-Mann den Dolch klauen, das konnte für einen Juden schon ganz reizvoll sein.

Jetzt zu Ditvrai.

Ich erzähle ihm von dem Mord an Rachel, und er kriegt kalte Füße. Kann sein, daß er ähnlich kombiniert hat wie ich gerade. Ihm rutscht das Herz in die Hose. Dasselbe Schicksal kann ihn auch ereilen, genauso wie Rachel. Also haut er ab. Aber verdammt: warum so spät, und dann so plötzlich? Warum hat er mich so unfreundlich behandelt, anstatt sich in aller Ruhe mit mir zu unterhalten? Ich hab meinen Namen genannt. Er wußte also, wer vor seiner Tür stand. Mußte er einen Zug kriegen? Einen, der nicht wartete? Aber doch nicht um diese Uhrzeit! Allerdings konnte er bei dem Gedanken, wie Rachel abgemurkst zu werden, mildernde Umstände beanspruchen. Auch sämtliche Fotos von sich hat er mitgenommen. Wie jemand, der Angst hat, mit Hilfe eines Fotos aufgespürt zu werden. Also wirklich, für einen Journalisten-Globetrotter, der über Al Capones Gangsterkollegen Bücher schreibt! Und auch noch behauptet, mit ihnen in Kontakt zu stehen!

Ich bewege das Ganze in meinem Herzen. Auch wenn nicht alles pure Phantasie ist, bin ich weit entfernt von einer Erleuchtung. Aber ich bin nicht unzufrieden mit mir. Merkwürdig! Man stellt Theorien auf, berauscht sich an der eigenen geistigen Beweglichkeit und merkt nicht, daß man haarscharf an etwas vorbeikombiniert, was einem direkt in die Augen springen müßte.

Also nicht unzufrieden mit mir – obwohl ich allen Grund dazu hätte –, klopfe ich meine Pfeife aus, lösch das Licht und schlaf wieder ein.

10

Gegen Mittag ruft Hélène mich an.

„Wie geht es Ihnen?" fragt sie.

Ihre Stimme verrät ein merkwürdiges Zittern.

„Geht so. Ich glaube, ich pfleg meine Beule und ruh mich heute und morgen noch aus."

„Sie könnten ja die Zeit dazu benutzen, den Fall Saul Bramovici zu studieren."

„Vielleicht auch noch Joanovici? Danke, Chérie. Aaronovič genügt mir."

„Und wenn das dieselbe Person ist?"

„Was?"

„Ja, M'sieur."

„Joanovici und Aaronovič?"

„Nein. Bramovici und Aaronovič."

„Sie sind nicht zufällig auf den Kopf gefallen?"

„Das ist Ihr Kopf, mit dem nicht alles in Ordnung ist. Natürlich nur, weil er was draufgekriegt hat... Aber trotzdem, ich wundere mich, daß Sie den Zusammenhang nicht hergestellt haben."

„Welchen Zusammenhang?"

„Zwischen Bramovici, dem enttrohnten König von Soho auf der Flucht, und dem Engländer in der Bande von Dédé. Soll ich nicht zu Ihnen kommen und Ihnen erzählen, was ich mir überlegt habe?"

Eine halbe Stunde später ist sie bei mir, ziemlich aufgeregt, einen Stapel Zeitungen unterm Arm.

„Sie wissen doch, worum und um wen es geht?" fragt sie. „Bramovici oder Abramovici, nicht mal über seinen Namen ist man sich einig."

„Ja“, sage ich, „ist jetzt mehrere Wochen her...“
„Sie meinen: mehrere Jahre.“
„Die Neuauflage aber erst ein paar Wochen... Ich nehme an, die Zeitungen da sind von früher?“
„Ja. Hab sie mitgebracht, um Ihr Gedächtnis aufzufrischen, falls nötig.“
„Ist es nicht. Ich weiß Bescheid, im großen und ganzen. Wie jeder. Da ist erst mal Josiah, genannt der König von Soho. Ein geheimnisvoller Mann, der über Londons Unterwelt herrscht. Handel und Verkehr aller Art: Drogen, Glücksspiel, Prostitution usw. Jacques Ditvrai schreibt darüber in seiner Reportage über *Al Capones Geister.* Ich hab bei ihm einen Zeitungsausschnitt gefunden. War bestimmt Teil einer wichtigen Dokumentation über die englischen Bandenrivalitäten. Ein häßlicher Kampf, für Josiah. Hat ihn den Thron gekostet. Er mußte verduften. Richtig?“
„Ja. Man weiß nicht, was aus ihm geworden ist.“
„Aber einer seiner Komplizen ist von ihm reingelegt worden, seine rechte Hand, und der hat ausgepackt. Der geheimnisvolle Josiah – man kannte ihn nur unter diesem Namen – war kein anderer als Saul Bramovici...“
„... oder Abramovici...“
„Und der...“
„... ist der Polizei überall gut bekannt. Mit den einen ist er aneinandergeraten, bei den andern war er Spitzel“, vervollständigt Hélène.
Sie sucht eine Zeitung heraus.
„Hier, sein Lebenslauf. Bei Ausbruch des Krieges war er in Paris. Damals schon ein schräger Vogel. Keiner wußte, wovon er lebte. Dann die Okkupation. Anstatt zu fliehen – Geld genug hat er –, bleibt er in Paris. Seine Glaubensbrüder werden gezwungen, den gelben Stern zu tragen – in Erwartung besserer Zeiten, wenn man das so nennen kann. Er aber macht Geschäfte mit den Nazis. Eine *persona grata* bei denen. Er wird beschuldigt, einer Gestapo-Einheit angehört und ihnen sogar Juden ans Messer geliefert zu haben, mit denen er Streit hatte. Und alle diese Verrätereien bringen ihm was ein. Ein Kollaborateur der

übelsten Sorte. Nicht aus ideologischen Gründen. Einfach wegen Geld."

„Einer von denen, die nicht erschossen werden!"

„Schon, aber er war nahe dran. Als die Deutschen 1944 wieder weg waren, blieb er nämlich in Paris..."

„So sehr gefällt ihm Paris!"

„Könnte man meinen. Er versucht, sich zum Opfer zu machen, Widerstandskämpfer usw. Doppeltes Spiel, die alte Leier. Als Gegenleistung verrät er sogar einige seiner Gestapo-Freunde, die nicht fliehen konnten und sich verstecken. Die werden geschnappt und hingerichtet. Aber seine Manöver gehen schief. Die französische Polizei will ihn schon festnehmen, doch es gelingt ihm zu entwischen. Er taucht unter, verschwindet im Dunkeln. Zu dieser Zeit kommt Bramovici in England an, sagt John Hutchins, der übers Ohr gehauene Komplize von Josiah. John Hutchins behauptet weiter, daß er während der Britisch-Arabisch-Jüdischen Krise den Engländern geholfen hat, die zionistische Terrorvereinigung *Irgoun* zu bekämpfen. Ihm verdanken sie die Festnahme von Sarah Moyes, der sechzehnjährigen Bombenwerferin, die den Soldaten Ihrer Majestät soviel zu schaffen gemacht hat. Dann gibt's eine Lücke von mehreren Jahren. Bramovici gerät in Vergessenheit. Vielleicht ist er sogar schon tot, wird vermutet. Aber von wegen! Er ist quicklebendig. Hat sich in England eingenistet und die Londoner Unterwelt profitorientiert organisiert. Alles, was außerhalb des Gesetzes in Soho und Umgebung passiert, wird von ihm kontrolliert. Aber er macht es sich zu einfach, sowohl mit seinen Rivalen als auch mit seinen Freunden. Bei der Auseinandersetzung zieht er den kürzeren. Um seine Haut zu retten, muß er wieder flüchten. Als er weg ist, keiner weiß wo, läßt Hutchins seine Bombe platzen: Josiah ist kein anderer als Saul Bramovici."

„Ja. Und dann?"

„Dann? Na ja, ich weiß nicht, aber... Der ehemalige Londoner Boß verschwindet. Fast zur gleichen Zeit, nur ein paar Wochen später, suchen Pariser Gangster mit einem englischen Kollegen einen gewissen Aaronovič. Ich meine..."

„... daß Aaronovič dieser Bramovici ist?"
„Warum nicht?"
„Weil Sie meinen, Bramovici ist nach Paris geflüchtet?"
„Eine Stadt, die ihm zu gefallen scheint. Haben Sie selbst gesagt. Er hat hier bestimmt Verbindungen..."
Ich lächele.
„Nach Paris geflüchtet, und dann ausgerechnet ins Ghetto? Rue des Rosiers, Rue du Roi-de-Sicile, Rue Pavée?"
„Warum nicht?"
Ich schüttel den Kopf:
„Wenn ich mich recht erinnere, dann hat ein leicht antisemitisches Blatt den Verdacht geäußert, Bramovici habe sich nach Israel abgesetzt. Eine andere Zeitung hat das bezweifelt. Bramovici hat den Engländern bei ihrem Kampf gegen den *Irgoun* geholfen, durch ihn ist Sarah Moyes gefaßt worden. Wenn er nach Israel kommt, ist er reif. Ja oder nein?"
„Ja."
„In der Rue des Rosiers ist es dasselbe. Bramovici hat Juden an die Gestapo verraten. Einige werden das nicht vergessen haben."
Hélène beißt sich auf die Lippen.
„Ja, natürlich", gibt sie zu. „Trotzdem... ein Engländer bei Ihrem Dédé stimmt einen nachdenklich."
Ich seufze:
„Wenn's nur das wäre, was nachdenklich stimmt!"

Etwas mehr als ein Tag Ruhe und Nachdenken reicht mir. So ungefähr bin ich wieder auf dem Posten. Nur das Nachdenken hat mich nicht sehr weit gebracht. Allerdings hab ich mir eine Taktik überlegt, die man „hohe Wellen schlagen" nennt.

Gegen vier Uhr nachmittags gehe ich in Richtung Rue des Rosiers.

Der bescheidene Familienbetrieb, in dem Mützen hergestellt werden, befindet sich genau an der Stelle, die Ditvrai beschrieben hat. Das Haus ist vom anderen Ende der Rue des Ecouffes zu sehen. An der Toreinfahrt kleben zwei Abbildungen von Plattenhüllen des Sängers Dave Cash. Die hebräischen Platten kann man in dem Laden kaufen – und sicher ebenfalls *cash* bezahlen. Daneben zeigt ein nicht mehr ganz neues Emailschild an, daß die kleine Mützenfabrik im Hinterhof liegt. Ich stelle mich so hin, daß ich diesen Hof mit einem Blick überschauen kann. Hinter staubigen Fensterscheiben erkenne ich undeutlich Menschen bei der Arbeit. Irgendwo bellt ein Hund, stürzt auf den Hof. Aus lauter Freude, die Pfoten bewegen zu können, hebt er eine und pinkelt an das Rad eines Autos, das mit ausrangierten Pferdedecken bedeckt ist. Dann läuft er fort.

Ich schlendere zur Rue Vieille-du-Temple, seh mir alles und jeden genau an. Ich suche ein Bistro und finde es nicht. In Richtung Rue Ferdinand-Duval und Rue Pavée hab ich zwar zwei entdeckt, aber die interessieren mich nicht. Werden von einem Tavernier und einem Laroussinie geführt. Ich suche aber eins, dessen Wirt Abraham oder Cohen heißt. Scheint selten zu sein. Goldenberg ist ein sehr schickes Restaurant. Ich laß es links liegen.

An der Ecke Rue des Hospitalières-Saint-Gervais tummelt sich eine Horde Kinder. Jüdisch oder nicht, sie schreien, lachen, schwatzen. Mit unverwechselbarem Pariser Akzent.

Ich gehe vom schmalen Bürgersteig auf die Straße, um zwei alte Juden bei ihrem Geflüster nicht zu stören. Sie tragen runde Hüte (die nicht nur den Bretonen vorbehalten sind!), lange Schläfenlocken, den Bart des Propheten und schmutzige Mäntel.

Neben einem schiefen Holztor, hinter dem Mülleimer hin- und hergeschoben werden, rupft eine alte Frau im Schaufenster Geflügel und bereitet es zu, offenbar nach mir unbekannten Sitten und Gebräuchen. Vor einigen Fenstern im Erdgeschoß sind Gitter angebracht. In den oberen Etagen hängt Wäsche, ärmliche Wäsche in erbärmlichem Zustand.

Trotzdem wird die Atmosphäre hier nicht von Elend bestimmt. Sicher kann man hier Elend finden, jedoch fällt einem als erstes was anderes auf. Vielleicht bilde ich mir's auch ein, aber es scheint mir, als würde die Stimmung von einem uralten Fluch beherrscht. Trotz fröhlichem Kinderlärm und den Menschen, die sich von einem Bürgersteig zum andern in fremder Sprache etwas zurufen. Das kommt wahrscheinlich daher, weil dieses Viertel

„Ghetto" genannt wird, meiner Meinung nach fälschlicherweise. Das Wort beschwört finstere Bilder herauf. Ghetto! Ziemlich frei, dieses Ghetto, aus dem man einfach fortlaufen kann. Von der Metrostation Saint-Paul gleich hier um die Ecke braucht man acht Stationen bis zu den Champs-Elysées. Viele Juden haben die Reise unternommen, und man hat nur wenige hier wiedergesehen.

Ich spaziere zwei- oder dreimal auf und ab, von der Rue Vieille-du-Temple bis zur Rue Pavée. Dann entscheide ich mich.

Genau gegenüber der koscheren Fleischerei Adolphe – wie Hitler –, kurz vor dem orientalischen Restaurant Carmel, befindet sich ein schäbiges armenisches Lokal mit einem winzigen Schaufenster. Ich gehe hinein und frage einen jungen Mann, der aussieht wie Charles Aznavour, nach einem Mützenschneider namens Aaronovič. Der falsche Aznavour sieht mich prüfend an, zögert und ruft dann mit echter Aznavour-Stimme eine alte Frau. Er übersetzt ihr meine Frage und mir ihre Antwort. Ja, es gibt einen in der Rue Roi-de-Sicile. Ich bedanke mich und gehe.

Ich weiß nicht, ob dieser Trick ein zweites Mal klappt. Aber das ist jetzt meine Taktik der hohen Wellen.

Von dem armenischen Restaurant gehe ich zu Adolphe. Samuel Aaronovič? Kennt der koschere Fleischer nicht.

Ich gehe in die Rue du Roi-de-Sicile. Der genannte Mützenschneider heißt aber Aaronson, nicht Aaronovič. Das ist zwar das gleiche, aber nicht dasselbe.

Wieder zurück in der Rue des Rosiers, gehe ich von Laden zu Laden und frage nach meinem Aaronovič. Irgendwann wird sich das wohl rumsprechen! Würde mich wundern, wenn es hier bei diesen Leuten, die praktisch in einer eigenen Welt leben, nicht so was wie ein arabisches Telefon gibt. Abwarten, ob der Nachrichtendienst anläuft und was dabei rauskommt. Um ein wenig zu verschnaufen und dieser drahtlosen Telegrafie Zeit zum Arbeiten zu geben, werd ich erst mal einen Bummel durch die Rue Saint-Antoine machen.

Beim Einbruch der Dunkelheit bin ich wieder in der Rue des Rosiers. Meine beiden alten Juden mit den runden Hüten haben den Platz gewechselt, ihr Geflüster aber fortgesetzt. Der Schallplattenhändler hat sein Neonlicht eingeschaltet, damit die Freunde hebräischer Musik ihn finden. Aus dem Ladeninnern dringt ein dumpfer Singsang. Irgendwoher kommt das Echo: eine näselnde Leierstimme.

Nächstes Ziel: Familie Blum.

Ich klopfe an das Fenster der Mützenschneiderei. Alle sehen mich erstaunt an. Eine füllige Brünette steht auf und öffnet mir die Tür. Ihr trauriges Gesicht erinnert mich an Rachel. Wohl ihre Mutter.

„Guten Abend, Madame. Darf ich reinkommen?“

Sie hebt müde die Schultern. Ich betrete die Werkstatt. Eingehüllt in einen angenehmen Stoffgeruch, sitzen vier Leute bei sparsamer Beleuchtung und fertigen Mützen an: ein alter Mann, ein etwas jüngerer Mann und zwei junge Mädchen.

„Worum geht es?“ fragt die Dicke.

„Ich hätte gern eine Auskunft. Ich suche einen Ihrer Berufskollegen. Aaronovič. Samuel Aaronovič.“

Der Mann mittleren Alters hebt den Kopf. In seinen Brillengläsern blitzt das Licht auf. Mit den Bürstenhaaren und dem Kinnbart sieht er aus wie Trotzki. Der soll ja auch in einer Mützenschneiderei gearbeitet haben, bevor er die Rote Armee organisierte.

„Samuel Aaronovič?“

„Ja.“

„Hat man Ihnen erzählt, daß er bei uns arbeitet?“

„Nein, aber unter Berufskollegen...“

„Aaronovič? Kenn ich nicht“, sagt Trotzki und widmet sich wieder seiner Arbeit.

Ich gebe nicht auf:

„Er ist der einzige Überlebende seiner Familie. Alle anderen sind deportiert worden und umgekommen.“

Der Alte wiegt den Kopf hin und her.

„Da gibt's viele“, sagt er ernst, mit starkem Akzent.

Schweigen. Ich bleib auf meinem Platz stehen, ohne zu wissen, worauf ich warte. Trotzki tut so, als wär ich gar nicht da. Die beiden Mädchen sehen mich an. Die eine etwas kühner als die andere. Ich lächle ihr zu. Adieu, Kühnheit! Sie steckt ihre Nase wieder in ihre Arbeit. Rachels Mutter steht immer noch neben mir. Sie krächzt:

„Das ist alles, Monsieur. Wir können Ihnen nicht mehr sagen."

Sie könnten mich aber vielleicht fragen, aus verständlicher Neugier, was ich von diesem Samuel Aaronovič will. Scheinen aber nicht neugierig zu sein. Ich zucke die Achseln:

„Entschuldigen Sie bitte die Störung."

Unter feindseligen Blicken trete ich den Rückzug an. Aber diese Blicke wollen nicht viel besagen. Hab sie überall hier im Ghetto im Rücken gespürt. Feindselig wäre übrigens übertrieben. Einfach nur Blicke von Leuten, die lange Zeit als Ausgestoßene behandelt wurden und nicht genau wissen, ob sie es nicht schon wieder sind. Deshalb das Mißtrauen allen andern gegenüber. Kann man es ihnen verdenken?

Auf dem Hof kommt mir etwas in die Quere und läßt mich beinahe stürzen. Der Hund von eben, lautlos, sehr verspielt. Offensichtlich mag er mich. Kennst du zufällig einen Aaronovič, Medor? Nein, kennt er nicht. Ist ihm auch egal. Plötzlich vergißt er seine Freundschaft zu mir und rast wie ein Blitz zu dem Wagen mit den Pferdedecken. Man hört ein wütendes Fauchen und das typische Spucken einer Katze, die dem Gegner dicke Luft signalisiert. Die beiden Tiere beharken sich erst unter, dann auf dem Auto. Ich weiß nicht, was die Mieze sich dabei gedacht hat, aber irgendwie verheddert sie sich in einer der Decken, die Decke rutscht auf den Boden, und die Katze ist in ihr gefangen. Der Hund springt drauf. Ich jage ihn fort und befreie die Katze. Ohne sich bei mir zu bedanken, macht sie sich aus dem Staub. Ich mich auch.

Langsam gehe ich durch die relativ belebte Rue des Rosiers. Arbeiter kommen von der Schicht. In den Geschäften sieht man jetzt mehr Leute. Es ist dunkel. die Luft riecht nach minderwertiger Kohle, die in alten Öfen brennt. Jemand drückt sich in eine Ecke und singt mit piepsiger Stimme. Der komische Kauz kann von Glück sagen, daß er so fröhlich ist. Bruder Lustig... Eben schon einer... Eine richtige Nachtigall... oder ist es derselbe? Ich erkenne seine Stimme, vor allem seinen Singsang... seinen eigenartigen Singsang. Doch, es ist derselbe. Nach ein paar Schritten kehre ich um. Der Sänger ist verstummt. Als ich wieder an ihm vorbeigehe, fängt er wieder an mit seiner seltsamen Stimme. Und jetzt merke ich auch, was daran so seltsam ist: eine spöttische Stimme.

Ich bleib stehen. Er hört auf zu singen. Aus einer koscheren Metzgerei dringt schwaches Licht, noch weiter abgeschwächt durch die Würste, die im Schaufenster hängen. Ist zwar kein Flutlicht, aber ich kann mir den Mann trotzdem ansehen. Ein junger Bursche, klein, gutgekleidet, mit rundem Mund. Seine Fröhlichkeit ist nicht echt. Er hat keinen Mantel an, obwohl es nicht gerade warm ist. Gehört wohl zu denen, die das Wetter ignorieren. Eine Hand steckt in der Hosentasche, die andere fummelt an der Krawatte. Seine Manschetten mit den goldenen Knöpfen ragen gute sechs Zentimeter aus dem Ärmel. Er hat seinen Hut wie ein Schläger in den Nacken geschoben. Seine ganze Erscheinung und seine Visage drücken aus: ihr könnt mich alle mal! Er hört auf, an seiner Krawatte herumzufummeln, sieht mich an, in Verteidigungsstellung. Ich sage nichts, und er richtet sich auf und will lässig fortgehen.

„Moment, Kleiner", sag ich. „Nicht so eilig."

„Was wollen Sie von mir, M'sieur?"

„Sie sollen mir was erzählen. Oder können Sie nur singen?"

„Was erzählen?"

„Ich will was wissen, und Sie sehen mir aus, als wüßten Sie was. Ich möchte Ihnen eine Frage stellen."

„Bitte."

„Aaronovič."

„Ist keine Frage."

„Weiß ich. Ist ein Name."

„Und?"

„Das ist alles. Ich such ihn. Kennen Sie ihn?"

Er scheint nachzudenken.

„Kenn ein gutes Dutzend", sagt er dann mit veränderter Stimme. „Vorname?"

„Samuel."
„Jetzt sind's noch vier. Was springt für mich dabei raus?"
„Geld. Zweitausend."
„Zweitausend? Kommt man nicht weit mit... na ja, besser als nichts. Hören Sie, ist nicht grade warm hier. Könnten wir nicht an einem ruhigen Örtchen weiterplaudern?"
Darauf hab ich nur gewartet.
„Gerne."
Ein ruhiges Örtchen. Von wegen! Unauffällig vergewissere ich mich, ob meine Kanone in Reichweite ist. Auf zum ruhigen Örtchen!
Meine dramatischen Vermutungen waren falsch. Der Ort, an den mich der Junge bringt, ist vielleicht nicht absolut still und ruhig. Aber es passiert nichts von dem, was ich befürchtet hab. Ein Hinterzimmer in einem polnischen Lokal. Vorne sitzen Juden und reden in ihrer Sprache. Ein Künstler entlockt seiner Geige sehnsüchtige Töne, die außer ihm keiner hört. Mir scheint, nach den vielen Schlägen auf den Hinterkopf geht's mit mir bergab.
Ein zusätzlicher Beweis dafür liefert ein Freund meines Gegenüber, ein junger Jude mit Brille und hoher Denkerstirn. Er geht durch das Hinterzimmer zum Klo, grüßt den Geiger und dann meinen neuen Freund.
„Wenn Wladi spielt, singst du wenigstens nicht", sagt er zu ihm.
„Meinst du, das hält mich davon ab?" gibt er zurück.
Er fängt wieder mit diesem spöttischen Singsang an.
„Hör bloß auf!" sagt der Brillenträger abwehrend.
Ich kann die Worte des Gejammers nicht verstehen, aber eins versteh ich: ich bin auf dem Holzweg. Hab ich mir doch tatsächlich vorgestellt, daß der lustige Vogel hier extra für mich gejammert hat? Um sich über mich lustig oder auf sich aufmerksam zu machen, damit ich ihn ansprach und er mich in einen Hinterhalt locken konnte? Dabei hat er nur einen Hang zum Straßensänger, mehr nicht. Ein Blödmann, dem ich mehr Hirn zugetraut habe, als er besitzt.

Der Brillenträger läßt uns allein.
„Schön", sage ich. „Um wieder auf Samuel Aaronovič zurückzukommen..."
„Was genau wollen Sie wissen?"
„Seine Adresse."
„Warum?"
„Weiß ich nicht."
„Im Ernst? Sie sind von der Polizei, hm?"
„Nein. Tu nur 'n paar Freunden einen Gefallen."
„... die Samuel Aaronovič suchen?"
„Ja."
Er schweigt einen Augenblick, vielleicht um nachzudenken, vielleicht um zu warten, bis daß ein stämmiger Mann aufs Klo gegangen ist.
„Hören Sie", sagt er schließlich. „Ich kannte vier Samuel Aaronovič. Zwei davon kann man streichen. Die sind tot."
„Meiner hat als einziger von seiner Familie überlebt. Vater, Mutter, Geschwister, falls er welche hatte, Onkel, Tanten, Cousins und alle sind in den Nazilagern umgekommen. Er ist oder war Mützenschneider. Sagt Ihnen das mehr?"
Er vertieft sich wieder in seine Gedanken. Der Brillenträger kommt vom Klo. Der Stämmige auch. Die Geige miaut auf ihren Katzendärmen. Ich hab das Gefühl, ich vergeude meine Jugend.
„Hm", macht mein Sängerknabe. „Kann ich auf Anhieb nicht sagen. Übrigens, meine Aaronoviče, die noch übrigbleiben, sind beide nicht mehr in Paris. Müßte mal rumhören, bei meinen Leuten..."
„Zweitausend auf die Hand. Tut's das nicht genauso gut?"
„Nein, M'sieur. Ganz ehrlich. Ich nehm Sie wirklich nicht auf den Arm, M'sieur."
Ich grinse:
„Nein? Was Sie nicht sagen! Sie sind Jude, stimmt's?"
„Wenn Sie meinen."
„Wieso, wenn ich meine? Für mich sind Sie Jude."
„Das ist doch Quatsch."
„Quatsch oder nicht. Sie sind Jude. Ich bin ein Goi. Sie haben

gesehen, daß ich seit vier Uhr hier rumstreiche. Hab mich nicht versteckt, kann man wirklich nicht sagen. Das hat Ihnen nicht gefallen. Sie sind hier zu Hause, ganz unter Juden. Haben sich in den Kopf gesetzt, mich zu verarschen. Erst durch den Singsang, dann, indem Sie so taten, als könnten Sie mir weiterhelfen."

Er sieht mich an.

„Sie reden Blech, M'sieur", bemerkt er.

„Sie sind Jude, ich Goi."

Er zuckt die Schultern:

„Scheiße! Was heißt das denn schon? Jude, Goi? Wenn einer mir was in die Fresse haut und ‚dreckiger Judenlümmel' zu mir sagt, dann hau ich zurück, weil er mir was runtergehauen hat, nicht wegen dem dreckigen Judenlümmel! Weiß gar nicht, was das sein soll: Jude. Geht hier so einigen auf den Wecker."

Ich beobachte ihn. Er scheint es ernst zu meinen.

„Na gut, wenn also Ihre Schwester zufällig mit einem Goi schläft..."

„Hab keine Schwester."

„Nehmen wir mal an, Sie hätten eine... dürfte die mit einem Goi schlafen?"

„Mit wem sie wollte."

„Sie würden sie nicht verfluchen? Nicht verstoßen?"

„Nein. Sie kommen auf komische Ideen, M'sieur."

„Ja, sehr komische..."

Ins Blaue hinein schicke ich hinterher:

„Sie würden ihr auch keine Klinge in die Rippen jagen, damit sie lernt, die alten Traditionen zu respektieren?"

Er zuckt zusammen:

„Was soll das heißen, M'sieur?"

„Nichts weiter. Würden Sie wohl gerne wissen, hm?"

„Hmm..."

Wir sprechen schon sehr leise. Jetzt dämpft er noch mehr seine Stimme und sagt entschieden:

„Sie sind von der Polizei!"

„Nein. Hab ich doch schon gesagt. Man braucht nicht gleich von der Polizei zu sein, um sich was vorzustellen. Die Flics stellen sich übrigens nie was vor. Sie warten, bis man ihnen die Leichen liefert."

„Tja..."

Für den Fall, daß seine Manschetten nicht weit genug vorgukken, zieht er noch mal dran. Dann zupft er wieder an seiner Krawatte.

„Trotzdem... sehr seltsam, daß Sie von so was sprechen, weil... würde mich wundern, wenn Sie das noch nicht wüßten. Aber vor vier Tagen ist ein Mädchen aus der Rue des Rosiers erstochen worden. Rachel Blum hieß sie."

„Kannten Sie das Mädchen?"

Er hebt die Schultern:

„Meine Cousine."

Zwischen uns herrscht jetzt erst mal Funkstille. Die Juden in dem Lokal setzen ihr Palaver weiter fort, ohne sich um uns zu kümmern. Der Geiger geigt weiter, nimmt weder auf sein Instrument noch auf was anderes Rücksicht. Mein großspuriger Sänger fängt wieder an, jetzt etwas weniger großspurig:

„Möchte wissen, was das soll: ‚Sie sind Jude, ich Goi', und so weiter und so fort. Sie haben mich nicht zufällig im Verdacht, Rachel getötet zu haben, hm?... So langsam hab ich die Schnauze voll! Ich sag jetzt erst wieder was, wenn Sie mir Ihre Polizeimarke gezeigt haben."

„Gar nicht so einfach für mich, Kleiner. Ich bin kein Flic. Und Ihre Rachel ist mir scheißegal. Ich suche Samuel Aaronovič, Mützenschneider. Ich war bei allen seinen Berufskollegen hier in der Gegend. Einer heißt sogar wie Ihre Rachel: Blum. Gegenüber der Rue des Ecouffes. Sind das ihre Eltern?"

„Ja."

Mit einer weitausholenden Armbewegung wische ich diese Banalität beiseite:

„Ob Sie mir glauben oder nicht: mich interessiert nur Aaronovič. Lauf überall rum, um ihn zu finden. Find aber überall nur abweisende Gesichter. Frag mich, ob es ihn überhaupt gibt. Na ja... Sieht man sich wieder?"

„Von mir aus."

„Wie heißen sie überhaupt?“

„Michel Issass. Nicht Isaac. Issass.“

„Und wo wohnen Sie?“

„Ich denke, Sie sind kein Flic“, antwortet er leise. „Ich werde doch nicht jedem erstbesten meine Adresse auf die Nase binden. Werd versuchen, was über die Aaronoviče rauszukriegen, die ich gekannt habe. Schauen Sie mal von Zeit zu Zeit hier rein, ob ich da bin. Wenn ich was weiß, sag ich's Ihnen.“

Darauf würde ich nicht wetten. Der Junge sieht aus, als würde ihn die Fortsetzung des Dramas herzlich wenig interessieren. Aber man kann nie wissen.

„Rufen Sie mich doch einfach an“, schlag ich vor. „Das wär noch besser.“

„Von mir aus. Welche Nummer?“

Ich sage sie ihm.

„Fragen Sie nach Monsieur Dalor.“

Er schreibt. Ich steh auf. Er rührt sich nicht. Hat wohl nicht die Absicht, mit mir rauszugehen. Ich geb ihm die Hand.

„Auf Wiedersehen, Monsieur Dalor.“

„Wiedersehn, M'sieur Isaac.“

„Issass“, verbesserte er lächelnd. „Issass. Nicht Isaac.“

Er legt Wert auf den Unterschied. Nützt ihm aber nichts.

Sein gedankenverlorenes Gesicht unter dem nach hinten geschobenen Hut ist ausdruckslos. Wieder faßt er sich an die Krawatte. Ein Tick offensichtlich. Die Finger der linken Hand trommeln auf dem Marmortisch den Takt zur Melodie der unermüdlichen Geige. Gleich wird er wieder zu jammern beginnen. Seltsamer Vogel. Seltsames Schauspiel, harmlos, beruhigend, aber irgendwie unnatürlich, falsch. Macht mich müde. Ich fühle mich völlig kaputt und enttäuscht.

Ich gehe wieder die Rue des Rosiers hinauf bis zur Rue des Ecouffes, an deren anderem Ende ich meinen Wagen geparkt habe. Plötzlich hab ich das Gefühl, verfolgt zu werden. Ich seh mich um. Nur harmlose Passanten, wenige Spaziergänger, die sich von der naßkalten Nacht nicht abschrecken lassen. Menschen im Ghetto, die Schultern nach vorn gebeugt. Das ist nämlich das Charakteristische daran: die meisten von ihnen schleppen das Gewicht der Demütigung, eingebildete oder wirkliche, mit sich herum. Nur einer in der Menge geht wirklich aufrecht, marschiert beinahe militärisch, überragt die andern. Mir scheint, ich sehe diese hohe Gestalt nicht zum ersten Mal. Aber niemand hat irgendwelche Ähnlichkeit mit Michel Issass. Vielleicht hat er mir jetzt jemanden auf den Hals geschickt... Jemand, der mich in aller Ruhe fotografieren konnte, während wir in dem Hinterzimmer miteinander redeten.

Ich gehe weiter, biege in die Rue des Ecouffes ein. Dort hinten leuchten die warmen Lichter der Rue Saint-Antoine. Ich bleibe vor einer Bücherei stehen, genau gegenüber dem Bethaus und der Thora-Schule. Hinter mir biegen zwei Männer ebenfalls in die Rue des Ecouffes ein. Einer von ihnen ist der mit der kriegerischen Haltung. Ich überquere die Straße und schiel zurück. Kein Zweifel: der Krieger folgt mir. Um ganz sicher zu gehen, drücke ich mich in eine finstere, stinkende Passage, die wie gerufen neben mir auftaucht. Von hier aus kann ich genau sehen, ob er stehenbleibt oder nicht. Ich warte. Die massige Gestalt zeichnet sich am Eingang der Passage ab. Eine Gaslaterne beleuchtet die Gesichtszüge meines Verfolgers. Ungefähr vierzig. Energisches Kinn, Hakennase, dicke, sinnliche Lippen: ein orientalisches Gesicht. Ich erkenne ihn. Es ist der stämmige Kerl, der eben in dem polnischen Lokal an unserem Tisch vorbeikam, um aufs Klo zu gehen.

Jetzt nimmt er die Hände aus den Taschen und kommt durch den Torbogen auf mich zu.

Ich hab von dem Versteckspiel die Schnauze voll. Sicher, er ist tausendmal stärker als ich. Aber dafür hab ich meine Kanone. Ich geh ihm entgegen, den Revolver in Hüfthöhe an mich gepreßt.

Besser wär's, in einem Winkel zu warten, ihn vorübergehen zu lassen, ihm eins über den Schädel zu hauen und dann zu diskutieren. Aber nein. Ich geh ihm entgegen. Nestor Burma, der letzte Romantiker, Ritter ohne Furcht und Tadel. Hut ab!

Dann mal los.

Wir stehen uns als zwei schwarze Schatten gegenüber.

„Na“, beginne ich, „gefällt dir das auch nicht, daß ich hier im Ghetto rumstrolche? Bist du der Nachtwächter?“

Ich ramme ihm mein Schießeisen in den Bauch.

Nestor Burma, der unverbesserliche Querkopf!

Er ist ein Krieger, dieser Knabe. Ach, diese Krieger! Erzählen Sie mir nichts von denen! Mit einem kurzen Schlag pfeffert er meinen Revolver in die Ecke. Ich höre gar nicht, wo er landet. Der Kerl hat mich mit irgendeinem geschickten Griff gepackt... und ich merke, daß ich zu meinem verdienten, klassischen, langersehnten Schlag auf den Hinterkopf komme.

11

Ich höre mich murmeln:

„Beim letzten Mal bin ich inmitten von Wohlgerüchen aufgewacht. Heute nicht. Es stinkt. Man hat mich in einen Mülleimer gesteckt."

Eine gutturale Stimme stößt mit fürchterlichem Akzent höhnisch hervor:

„Mülleimer, ja. Nix hierbleiben, *Kamerad*. Zimmer. Schlafenzimmer. *Schnaps*, he?"

Krächzendes Gelächter, mit Echo.

„*Gut Schnaps*. Viele *Schnaps*. Schlafenzimmer."

Ich öffne die Augen. Geht besser, als ich dachte. Mein Gegner von eben kennt wohl Tricks, mit denen man sein Opfer außer Gefecht setzt, ohne ihm zuviel Schaden zuzufügen. Tausend Dank, Oberst, für die schonende Behandlung! Ich richte mich auf, finde Halt an einer schmierigen Mauer. Mein Fuß stößt gegen einen Metalleimer, ein Deckel fällt scheppernd zu Boden. Ehrenwort, würde mich frisch wie eine Rose fühlen, wenn dieser durchdringende Gestank nicht wär.

„Nix *krank*", sagt die Stimme.

Ich seh in ihre Richtung. Der Schein einer Stablampe fällt auf das schmierige Pflaster. Ich erkenne den Schatten des alten Mannes, der die Lampe hält. Ein überquellender Abfalleimer steht neben seinen Füßen, die in Pantoffeln stecken. Neben mir sind die großen Mülltonnen aufgereiht, in die er gleich seinen Abfall schütten will.

Ich stoße ein schwachsinniges Lachen aus.

„Ich bin eingeschlafen", erkläre ich. „Heia, heia."

„Nix schlimm."

Sehr verständnisvoll, der Alte. Frage mich, ob er meinen Revolver gefunden hat. Bestimmt nicht. Sonst wär er weniger umgänglich. Die Waffe muß sicher noch irgendwo rumliegen. Ich erkläre dem Mann, daß ich etwas verloren habe. Er gibt mir seine Lampe. Nestor Burma, Nachforschungen aller Art. *Nix*. Fehlanzeige. Ich geb ihm die Lampe zurück, setz mir den Hut auf, um den Alten damit zu grüßen, und verschwinde.

Am Ausgang zur Rue des Ecouffes klopfe ich mich ab, um mich von dem Dreck zu befreien. Mein Aufenthalt zwischen den Abfalleimern hat seine Spuren hinterlassen. Plötzlich fühl ich einen schweren Gegenstand in meiner Tasche. Der Revolver! Der Kerl hat ihn doch tatsächlich aufgehoben und mir zurückgegeben. Vielen Dank, Oberst. Solche Manieren bin ich gar nicht gewohnt. Noch so'n komischer Kauz.

Um mich wieder aufzurappeln, geh ich in ein Bistro auf der Rue de Rivoli. Bei der Gelegenheit untersuche ich den Inhalt meiner Brieftasche. Kein Schein fehlt, aber meine Papiere sind in Unordnung. Schlußfolgerung: ich bin durchwühlt worden. Jetzt weiß die Wühlmaus, wer ich bin, Name und Adresse. Zweite Schlußfolgerung: ich muß in den nächsten Tagen auf mehr oder weniger freundschaftlichen Besuch gefaßt sein, bei mir zu Hause oder im Büro.

Kurz darauf bin ich wieder auf den Beinen. Zurück in die Rue des Rosiers. Vielleicht treffe ich den spöttischen Michel Issass oder seinen Freund, den stämmigen Oberst. Ich mach also meine Runde durch verschiedene Lokale, Geschäfte und Örtlichkeiten. So langsam kenn ich mich hier aus. Aber meine Spießgesellen finde ich nirgendwo.

Mir kommt die Idee, mal bei den Blums reinzuschauen. Wo Michel doch zur Familie gehört... was den Fall nicht eben einfacher macht.

Auf dem Weg zur Mützenschneiderei begegnet mir ein junges Mädchen. Sie sieht mich an, lächelt mir sogar verschämt zu. Ich lächle unverschämt zurück. Immer schön freundlich sein. Ich finde, alle sollten freundlich, nett und so weiter sein. Sie sagt „Guten Abend, Monsieur“ und geht weiter. Treffer. Sehr schmeichelhaft, aber im Augenblick hab ich zu tun. Da fällt mir ein, wer mein Treffer ist: eine von Blums Angestellten, vielleicht auch 'ne Verwandte. Hat mich schon in der Werkstatt kühn angelächelt und weggeguckt, als ich zurücklächelte. Jetzt hat sie mein Lächeln erwidert, etwas spät, aber immerhin.

Ich geh hinter ihr her. Sie sieht mir weniger mundfaul aus als die anderen, weniger verschlossen. Werd ihr ein paar Würmer aus der Nase ziehen. Später. Sie ist nämlich in einem dunklen Hausflur verschwunden. Aber in welchem?

Nach ein paar Minuten kommt sie wieder zum Vorschein, zusammen mit einem Paar in ihrem Alter. Ich folge dem Trio. Irgendwann wird sich schon alles auflösen!

Sie gehen schwatzend in Richtung Rue de Rivoli. In Höhe der Metrostation Saint-Paul gehen sie in das Kino, das sich an dem kleinen Platz befindet. Ein paar Minuten später gehe ich hinterher.

In der Schokoladenpause steht mein Mützenmädchen auf. Ihre Bekannten rühren sich nicht. Ich geh ihr hinterher. In der Halle sprech ich sie an:

„Entschuldigen Sie, Mademoiselle. Ich glaub, wir haben uns schon mal gesehen, bei Monsieur Blum... und eben in der Rue des Rosiers."

Sie ist zwar nicht hochnäsig, hält sich aber zurück:

„Aber natürlich, Monsieur... Monsieur..."

„Dalor. Und wie heißen Sie?"

„Ida. Sind Sie mir gefolgt?"

„Ich gestehe."

„Warum?"

„Ich würde Sie gern etwas fragen..."

Eine Platzanweiserin mit Süßigkeiten vor dem Bauch geht an uns vorbei.

„Ein Eis?" schlage ich vor.

Sie verzieht das Gesicht.

„Nein, danke. Ich kenne ihn auch nicht."

„Wen? Ach, Sie meinen Aaronovič?"

„Ja."

Ich lache.

„Sie können das Eis trotzdem annehmen. Sollte kein Bestechungsversuch sein. Ich werde Aaronovič gleich treffen... Jemand bringt ihn mit. Also, dies hier?"

„Wenn's Ihnen Spaß macht."

Mir macht's Spaß.

„Wer wird ihn mitbringen?" fragt sie.

„Ein gewisser Michel Issass."

„Michel Issass?"

„Ja..."

Sie verzieht keine Miene. Immer dasselbe.

„Kennen Sie ihn?"

Sie nickt eigenartig. Hab so das Gefühl, daß sie ihn sehr, sehr gut kennt. Oder gekannt hat... zu gut sogar.

„Über den will ich jetzt was wissen. Verstehen Sie... Hab den Verdacht, daß er blufft. Angeblich ist er mit den Blums verwandt. Stimmt das?"

„Ja. Beides. Er ist mit den Blums verwandt, und er blufft. Sehr sogar..."

„Aha! Übrigens... verzeihen Sie... Gehören Sie vielleicht auch zur Familie?"

„Nein."

Durch die offene Tür dringt Jazzmusik aus dem Vorführraum.

„Es fängt gleich an", sagt Ida. „Also dann... vielen Dank fürs Eis. Auf Wiedersehen, Monsieur Dalor."

„Genau, wir sollten uns wiedersehen! Ich würde gerne noch was über Issass hören. Vor allem über seine Blufferei. Nach dem Film vielleicht?"

„Nach dem Film, gut."

Klingt überhaupt nicht warmherzig. Das kommt bestimmt vom Eis.

„Sie müssen verstehen", füge ich noch hinzu, „ich hab ihm 'ne Menge Kohle gegeben wegen diesem Aaronovič. Nur auf sein ehrliches Gesicht hin. Und jetzt frag ich mich..."

„... ob Sie was für Ihr Geld kriegen?"

„Ja, sicher..."

Sie sieht mich an:

„Ich sage Ihnen: nein. Michel kann diesen Aaronovič genausowenig kennen wie ich."

„Dann bin ich also reingelegt worden. Seh ihn bestimmt nie wieder. Weder ihn noch mein Geld. Weiß nicht mal, wo er wohnt. Wir wollten uns in einem Bistro treffen. Scheiße. Sie kennen seine Adresse nicht zufällig?"

„N... nein."

„Aber die Blums müßten sie kennen. Vielleicht wohnt er sogar bei denen."

„Lassen Sie die Blums in Ruhe", sagt sie heftig. „Ihnen ist ein Unglück zugestoßen."

„Ein Unglück?"

„Ihre Tochter ist gestorben."

„Mich interessiert nur ihr Cousin. Ich hab keine Lust, mich verarschen zu lassen..."

Ich seh richtig böse aus.

„Werde ihn schon wiederfinden, diesen Issass..."

Sie zögert, scheint nachzudenken, hebt resigniert die Schultern.

„Rue de l'Hôtel-de-Ville", sagt sie schließlich. „Ganz am Anfang. Erstes Haus, dritte Etage."

Sie scheint keine guten Erinnerungen daran zu haben. Es sei denn, sie blufft ebenfalls.

„Verlangen Sie ihr Geld zurück", haucht sie. „Und glauben Sie ihm kein Wort. Er ist ein gemeiner Kerl."

Sie läßt mich im Foyer stehen und geht wieder zu ihrem Platz zurück. Ich auch. An meinen.

Während des Films denke ich nach. Ich seh auf meine Armbanduhr. Mit dem Auto könnte ich in die Rue de l'Hôtel-de-Ville fahren und rechtzeitig wieder zurück sein, um Ida die hübschen Öhrchen langzuziehen, falls sie mich angelogen hat.

Ich stehe auf. Gerade fängt die Hauptdarstellerin auf der Leinwand an sich auszuziehen. Ich ernte ein energisches „Hinsetzen!" aus der Reihe hinter mir. Dann verlasse ich das Kino. Als hätte ich was gegen derartige Vorführungen!

Die kleinen Geheimnisse von Paris, wie Carmen Tessier singt.

Die Rue de l'Hôtel-de-Ville befindet sich nicht direkt am Hôtel de Ville. Wie die Rue de la Nation, die sich auch nicht an der Place de la Nation befindet, wie es logisch wäre, sondern am Boulevard Barbès. Die Rue de l'Hôtel-de-Ville geht von der Rue du Fauconnier aus, hinter dem Pont Marie am Quai des Célestins. Also ziemlich weit weg von dem Gebäude, das ihr den Namen gab.

Das merke ich, nachdem ich in die Rue de Brosse geraten bin. Hab zu flüchtig auf den Stadtplan gesehen und gedacht, die Rue de l'Hôtel-de-Ville beginne hier. Ich seh die Hausnummer 90.

Am Steuer meines Dugat fahre ich die Straße entlang. Bald sehe ich die Rückseite des Hôtel de Sens, das etwas zurückliegt, eingerahmt von diesen klobigen Hochhauskästen, den Juwelen architektonischer Meisterwerke.

An der Ecke Rue des Nonnains-d'Hyères versperrt ein Bretterzaun den Zugang zum letzten Abschnitt der Rue de l'Hôtel-de-Ville. Noch so eine Heldentat der Städtebauer! Ich umfahre das Hindernis und lande schließlich auf der Kreuzung Figuier-Fauconnier-Ave-Maria, direkt vor dem Haupteingang des Hôtel de Sens. Dessen elegante Silhouette mit den beiden spitzen Ecktürmchen und den Ornamenten hebt sich direkt vor dem nächtlichen Himmel ab. Nichts dahinter stört das Gesamtbild. Ich parke meinen Dugat an dem Grünstreifen, der durch Steinpfosten und verbindende Ketten abgesperrt wird. Vorwärts!

„Das erste Haus“, hat Ida gesagt.

Für dieses Gebäude mit vier niedrigen Etagen, das durch geteerte Holzbalken abgestützt wird, gibt es nur ein Wort: Bruchbude. Die Nachbarhäuser werden nicht von solchen Stützbalken verziert. Entweder hängt ihr Gleichgewicht von der Festigkeit des ersten ab, oder ihre alten Mauern haben noch genug Kraft, um darauf zu verzichten.

Es weht ein frischer Wind, durchsetzt von Regentropfen. Heulend fegt er durch die enge Gasse, die sich um das Hôtel de Sens windet und so dem Ganzen eine mittelalterliche Atmosphäre verleiht.

Ein rotes Warnlicht hängt an dem Bretterzaun vor der Rue des Nonnains-d'Hyères. Der zweideutige düstere Schein seiner tanzenden Flamme spielt auf dem nassen Dach eines parkenden Autos. Ich weiß nicht warum – ein blöder Gedanke –, aber mir scheint, ein Auto paßt nicht zu dieser Kulisse.

Ich geh näher ran. Mit dem Schuh verscheuche ich eine Ratte, die im Müll gerade einen kleinen Imbiß zu sich nimmt. Eins von diesen riesigen Viechern, die das Hochwasser der Seine obdachlos macht und zu Ausflügen in unerforschte Gebiete zwingt.

Der Wagen vor dem Zaun ist ein Dauphine von unauffälliger Farbe.

In meinem geplagten Schädel steigen dunkle Erinnerungen hoch. In dem roten Licht kann ich das Nummernschild entziffern.

Kein Zweifel: der Dauphine von Jacques Ditvrai!

Ditvrais Wagen... und noch was anderes. Ich weiß noch nicht, was. Ein flüchtiger Gedanke, kaum geboren, schon gestorben, schießt mir durch den Kopf. Zurück bleibt nur das Gefühl von Enttäuschung.

Ich versuche, die Tür zu öffnen. Der Wagen ist nicht abgeschlossen. Gleichzeitig geht die Innenbeleuchtung an. Ich schau mich im Wagen um. Das bringt mich nicht weiter. Am Armaturenbrett befindet sich keine Erkennungsmarke. Aber immerhin... 2173 BB 75... Glaube nicht, daß ich mich täusche.

Ich schließe lautlos die Tür. Es ist noch nicht spät. Gerade halb zwölf. In anderen Pariser Vierteln wird noch intensiv gelebt. Hier aber ist alles still. Alles liegt in tiefem, ruhigem Schlaf. Warum die Ruhe stören? Wenn ich jetzt nicht sowieso allein wär, würde ich mich nur leise unterhalten. Kein Laut. Nur das Gurgeln einer Dachrinne, das monotone Geräusch der Regentropfen auf dem Autodach – jetzt regnet es nämlich richtig –, das dumpfe Eßgeräusch der Ratte, die wiedergekommen ist, um ihre Mahlzeit zu beenden. Über die Quais rollt ein schwerbeladener Lastwagen, läßt auch hier noch das Straßenpflaster vibrieren. Aber man hat das Gefühl, daß er weit, sehr weit weg ist. Weiter weg noch als das Gegröle eines Besoffenen, unterbrochen vom Schluckauf und rhythmisch gegliedert durch seinen Zickzackkurs. Wie durch zwei Lagen Watte dringt es durch die stockdunkle feindliche Nacht an mein Ohr.

Ich stehe im Seiteneingang des Hôtel de Sens und betrachte die Fassade des abgestützten Hauses. Zwischen zwei Holzbalken fällt Licht aus einem Fenster. Dritte Etage. Wenn Ida nicht geblufft hat, wie ich annehme, dann ist Michel Issass zu Hause. Vielleicht alleine. Wahrscheinlicher jedoch zusammen mit seinen Freunden, dem Kerl mit der militärischen Haltung und dem Journalisten mit dem verdächtigen Benehmen. Machen bestimmt gerade ihre Witze über Aaronovič, Nestor Burma und alle andern. Wenn man vorsichtig ist, kann man sich das vielleicht aus nächster Nähe ansehen – oder anhören.

Ich gehe zwischen den Holzbalken hindurch und stoße eine Tür auf. In dem feuchten, eiskalten Treppenflur suche ich vergeblich den Lichtschalter. Ich hole aus meinem Wagen eine Taschenlampe. So ausgerüstet, beginne ich den Aufstieg. Das ist das passende Wort für diese Art Treppe, die unter meinem Gewicht ächzt: garantiert lebensgefährlich. Auf dem ersten Treppenabsatz bemerke ich, daß es pro Etage nur eine Wohnung gibt. Um so besser. Das reduziert die Gefahr sich zu irren. Auf dem zweiten Treppenabsatz nehme ich etwas völlig anderes wahr. Mit dem Ohr.

Ein Schuß zerreißt die Stille der Nacht.

Drei Sekunden steh ich wie vom Donner gerührt. Dann komm ich wieder zu mir und renn los. Aber mit meinen vollgesogenen Kreppsohlen rutsche ich auf den naß-verschmierten Stufen aus und fall der Länge nach hin. Als hätte das nicht schon genug Krach gemacht, fange ich noch an, lauthals zu fluchen. Ich rapple mich wieder hoch. Die Taschenlampe in der einen und meine Kanone in der anderen Hand, rase ich dann ohne Zwischenfälle weiter in die dritte Etage. Von dort kam nämlich der Schuß. Die Tür zu der Behausung von Michel Issass ist verschlossen. Aber alles hier ist baufällig, und das Schloß wird einem kräftigen Stoß bestimmt nicht widerstehen können. Ich werf mich also gegen die Tür. Das Holz kracht, splittert. Ein zweiter Stoß. Fast wäre diesmal die Tür aus den Angeln gesprungen. Sie knallt gegen die Innenwand. Das Schloß fliegt in irgendeine dunkle Zimmerecke. Mir schlägt ein Windstoß entgegen, durchsetzt von Regentropfen und Pulvergestank, der mich ganz einhüllt. Ich lasse den Lichtkegel meiner Taschenlampe umherwandern.

Ein Mann liegt mit dem Gesicht auf dem Boden.

Alleine.

Tot.

Oder so gut wie.

Glaub kaum, daß er sich selbst umgebracht hat.

Das Fenster steht sperrangelweit offen. Die Flügel werden vom Wind hin und herbewegt, quietschen in ihren Angeln. Ich stürze zum Fenster. Ein Schatten klettert geschickt die Holzbalken vor der Fassade hinunter. Soll ich hinter ihm herschießen? Ich weiß nicht, wie sich das Drama entwickeln wird. Und außerdem ist schon viel zuviel Lärm gemacht worden. Wo bleibt die Diskretion? Ich such irgendeinen Gegenstand, den ich dem Flüchtigen auf die Birne werfen kann. Ein Bügeleisen bietet sich dafür geradezu an. Ich werf es dem Schatten hinterher, aber es prallt auf das Pflaster, ohne den Kerl berührt zu haben. Der läuft jetzt zum Dauphine, springt rein und fährt davon, daß das Wasser nur so hochspritzt.

Ich schließe das Fenster, knips meine Lampe aus und schleich mich zurück auf den Treppenabsatz. Ich horche in die Stille, mein Herz klopft schneller. Der Mieter eine Etage tiefer ist von dem Krach wachgeworden. Ich höre Schritte, eine Tür wird geöffnet, dann ein Fenster. Stimmen. Die Neugier des Nachbarn ist nicht so groß wie seine Vorsicht. Nach ein oder zwei Minuten sind Tür und Fenster wieder geschlossen, die Stimmen werden leiser, verstummen. Alles ist wieder still, wie vorher.

Ich geh ins Zimmer zurück, stoße die Tür hinter mir zu und dreh den Lichtschalter. Eine nackte Glühbirne leuchtet auf. Ich laß mich auf einen Stuhl fallen und bleibe eine ganze Weile wie betäubt sitzen, die Taschenlampe in der einen, meinen Revolver in der andern Hand. Der Regen klopft gegen die Fensterscheibe, der Wind heult, und ich betrachte die Leiche.

Der Kopf liegt auf der Seite, so daß ich das Gesicht gut sehen kann. Die offenen Augen sind starr auf mich gerichtet. Dazwischen ist so was wie ein drittes Auge. Und genau deshalb sehen die andern beiden nichts mehr. Eine Kugel, vorne rein, hinten raus, hat einen ziemlichen Schaden angerichtet. Michel Issass hat ausgesungen, ausgespottet, nicht mal sprechen wird er mehr. Vielleicht hat er sogar schon zuviel gesprochen.

Ich schüttle mich, stecke Lampe und Revolver ein, steh auf, streife meine Handschuhe über und beuge mich über die Leiche. Es gelingt mir, aus der Innentasche der Jacke eine Brieftasche und ein Notizbuch zu angeln, ohne den Körper zu sehr zu bewegen. Aber in den Papieren steht nichts Neues, nur daß er wirklich Michel Issass hieß – Michel Abraham Issass –, Beruf Mützenschneider, wie alle anderen. Ich reiße aus dem Notizbuch die Seite mit meinem Pseudonym und der Telefonnummer. Zur Sicherheit auch noch die nächste Seite. Bestimmt hat er Namen und Telefonnummer schon weitererzählt. Außerdem kennt sein Freund mit dem Soldatengang meinen richtigen Namen und meine Adressen. Aber ich denke vor allem an die Flics. Faroux kennt nämlich meinen Decknamen, und ich leg keinen besonderen Wert darauf, daß er ihn in diesem Notizbuch findet. Ich stecke den ganzen Kram wieder an seinen Platz. Jetzt seh ich mir die Wohnung an. Eine Küche und zwei winzige Zimmer, spärlich möbliert.

In einer Schublade finde ich Dinge vom Flohmarkt der Geschichte: eine kaputte Mauser, einen ausgefransten gelben Jundenstern, eine Armbinde mit Hakenkreuz in demselben Zustand, eine dreckige Uniformmütze der Luftwaffe.

Auf der Kommode liegen in einer Schale mehrere Briefmarken, französische und ausländische. Der sehr bescheidene Beginn einer Sammlung, die leider über dieses Stadium nicht hinauskommen wird, wegen Tod des Sammlers. Die Briefmarken sind abgestempelt und mit einer Schere vom Umschlag großzügig ausgeschnitten worden, manchmal auch einfach nur abgerissen. Auf einem Stück Umschlag kleben nebeneinander eine englische Marke und eine französische ohne Sammlerwert, eine von denen, die von der Post als Nachporto draufgeklebt werden... oder bei postlagernden Briefen. Mir kommt ein Gedanke. Ich seh mir die Gebührenmarke genauer an, stecke die kleine Briefmarken-sammlung ein und gehe zu Issass zurück. Aus seiner Innentasche fische ich noch mal die Brieftasche, nehme den Personalausweis heraus und stecke die Brieftasche wieder zurück.

Bei weiterem Stöbern stoße ich auf eine andere Sammlung: die schönsten zeitgenössischen Brüste. Alle sind vertreten, oder fast alle, die gesammelten teuflischen Brüste, die gewagtesten Dekolletés. Namenlose Pin-up-Girls und heilige Namen: Jane Russel, Lollobrigida, Martine Carol usw. usw. Fotos aus entsprechenden Zeitschriften, Postkarten, Agenturmaterial. Eine richtige Sammlung von Übergrößen! Auf einem dieser Fotos ist eine schöne üppige Unbekannte – jedenfalls für mich – aus der indiskretesten Perspektive abgebildet, umgeben von Kerlen in heiterer Stimmung, die wachsamen Augen, wie es sich gehört, auf die dunkle Linie zwischen den Brüsten gerichtet. einer von diesen lieben Liebhabern ist Jacques Ditvrai.

Ich stecke das Bild ein. Meine weiteren Nachforschungen bringen nichts ein. Nichts mehr zu sammeln.

Über einem Stuhl liegt ein kurzer Mantel, der höchstwahrscheinlich dem zum Schweigen verdammten Sänger gehört. Die Taschen halten keine Überraschung bereit. Im Knopfloch steckt eine duftende rote Nelke. Hat aber bestimmt nichts zu sagen. Eine übermäßig poetische Natur könnte darin höchstens den Versuch eines Totenkranzes sehen.

Ich knips das Licht aus, verlasse Wohnung, Haus und Viertel. Zu Hause leg ich mich sofort ins Bett. Nichts – weder in guter noch in böser Absicht – stört meinen Schlaf.

12

Am nächsten Tag hört Hélène sich meinen Bericht an und fragt:

„Glauben Sie, dieser Issass – Issass selig – hat Ihnen den Schläger auf den Hals gehetzt?"

„Bestimmt."

„Um Sie niederzuschlagen?"

„Nein. Nur um rauszukriegen, wer ich tatsächlich bin. Sie – d.h. Issass, sein Soldatenfreund und vielleicht noch andere – sie mußten sich sagen, daß der Name, den ich genannt habe, falsch war. Jedenfalls konnte es nicht schaden, das nachzuprüfen. Wir haben es mit hartnäckigen Leuten zu tun. Und das muß ausgeheckt worden sein, bevor ich den spöttischen Issass traf. Ich bin übrigens jetzt sicher, daß er das Treffen provoziert hat."

„Spielen Sie auf den Singsang an, der eine Antwort verlangte?"

„Ja."

„Aber gehörte das nicht zu seinen Gewohnheiten, am Bordsteinrand zu stehen und wie ein Verrückter zu leiern, nur so zum Vergnügen?"

„Kann sein, aber gestern hat er nicht nur so gesungen. Ich hatte absichtlich so auffällig nach Aaronovič gesucht, um irgendwelche Reaktionen hervorzurufen."

„Sie sind gut bedient worden."

„Ja. Issass behauptete, jede Menge Aaronovice zu kennen. Der Glückliche."

„Warum Glücklicher?"

„Weil keiner von denen, die ich in der Rue des Rosiers gefragt habe, diesen Namen kannte."

„Ach ja?"

„Man könnte den Eindruck haben, daß Sie das nachdenklich stimmt, hm?"

„Na ja... ich komm immer wieder auf meine erste Idee zurück."
„Daß es diesen Aaronovič überhaupt nicht gibt?"
„Daß es ihn als Aaronivič nicht gibt."
„Sondern als Bramovici, hm? Josiah, der König von Soho z.Zt. flüchtig?"
„Warum nicht?"
„Tja... Ich frage mich, ob Sie nicht recht haben damit. Wie dem auch sei, vielleicht kannte Issass nur einen Aaronovič: den richtigen. Und er wollte nicht, daß ich ihn aufspüre. Um mich also auszuhorchen, hat er dafür gesorgt, daß wir ins Gespräch kamen. Mich offen anzusprechen, hätte mich mißtrauisch gemacht. Aber wenn ich den ersten Schritt machte... Wir gehen zu dem Polen, der andere fotografiert mich und folgt mir dann. Wenn ich darauf nicht reagiert hätte, wüßten sie jetzt nur meine Telefonnummer, die ich genannt habe... und ich hätte nichts hinter die Ohren gekriegt. Mein Wagen stand ja ganz in der Nähe. Ich hätte mit meinem Verfolger dasselbe Spielchen spielen können wie Ditvrai neulich mit mir. Aber ich wollte den Helden spielen und hab den Stier bei den Hörnern gepackt. Dafür hat der Kerl dann mit mir sein Spielchen gespielt – ein anderes – ähnlich wie Ditvrai in der Nacht davor. Ich muß allerdings zugeben, daß er netter mit mir umgegangen ist als der Journalist. Er hat nur seine Faust benutzt, keinen stumpfen Gegenstand, und auch nur gerade mal, damit er mich durchwühlen konnte. Er war sogar so freundlich, meinen Revolver aufzuheben und ihn mir in die Tasche zu schieben. Ein Gentleman."
„Sie sagen, er sei Soldat?"
„Sah aus wie ein Offizier in Zivil. Und dann, wie er mir eins verpaßt hat... Beim Militär lernt man heute Dinge, die man besser bei Straßenschlachten anwenden kann als im Feld."
„Israeli?"
„Sah so aus. Ein israelischer Offizier, bringt Sie das nicht auf eine Idee?"
„Nein. Und Sie?"
„Mich auch nicht."

„Sagen Sie, dieser Michel Issass... er war ein Verwandter von Rachel Blum?" fragt Hélène.

„Ihr Cousin. Diese Ida hat's bestätigt."

„Der Cousin von Rachel Blum", sagt Hélène gedankenverloren. „Ein Cousin von Rachel Blum, der offensichtlich nicht wollte, daß Sie Aaronovič suchten – oder wer sich hinter dem Namen verbirgt. Der Sie verfolgen ließ... und sich dann umbringen ließ... von wem? Von Ditvrai? Weil das Auto vor dem Hôtel de Sens stand? Und warum?"

„Dafür gibt's mehrere Hypothesen. Nummer eins: es gibt starke Anzeichen dafür, daß Issass Rachel abgemurkst hat..."

„Was?"

„Ja. Die Tatwaffe, der SS-Dolch, den Faroux im Büro liegen hat, stammt sicher aus der Trophäensammlung, die ich in einer Schublade bei Issass gesehen habe. Tatmotiv: Rachel flirtete mit Ditvrai, und das war gegen seine Überzeugungen. Also, Issass tötet Rachel, und Ditvrai tötet Issass, weil er Rachel getötet hat."

„War das die erste Hypothese?"

„Ja. Aber davon bin ich schon wieder abgekommen. Erstens hat sich Issass nicht länger an dieser Geschichte aufgehalten... daß Juden und Nicht-Juden zusammen schlafen können oder nicht. War zwar nicht besonders sympathisch, der Junge, hatte aber trotzdem ein paar angenehme Züge. Natürlich, Sie können dagegenhalten, daß er vielleicht gelogen hat und Rachel aus, sagen wir, rassischen Gründen erledigt hat. Eher kann man ihm entgegengesetzte Gefühle anhängen, aber ich glaube, er war aufrichtig. Wenn wir diese Version annehmen, können wir aber keinen Zusammenhang mehr herstellen zwischen Rachels und Michels Tod einerseits und Aaronivič und dem Interesse von Dédé und Co. an ihm andererseits. Denn ich bin davon überzeugt, daß zwischen allem ein Zusammenhang besteht."

„Und die andere Hypothese?"

„Ist wie das Negativ der ersten. Issass hat immer noch Rachel getötet, aber aus ganz anderen Gründen. Großes Geheimnis. Er ist dann seinerseits ins Jenseits befördert worden, sagen wir von

Ditvrai oder jemand anderem, weil er mir Informationen über Aaronovič versprochen hatte, Bluff oder nicht."

„Kurz gesagt", lacht Hélène, „der Fall ist gelöst."

„Durchs Gespräch gewinnt man Klarheit", seufze ich, „aber wir könnten noch ewig und drei Tage hier rumquatschen... Halten wir uns an die Fakten."

Ich hol die Sachen aus der Tasche, die ich bei Issass eingesammelt habe: seinen Personalausweis, die Briefmarken und das Foto, auf dem Ditvrai das Pin-up-Girl so zielbewußt anglotzt. Ich fang mit den Briefmarken an:

„In Dédés Bande gibt's einen Engländer. Issass bekam Briefe aus England, postlagernd..."

„Bramovici!" ruft Hélène triumphierend.

„Kein Kommentar, bitte. Warten wir mal ab. Auch der tote Issass bekommt vielleicht noch Post. Sehen Sie sich mal genau diese Gebührenmarke an. Mit viel Zeit und einer guten Lupe kann man den Datumstempel entziffern. Hab's schon versucht, aber umsonst. Vielleicht haben Sie mehr Glück als ich."

„Und was soll ich entziffern?"

„Die Nummer des Postamtes, an das er seine Briefe schicken läßt. Hier nun der Personalausweis des Toten. Rufen sie Reboul an und sagen Sie ihm, er soll das Foto austauschen und alles so ändern, daß wir jemanden zum Postamt schicken können, um die Briefe von Issass abzuholen, falls was abzuholen ist. Denn dadurch kommen wir viel weiter als durch eine anregende Diskussion."

„Ich glaube, Sie haben Ihre Zeit nicht vergeudet."

„Hoffen wir's."

„Und das andere Foto?"

Ich geb's ihr rüber.

„Jacques Ditvrai", erkläre ich.

„Hat der einen schönen Busen!"

„Blöde Ziege! Ditvrai ist der Kerl da."

„Und das Mädchen? Wer ist sie?"

„Kenn ich nicht."

„Wie bedauerlich!"

„Ach, wissen Sie... Sie hat einen schönen Busen, aber..."
Ich sehe Hélène so an, wie sie's verdient.
„Ihrer ist auch nicht schlecht. Sie sollten sich entsprechend fotografieren lassen und mir einen Abzug schenken. Für die langen Winterabende."
„Reden Sie keinen Unsinn", antwortet sie, rotgeworden. „Woher haben Sie dieses Foto?"
„Von Issass. Hat eine ganze Sammlung davon. Ditvrai und er waren Freunde, verstehen Sie? Ist zwar böse ausgegangen, aber früher waren sie wohl Freunde. Na ja, der Journalist kannte sicher Michels Vorliebe für üppige Damen und hat ihm welche geschenkt..."
Ich schlag mit der Faust auf den Tisch.
„Verdammt nochmal! Bin ich blöd!"
„Was ist los?" fragt Hélène.
„..."
Ich schnapp mir das Telefonbuch und suche eine Nummer.
„Ich sollte in Urlaub gehen, das ist los. Ich bin verbraucht. Mein Hirn arbeitet langsam, wie neulich jemand sagte. Verdammt nochmal! Ein Geschenk! Man kann aber auch was haben, ohne daß man es geschenkt gekriegt hat. Man kann's nämlich auch klauen..."
Ich hab die Telefonnummer gefunden und dreh die Wählscheibe.
„Hallo! Hôtel de l'Ile?"
„Ja, Monsieur."
„Mademoiselle Suzanne Rigaud bitte."
„Ja, Monsieur."
Wenige Sekunden später hab ich sie an der Strippe.
„Guten Tag, Suzanne. Hier Nestor Burma."
„Tag. Wie geht's Ihnen?"
„Sehr gut. Was ist mit Ditvrai?"
„Immer noch unterwegs."
„Gut. Der Augenblick rückt näher, da Sie vielleicht den Artikel schreiben können, der Ihnen das große Tor zum Journalismus öffnet. Aber dafür brauch ich Ihre Hilfe."

„Was muß ich tun?"
„Gehen Sie sachte vor, keine Pferde scheu machen... aber versuchen Sie rauszukriegen, ob der Hotelangestellte, der neulich Ditvrais Telefonanruf angenommen hat, Sie wissen schon..."
„Den Anruf, daß er schnell abreisen mußte?"
„Genau. Versuchen Sie rauszukriegen, ob der Angestellte die Stimme des Journalisten wiedererkannt hat..."
„Vermuten sie..."
„In meinem Beruf vermutet man viel. Kann ich mit Ihnen rechnen, Suzanne?"
„Ja, klar."
„Rufen Sie mich an, wenn Sie mehr wissen. Es eilt nicht, kommt auf ein paar Stunden nicht an. Danke, Suzanne, und auf Wiedersehen."
Ich leg auf. Hélène sieht mich strahlend an. Sie hat schon verstanden, fragt nicht nach Erklärungen. Ich geb ihr trotzdem eine:
„Das war gar nicht Ditvrai, der mir den Aschenbecher um die Ohren geschlagen hat. Dazu hatte der gar keinen Grund. Aber ein Einbrecher, den ich auf frischer Tat ertappt habe... Ein Einbrecher, wahrscheinlich in kurzem Mantel wie der Kerl, mit dem Ditvrai das Hotel verlassen hat, als ich in dem Pissoir Wache schob... ein kurzer Mantel wie der, den ich bei Issass gesehen hab... anders gesagt: Issass höchstpersönlich."
„Und was wollte er bei Ditvrai?"
„Hab ich Ihnen doch schon gesagt. Einbrechen. Erst hat er Ditvrai abgeholt. Sie sind zusammen mit dem Dauphine weggefahren. Später ist Issass dann zurückgekommen, alleine, um einzubrechen. Hat den Koffer mitgenommen, einen oder zwei Anzüge und vor allem..."
„Vor allem?"
„Den Inhalt einer Akte mit der Aufschrift B., in dem nur noch ein Zeitungsartikel über den Bandenkrieg in Soho lag, wahrscheinlich vergessen."
„Eine Akte mit B?"
„B wie Bardot Brigitte oder... Bramovici."
„Hab ich's Ihnen nicht gesagt!"

„Aber ja, aber ja, Hélène. Mein Gehirn arbeitet langsam, kann ich nur wiederholen. Aber wenn's erst mal arbeitet, dann arbeitet es. Ditvrai muß wohl allerhand Material über Seine Majestät gesammelt haben. In der Reportage über *Al Capones Geister* hat er's aber nicht verwendet. Hat's wohl erst kürzlich zusammengetragen, wahrscheinlich während seines Aufenthalts in London, wo ihm wohl so einiges zu Ohren gekommen ist. Ich muß nämlich meine Meinung über seine Methoden revidieren. Nicht nur *Bibliothèque nationale* und Schere und Klebstoff..."

„Also hat diese Akte... Issass verschwinden lassen?"

„Bestimmt. Zeitungsartikel, sonst nichts. Ditvrai war wohl gerade dabei, eine Theorie zusammenzubasteln. Was beweist, daß Sie recht hatten, Hélène. Bramovici muß sich irgendwo in Paris verstecken. Im Ghetto. Und der verursacht das ganze Durcheinander. Egal! Im Ghetto! Geht einem quer runter. Wenn ich Jude wär, würd ich dieses Schwein woanders verstecken: im Sarg. Man muß eben immer mit allem rechnen. Sehen Sie nur diesen Araber, Kechir Soundso. Hat seinen Schwiegersohn wegen ‚althergebrachter Tradition' getötet. Und seine Tochter bettelt noch vor Gericht um Gnade für den Mörder! Der Vater über alles. Die Familie... die Bande des Blutes. Bramovici muß bei Verwandten untergekommen sein. Wo ist man sicherer als im Schoße der Familie, stimmt's? Er..."

Ich schnippe mit den Fingern.

„Ich hab's, Hélène. Es arbeitet, ich sag's doch! Ich glaub, ich weiß, wo ich ihn finden kann, unsern Bramovici. Aber sagen Sie selbst: ich fahr auf 'ne Insel, um einem Maler Ärger und Skandal zu ersparen, und stolper über einen Ganoven, hinter dem Polizei und Gauner seit Wochen her sind, aus verschiedenen Gründen."

„Sie wissen doch: eine Gabe Gottes. Und..."

Ich unterbreche meine Sekretärin:

„Haben Sie noch die alten Zeitungen, die Sie neulich mit sich rumschleppten?"

„Sie liegen da drüben."

Ich fang an zu blättern.

„Steht auch was über seine Familie drin?" frag ich.

„Nein."

„Macht nichts. Ich bin davon überzeugt, daß er mit den Blums verwandt ist. Und dort hat er sich auch verkrochen..."

Ich schieb die Zeitungen zur Seite, bis auf eine mit dem Foto von Bramovici auf der Titelseite. Ein fetter Kerl, keine besonderen Merkmale. Nur seine Augen: verschlagen, grausam.

„Kein gutes Foto", bemerke ich. „Und auch nicht von gestern. Außerdem hat er sich seitdem sicher eine Brille angeschafft, Schnäuzer oder Bart. Aber trotzdem, als Anhaltspunkt..."

„Vielleicht gibt's noch bessere", sagt Hélène und fängt auch an zu blättern. „Ach! Hier, eins seiner Opfer: Sarah Moyes, die er an die Engländer verraten hat. Sie mögen doch hübsche Mädchen..."

„Zeigen Sie her."

Sarah Moyes, in einem Männerhemd mit mehreren Taschen, in den Augen das Feuer des Fanatismus'. Sechzehn Jahre ist sie auf dem Foto, aber schon eine erwachsene Frau mit einem willensstarken, energischen Gesichtsausdruck. Kurzgeschnittenes Haar. Ich trommel mit den Fingern auf der Schreibtischplatte.

„Was ist?" fragt Hélène.

„Ich glaub, ich hab sie schon mal gesehen. Natürlich ist das nicht möglich. Also, sagen wir, sie erinnert mich an jemanden."

„Rachel Blum?"

„Nein."

Ich lese den Text unter dem Foto.

„Nein... Rachel Blum und Sarah Moyes haben nichts gemeinsam. Nur daß sie beide tot sind."

„Ist sie gehenkt worden?"

„Sie hat in der Zelle Selbstmord begangen."

Ich muß lachen:

„Gefängnisse sind seltsame Orte. Waren Sie noch nie drin?"

„Noch nicht, kommt aber bald. Wenn ich weiter bei Ihnen arbeite..."

„Im Gefängnis nimmt man Ihnen alles ab, womit Sie Ihrem Leben ein Ende setzen könnten. Trotzdem kann man sich leicht umbringen. Beunruhigend... Kein passableres Foto von Bramovici dabei?"

„Nein."

Ich schneide das Bild des gestürzten Königs von Soho aus und stecke es in meine Brieftasche.

„Gut. Jetzt geh ich zu den Blums. Die sind zwar nicht ausgesprochen verquatscht, diese Mützenmenschen, aber ich werd mal sehen, was sich machen läßt. Werd mal mit der kleinen Ida reden. Sie ist gar nicht so schlecht auf mich zu sprechen. Von ihr hab ich die Adresse von Issass und..."

Ich fluche.

„Was ist denn jetzt schon wieder?" fragt Hélène.

„Sie mit Ihren Gefängnis-Geschichten!" schimpfe ich. „Werd wohl bald dort landen, im Knast. Man hat bestimmt schon die Leiche von Issass gefunden. Die Flics werden bei den Blums aufkreuzen, und wenn Ida von dem Mord hört, wird sie mich möglicherweise für den Täter halten. Und ihnen von unserem Gespräch erzählen."

„Haben Sie ihr Ihren Namen gesagt?"

„Dalor. Faroux kennt den Decknamen."

Ich steh auf.

„Ich hau ab, Chérie. Bevor Faroux mir die Zeit stiehlt. Sollte er nach mir fragen: Sie haben mich nicht gesehen, klar? Dasselbe bei Dédé".

Es klingelt an der Tür.

Fluchend setz ich mich wieder. Zum Totlachen. Hélène geht öffnen.

Wenn man vom Teufel spricht...

Der Zuhälter mit dem langen Riecher und der Fettsack mit dem Hitlerschnäuzer kommen herein.

„Salut, M'sieur Burma", sagt Dédé.

„Salut, die Herren."

Dédé sieht Hélène mit Kennerblick von der Schuhspitze bis zur Haarwurzel an, hat sie in Gedanken schon ausgezogen.

„Glückwunsch", sagt er, als er keinen Faden mehr an ihr gelassen hat. „Ein hübsches kleines Teil haben Sie da, M'sieur Burma."

„Ja. Wenn sie bei Ihnen einsteigen würde, gäb's Ärger."
Die beiden Sittenstrolche lachen.
„Brauchen Sie mich noch?" fragt Hélène spitz.
Ich schüttel den Kopf.
„Aber gehen Sie trotzdem nicht zu weit weg, Puppe", säuselt der vorsichtige Dédé.
„Hélène geht wortlos in ihr Büro. Dédé folgt ihr mit seinen kleinen Schweinsäuglein und bebendem Zinken. Jetzt hat sie wirklich nichts mehr am Leib.
„Schön", sagt Dédé dann und setzt sich. Der Dicke ebenfalls.
„Wir wollten mal sehen, wie weit Sie sind, M'sieur Bruma. Telefonieren ist zwar ganz nett, aber es geht doch nichts über eine gepflegte Diskussion unter vier Augen. Ich hab geblecht. Dafür sollten Sie für mich arbeiten."
„Genau das mach ich."
„Ha! Wir kommen her, und was sehen wir? Sie rühren sich nicht von Ihrem Bürosessel und fummeln an Ihrer Maus rum."
„Ich fummel an niemandem rum. Ich war gerade dabei, mich abzuregen."
„Haben Sie sich aufgeregt?"
„Wegen Ihrem Aaronovič. Hab in allen Ecken nach ihm gesucht, in dem besagten Viertel. Für die Katz. Aber da war einer, dem hat das gar nicht gefallen. Als ich ihn fragen wollte warum, hat er mich niedergeschlagen."
„Was war das für einer?"
„Irgend so ein Kerl. Es war dunkel. Konnte seine Visage nicht sehen. Ein klassischer K.O., wenn Sie mich fragen. Und das alles für einen Aaronovič, den es gar nicht gibt."
Dédé beißt sich auf die Lippen, geht mit einem manikürten Finger über den langen Nasenrücken.
„Also, das ist neu", sagt er.
„Neu oder nicht, so ist es. Keiner kennt ihn."
Er schüttelt den Kopf:
„Es gibt ihn. Wenn es ihn nicht gäbe, hätte man Ihnen keins drübergegeben. Sie finden ihn bestimmt."
„Wenn Sie mir mehr über ihn sagen, vielleicht..."

Dédé stößt dem Fettsack mit dem Ellbogen in die Rippen: „Los, komm!"

Sie stehen unvermittelt auf, so als müßten sie noch unbedingt einen Zug erreichen.

„Werd drüber nachdenken", sagt Dédé stirnrunzelnd. „Auf Wiedersehen, M'sieur Burma."

Ich warte auf das übliche „Schön brav sein!", aber es kommt nicht. Wir geben uns die Hand, und ich begleite die beiden durch Hélènes Büro nach draußen. Der Fettsack hat bisher noch nichts gesagt. Jetzt macht er einen Witz, daß Hélène rot wird. Dann sind sie draußen. Hélène folgt mir in mein Zimmer.

„‚Wenn sie bei Ihnen einsteigen würde'!" schimpft sie. „Sehr witzig!"

Ich antworte nicht, betrachte die Zeitungen auf dem Tisch. Hélène schimpft weiter.

„Schon gut", beruhige ich sie. „Ärgern Sie sich nicht so. Dann steigen Sie eben nicht bei ihm ein. Dafür können Sie aber mal die Zeitungen hier wegräumen."

Sie tut es murrend.

„Die sind abgehauen, als hätten sie Feuer unterm Hintern", bemerkt sie, wieder friedlich geworden.

„Die denken jetzt nach."

„Worüber? Solche Leute denken auch nach?"

„Manchmal."

„Was wollten sie? Sehen, wie weit Sie sind?"

„Ich glaub, sie haben's gesehen."

Cambronnes Wort kommt ihr über die schönen Lippen.

„Ah! ... Die Zeitungen!"

„Ja. Sie waren zwar so gefaltet, daß man die Artikel über Bramovici nicht sehen konnte. Aber die politischen Schlagzeilen ... Dédé ist nicht gerade auf den Kopf gefallen. Jetzt zählt er zwei und zwei zusammen. Na ja, werden sehn. Ich hau erst mal ab ..."

Ich geh zur Tür. Es klingelt. Schlechte Witze wiederholen sich. Diesmal ist es bestimmt Faroux.

Nein! Der Besucher ist ein kräftiger Bursche, athletisch, militärisch. So um die Vierzig. Bürstenhaarschnitt. Energisches Kinn.

Hakennase. Dicke, sinnliche Lippen, orientalisches Gesicht. Ein knallharter Blick unter samtenen Augenbrauen. Ich erkenne ihn wieder. Mein Verfolger. Mein neugieriger Schläger. Und noch was: Plötzlich weiß ich, an wen mich das Foto von Sarah Moyes erinnert.

„Monsieur Burma?“ fragt er.

„Der bin ich …“

Ich vergrabe vielsagend die Hand in meiner rechten Tasche.

„Sind Sie gekommen, um mich noch mal zu verprügeln?“ frage ich.

„Nein. Nur um zu plaudern. Entschuldigen Sie dieses … den Zwischenfall. Ich wollte wissen, wer Sie sind.“

Er spricht ein tadelloses Französisch mit einem kaum wahrnehmbaren Akzent.

„Setzen Sie sich, Monsieur Moyes.“

Er fährt hoch:

„Sie kennen meinen Namen?“

„Hab soeben ein Foto von Sarah gesehen. Sie ähnelte Ihnen sehr.“

„Meine Schwester. Sie interessieren sich für … äh … Das dachte ich mir.“

„Setzen Sie sich“, wiederhole ich.

Als wir alle drei sitzen – Hélène etwas weiter weg von uns, an der Verbindungstür –, beginnt er:

„Warum suchen Sie nach Aaronovič, Monsieur Burma?“

„Im Auftrag. Ich bin Privatdetektiv.“

„Aber warum?“

„Berufsgeheimnis.“

Er schüttelt den Kopf.

„Sie suchen nicht Aaronovič.“

„Doch.“

„Aaronovič existiert nicht. Sie suchen Bramovici. Und der existiert.“

Er wartet darauf, daß ich was sage. Aber ich sage nichts. Er fährt fort, betont jedes Wort:

„Sie suchen Bramovici. Ich auch. Er versteckt sich im jüdischen Viertel, aber ich konnte noch nicht rauskriegen wo. Sie sind Privatdetektiv, Monsieur. Sie würden bestimmt nicht bei einer schlechten Sache mitmachen. Und ich verfechte eine gerechte Sache. Wären Sie damit einverstanden, wenn wir unsere Informationen austauschen?"

„Ich besitze so gut wie nichts an Informationen."

„Sie leugnen also nicht, sich für Bramovici zu interessieren?"

„Eigentlich suchte ich Aaronovič. Aber dann hat sich Bramovici ins Spiel eingeschlichen."

„Versteckt er sich unter dem Namen Aaronovič?"

„Weiß ich nicht."

Pause.

„Ich trete für eine gerechte Sache ein", wiederholt Moyes mit tonloser Stimme. „Aber vielleicht verstehen Sie das nicht."

„Ich verstehe vollkommen. Sie wollen Bramovici den Hals umdrehen. Er hat Ihre Schwester an die Engländer verraten."

„Nicht nur das. Er hat eine große Schuld gegenüber unserem Volk auf sich geladen. Gegenüber diesem Volk, von dem man sagt, es bestehe nur aus Händlern, Wucherern, Maklern..." Er lacht. „Und dem man immer Land verweigert hat und die Geräte, um es zu bestellen. Hören Sie..."

Er wird heftiger:

„Hören Sie, was dieses Volk gemacht hat, in Israel, in den Städten, in den ländlichen Gemeinden. Es baut Wolkenkratzer in Tel Aviv, macht die Wüste fruchtbar. Eine großartige Aufgabe. Es soll keiner sagen, daß ein elender Abschaum unserer Rasse diesem Unternehmen schaden, es beschmutzen kann. Ich bin ein ehemaliger Soldat des *Irgoun*, ein Pionier Israels. Ich werde ihn bestrafen. Einige unserer Brüder teilen meine Ansicht nicht. Vor allem die, die ihn im Moment bei sich verstecken. Auch sie werden bestraft werden."

Er ballt die Fäuste. Sein knallharter Blick versprüht ein düsteres Feuer. Jetzt gleicht er dem Würgeengel. Sollte er die Blums zwischen die Finger kriegen, dann werden die eine böse Viertelstunde erleben. Wird nicht rosig werden in der Rue des Rosiers! Gar nicht unsympathisch, dieser Moyes. Aber warum sind auch die am wenigsten Unsympathischen so blutrünstig? Können sie sich nicht mit einem Glas Rotwein begnügen?

So langsam kriegt Moyes seine Gefühle wieder unter Kontrolle. Er sieht mich an, lächelt leicht verächtlich.

„Das Doppelte", sagt er.

„Das Doppelte?"

„Das Doppelte von dem, was Ihre Klienten Ihnen zahlen, damit Sie Bramovici finden."

„Nein. So läuft das nicht bei mir. Ich bin zwar immer blank. Vielleicht weil ich zu teuer bin. Aber ich bin deshalb noch lange nicht zu kaufen. Und außerdem bin ich gegen Kollektivschuld."

Er zuckt die Achseln.

„Gestern haben Sie überall nach Aaronovič gefragt. Vor ein paar Tagen haben ein paar Ganoven dasselbe gemacht. Wahrscheinlich Komplizen, die er aufs Kreuz gelegt hat. Arbeiten Sie für die?"

Als Antwort stehe ich auf. Er will mir nur die Würmer aus der Nase ziehen, schwimmt noch mehr als ich. Nichts zu machen. Besser, wir brechen das Gespräch ab. Er stiehlt mir nur meine Zeit. Jeden Augenblick kann Faroux auftauchen.

„Bedaure, Monsieur Moyes. Ich verstehe Sie, aber ich kann nichts für Sie tun."

Er steht ebenfalls auf.

„Es war nicht richtig, daß ich zu Ihnen gekommen bin. Ich dachte... na ja, kann man nichts machen. Aber bevor ich gehe, möchte ich Ihnen noch eins sagen: Bramovici gehört mir. Ich will nicht, daß ihn jemand anders anfaßt. Denken Sie immer daran."

Er grüßt militärisch knapp und verschwindet.

„Also wirklich!" ereifert sich Hélène. „Mit dem ganzen Volk auf den Fersen seh ich schwarz für diesen Bramovici. Der kommt nicht lebend aus dem Ghetto raus."

„Hm. Falls er dort ist. Schön. Vielleicht kann ich jetzt mal das Büro verlassen."

Ironie des Schicksals: Das Telefon scheint anderer Meinung zu sein. Hélène hebt ab.

„Hallo! Ach, guten Tag, Herr Kommissar. Ich..."

„Geben Sie mal den Hörer."

Durchs Telefon kann man keinen Vorführungsbefehl gezeigt kriegen. Also hab ich nichts zu befürchten.

„Hallo."

„Salut, Burma. Sie können Ihren Freund beruhigen."

„Welchen?"

„Frédéric Baget. Er ist aus dem Schneider. Wir haben den Mörder von Rachel Blum."

„Ach! Wie schön! Wer war's? Ein Clochard?"

„Ein Verwandter des Opfers. Michel Issass. Seine Fingerabdrücke sind auf dem Nazi-Dolch."

„Und warum hat er sie umgebracht?"

„Hat er uns nicht gesagt."

Ich muß lachen:

„Vielleicht, weil er nicht zu Wort kommt, bei Ihnen..."

„Er ist tot, mein Lieber."

„Mußten Sie ihn so hart anfassen?"

„Er war schon vorher tot..."

Schnell informiert er mich über das, was ich sowieso schon weiß. Ich liefere die fälligen Ausrufungszeichen. Dann bemerke ich:

„Also wirklich, was für eine Familie, diese Blums! Neulich die Tochter, heute der... der was, übrigens?"

„Cousin."

„Was sagen die Überlebenden dazu?"

„Nicht viel. Sind 'n bißchen benommen."

„Waren Sie bei ihnen?"

„Natürlich. Ich steh zwar erst am Anfang der Untersuchung, aber für mich ist es eine dunkle Familiengeschichte."

„Zweifellos. Gut. Jedenfalls ist Baget aus der Sache raus. Danke für Ihre behutsame Art."

Damit lege ich auf.

„Uff! Ida hat nichts gesagt."

„So gesehen", bemerkt Hélène, „gibt es für Sie noch Hoffnung. Gehen Sie jetzt zu ihr?"

„Ich weiß nicht..."

Ich seh auf die Uhr. Mittag vorbei.

„Gehn wir erst mal essen. Aber vorher muß ich Baget noch die Frohe Botschaft mitteilen."

Gesagt, getan. Der Maler ist ganz aus dem Häuschen. Hört gar nicht auf, sich zu bedanken. Ich lege auf.

„Vielleicht ist jetzt die Sache mit den postlagernden Briefen gar nicht mehr nötig", sagt Hélène.

„Kann man nie wissen."

„Ich werd Reboul anrufen. Während Sie mit Dédé und Co. geredet haben", sagt sie und wählt schon die Nummer unseres Mitarbeiters, „hab ich mir die Marke näher angesehen. Bin aber nicht schlauer als vorher. Ich werd Reboul alles schicken... Hallo, Reboul? Hier Hélène..."

Sie erklärt ihm, was wir von ihm wollen. Dann steckt sie Briefmarke und Personalausweis in einen Umschlag mit seiner Adresse. Als wir dann endlich dieses verdammte Büro verlassen wollen, meldet sich das Telefon nochmal. Suzanne Rigaud.

„Ich hab was für Sie", sagt sie.

„Ja?"

„Nach genauer Überlegung ist der Angestellte, der neulich Ditvrais Gespräch angenommen hat, ganz und gar nicht sicher, daß wirklich Ditvrai am Apparat war. Allerdings schien der Anruf von weit her zu kommen."

„Ja, von sehr weit weg. Danke, Suzanne. Auf Wiedersehen."

Als ich den Hörer auf die Gabel knalle, klingelt es kurz. Nachträgliche Totenglocken für Ditvrai.

13

Wieder zurück aus dem Restaurant, zünde ich meine Pfeife an und beginne, laut zu denken:

„Mit dem, was wir wissen, dazu noch etwas Phantasie und 'ne Menge annehmen und vermuten, dann sehe ich den Fall so: Ditvrai war diesem Josiah Bramovici auf der Spur, wußte schon so ungefähr, welche Familie ihn beherbergt. Wenn er sich an Rachel ranmachte, dann nicht, um mit ihr zu schlafen – obwohl das eine nicht das andere ausschließt –, sondern um sich seine Vermutungen bestätigen zu lassen. Und Rachel war vielleicht drauf und dran, schwach zu werden. Das hat Issass nicht gefallen. Der hat sich nämlich mit Leib und Seele Bramovici verschrieben. Also schnappt sich Issass seinen Nazidolch und fährt zu Bagets Atelier. Wußte wohl, daß Ditvrai mit dem Mädchen auf der Party war. Er lungert nur so in der Nähe rum, was beweist, daß er noch keinen genauen Plan hat. Denn schließlich ist Rachel mit Ditvrai ins Haus gegangen, wird also auch wahrscheinlich mit ihm wieder rauskommen. Er konnte sie doch schlecht beide zusammen umbringen."

„Trotzdem ... den Dolch hatte er bei sich", wirft Hélène ein.

„Sicher, aber ... Ich will keine mildernden Umstände für ihn finden, ich will verstehen. Der Junge war ein Schauspieler. Vielleicht wollte er sich mit dem Dolch nur selbst ein Gefühl von Kraft, von Macht verschaffen. Und hatte gar nicht die Absicht zu töten."

„Aber er *hat* getötet."

„Ja, er hat getötet. Der Zufall ließ Rachel alleine rauskommen, weil sie frische Luft schnappen wollte und am Quai auf und ab ging."

„Allein, im Trenchcoat. Warum im Trenchcoat, wo sie doch einen eigenen Mantel hatte?"

„Ihr war schlecht. Also nahm sie Ditvrais Trenchcoat. Besser den versauen als ihren eigenen Mantel."

„Wohlüberlegte Logik einer Besoffenen."

„So was gibt's. Also: sie kommt runter. Die beiden beschimpfen sich. Bagets Concierge hat nichts gehört. Aber sie müssen nicht unbedingt laut herumgebölkt haben... und genausowenig müssen sie unter dem Fenster der Conciergesloge gestritten haben. Die Diskussion wird immer ungemütlicher, und Issass ‚kitzelt' seine Cousine, geschickt und gleichzeitig ungeschickt. Rachel ist besoffen und hält den Messerstich für einen Schlag – jedenfalls schreit sie nicht. Sie reißt sich los und läuft hoch zu Baget. Dort stirbt sie dann in einem Nebenzimmer. Und jetzt die Ironie des Schicksals, Hélène: Issass versetzt Rachel den tödlichen Stoß, damit sie nicht redet, und gerade in dem Moment hat Ditvrai auf die Würmer aus ihrer Nase verzichtet."

„Wieso das?"

„Ditvrai hat's mir selbst gesagt. ‚Ich hab gemerkt, daß ich mich vertan hatte. Ein Holzweg sozusagen.' Damit meinte er nicht nur, daß er die Hoffnung aufgegeben hatte, mit ihr zu schlafen. Das war seine geringste Sorge. Aber was Bramovici anging, da rannte er gegen eine Mauer an. Und darum hat er sich auch nicht um Rachel gekümmert, wo sie war oder nicht war, als ihn ein paar Freunde von Baget zu anderen feuchtfröhlichen Orten geschleppt haben. Aber Sie können sicher sein: wenn das Mädchen bereit gewesen wäre zu sprechen, hätte er sie nicht so vernachlässigt. Richtig?"

„Richtig."

„Zurück zu Issass..."

„... und zu seinem Dolch. Warum hat er ihn im Rinnstein liegengelassen?"

„Muß ihm wohl aus der Hand gefallen sein, als er zugestochen hat. Und als er wieder zu sich kam, war alles passiert. Er sah, was er angerichtet hatte. Jetzt wurde ihm auch schlecht. Er dachte einfach nicht mehr an den Dolch. Oder aber die Tatwaffe war unter ein Auto gerutscht, und er konnte nicht drankommen. Da ist er abgehauen."

„Um ins Bett zu gehen?"
„Um sich die Leviten lesen zu lassen."
„Von wem?"
„Von Bramovici. Denn eins von beiden: entweder hat er auf Anweisung des gejagten Verbrechers gehandelt oder von sich aus. Im ersten Fall hat er versagt. Leviten. Im zweiten Fall ist es auch nicht besser. Diese unüberlegte Tat wird Staub aufwirbeln. Ditvrai wird immer mehr davon überzeugt sein, daß er die richtige Spur verfolgt. Also auch hier: Leviten. Die beiden werden eine lustige Nacht verbracht haben. Am nächsten Tag kommt Rachel nicht nach Hause. Ist sie bei Ditvrai im Hotel? Issass weiß, wo der Journalist wohnt. Er geht hin. Als ich bei Ditvrai war, hatte ich die ganze Zeit das unbestimmte Gefühl, daß er vor mir einen oder mehrere Besuche gehabt hatte. Also, Rachel ist nicht bei Ditvrai. Sie muß bei Baget geblieben sein. Issass geht wieder zum Quai d'Orléans. Und sieht die Flics ankommen und wieder weggehen – mit der Leiche. Ab zu Bramovici. Rachel ist tot. Inzwischen haben die Blums ihre Vermißtenanzeige aufgegeben. Identifizierung der Leiche. Version der Flics: der Täter war ein Clochard. Diese Vermutung muß Bramovici ziemlich durcheinanderbringen. Er weiß nämlich von Issass, daß die Leiche nicht auf der Straße gefunden wurde. Ich weiß nicht, ob das den weiteren Lauf der Dinge beeinflußt hat, aber den Lauf seh ich vor mir, als wär ich dabeigewesen. Hat Rachel dem Journalisten Informationen weitergegeben? Bramovici kann sich Zweifel nicht erlauben. Ditvrai ist gefährlich. Rachels Tod macht ihn noch gefährlicher, da er seine Vermutungen bestätigt sieht. Issass geht also wieder zu Ditvrai und lockt ihn unter irgendeinem Vorwand in eine Falle, in die der Journalist mit seinem Dauphine fährt. Später nachts – Ditvrai ist tot oder gibt gerade seinen Geist auf – geht Issass ein drittes Mal ins Hôtel de l'Ile..."
„Und das merkt niemand?"
„Anzunehmen."
„Kann man dort reingehen wie in eine Kneipe?"
„Fast. Issass bricht bei Ditvrai ein und... den Rest kennen Sie. Außer dem verräterischen Ordner nimmt er noch den Koffer und

ein paar Klamotten mit, damit das Ganze nach einer plötzlichen Abreise aussieht. Dann am nächsten Morgen der Telefonanruf, damit die Leute im Hotel sich keine Gedanken machen, was ja auch Nachteile mit sich bringen könnte."

„Ja", sagt Hélène. „Alles gut und schön, aber... neben anderen Schwachpunkten sind da die Fotos..."

„Welche Fotos?"

„Die von Ditvrai. Es sei denn, er hat sich nie fotografieren lassen. Würde mich auch wundern. In seinem Beruf gibt's reichlich Gelegenheit dazu und außerdem..."

„Ja. Wir haben ein Foto von ihm, das mit der schönen Busenfreundin."

„Nun? Was ist mit den übrigen Fotos von Ditvrai in dem Extraumschlag? Warum hat Issass die mitgehen lassen? Schwer zu glauben – obwohl... bei Männern weiß man wirklich nie... –, daß er auf allen in so verlockender Gesellschaft abgebildet war."

„Selbst wenn, dann hätte ich das ganze Sortiment bei Issass finden müssen."

„Also waren einige von den Fotos höchst normal. Warum hat Issass sie mitgenommen?"

„Keine Ahnung. Aber eines Tages werden wir die Erklärung schon finden. Inzwischen..."

„Inzwischen bleiben Sie noch einen Moment vor der Kristallkugel sitzen, und sagen Sie mir: Wer hat Issass getötet? Das kann doch Ditvrai nicht mehr gewesen sein, trotz Dauphine vor dem Haus, oder?"

„Bramovici natürlich. Die Ereignisse müssen ihn ganz nervös gemacht haben. Das Pflaster war so schon heiß genug, jetzt fing es an zu brennen. Und Issass mit seinen Dummheiten... zum Beispiel, mit mir zu sprechen... Oder aber er machte ganz allgemein reinen Tisch. Inventur und Winterschlußverkauf. Verstehen Sie, Josiah Bramovici will sich bestimmt nicht bis zum Jüngsten Gericht im Ghetto vergraben. Das ist nur eine Verschnaufpause, bevor es wieder weitergeht. Sicher wartet er auf irgendetwas, auf irgendein Zeichen. Und das ist vielleicht gegeben worden. Und darum... Eben wollte ich bei den Blums vorbeischauen. Aber jetzt frag ich mich, ob das richtig ist. Ich bin überzeugt, daß er bei den Blums untergekrochen ist: Ditvrais Dauphine stand bei ihnen auf dem Hof. Hab ihn nicht gleich wiedererkannt, nicht mal, als die Katze bei dem Kampf mit dem Hund eine Decke runtergerissen hat. Aber das war der Wagen. Und ich bin genauso davon überzeugt, daß Josiah Bramovici jetzt *nicht* mehr bei ihnen ist. Ob nun das erwartete Zeichen gegeben wurde oder die blutigen Ereignisse der letzten Tage den Lauf der Dinge beschleunigt haben, jedenfalls hat er sich aus dem Staub gemacht."

„Darum sind die Blums trotzdem Komplizen dieses Saukerls."

Ich hebe die Schultern:

„Weiß man's? Sie können auch eingeschüchtert worden sein, durch Gewalt, durch Drohungen. Auf jeden Fall, solange ich nicht besser über sie Bescheid weiß, will ich der gemeinnützigen Vereinigung von Moyes nicht beitreten. Er ist mir sehr sympathisch, aber für meinen Geschmack zu sehr auf ein Blutbad aus. Ich finde, die Blums haben ihre Gastfreundschaft schon teuer genug bezahlt."

„Also lassen Sie die Finger davon?"

„Ich lasse meine Finger drin, aber trotz meiner brillanten Erklärungen, die Sie sich gerade anhören durften, muß ich gestehen, ich lauf gegen eine Mauer. Und außerdem: was geht mich das alles an? Bin schließlich kein Lieferant, weder für den Knast noch für den Henker. Aber in diesem Ausnahmefall Bramovici hätte ich gerne eine Ausnahme gemacht. Leider, fürchte ich, ist er noch nicht zur Hölle gefahren. Fred Baget hat mich bezahlt, damit ich seine Ehre rette. Das ist erledigt. Mehr durch Faroux als durch mich übrigens."

„Auch Dédé hat Sie bezahlt."

„Um Samuel Aaronovič zu suchen", seufze ich. „Jemand, den es gar nicht oder nur als Bramovici gibt. Und weil der über alle Berge ist... werde ich zusehen, daß ich Dédé die Scheine zurückgebe."

Hélène lächelt und schüttelt ihren hübschen Kopf. Ihre Haare tanzen.

„Ich glaube nicht, daß Sie sich so einfach aus der Affäre ziehen können… sich selbst gegenüber. Schließlich, wer sagt Ihnen denn, daß er verschwunden ist? Bis jetzt war er in seinem Versteck sicher. Keiner seiner Verfolger hat ihn dort entdeckt. Warum sollte er jetzt plötzlich nicht mehr da sein, selbst nach diesen Morden?"

Ich wäge das Argument ab.

„Ja… kann schon sein… Ich muß unbedingt mit Ida sprechen."

„Ida, wie-da", kalauert Hélène. „Die muß Sie ja schrecklich gern haben, die Kleine. Gibt Ihnen die Adresse von Issass, hört, daß der Junge in derselben Nacht umgebracht wird, sagt aber der Polizei nichts von Ihnen. Danach glaube ich, Sie können alles von dieser Ida kriegen."

„Alles? Wie meinen Sie das?"

„Alles von ihr erfahren, meine ich."

„Falls sie etwas weiß."

„Versuchen können Sie's ja mal."

„Ja, aber ganz vorsichtig, und nicht im Hause Blum. Ich brauch ihren Namen und ihre Adresse."

Ich seh im Straßen-Telefonbuch nach, ob Blum in der Rue des Rosiers Telefon hat. Hat er nicht. Wunderbar. Der Nachbar, ein gewisser Hertz, Schneider-bed., kann bestimmt aushelfen. Ich versuch's einfach mal.

„Hallo! Entschuldigen sie bitte die Störung, Monsieur, aber… also… ich möchte mit einer Angestellten von Monsieur Blum sprechen. Mademoiselle Ida. Kennen Sie sie vielleicht?"

„Ja, kenn ich", antwortet Schneider-bed.

„Ida Cohen, nicht wahr?"

„Nein, Monsieur. Ich kenne Mademoiselle Ida. Ida Scherman, aber nicht Cohen."

„Wie?"

„Scherman, nicht Cohen."

„Ich dachte Cohen."

„Nein, Monsieur. Keine Cohen hier."

„Ah! Das muß wohl ein Irrtum sein. Entschuldigen Sie bitte."

Ich leg auf. Keine Cohen hier.

„Komischer Name", sage ich. „Ida Scherman. Weiß zwar nicht, was der bedeutet, aber ganz hübsch."

„Ist sie's denn auch?"

„Geht so. Jetzt sind Sie dran, Hélène. Versuchen Sie, die Adresse rauszukriegen. So was können Frauen besser als Männer. Und außerdem hab ich die Schnauze voll von der Rue des Rosiers. Da kennt man mich so langsam. Gehen Sie bitte hin und bringen Sie mir Idas Adresse mit."

„Sofort?"

„Je eher desto besser."

„Und was tun Sie inzwischen?"

„Ich bleib hier. Sitzen und Sinnen."

Ich sinne also eine Weile in Gesellschaft einer Flasche Wodka. Aber so richtig komme ich nicht weiter. Alles, was man annehmen kann, hab ich angenommen. Die Zeit verstreicht. Das Telefon reißt mich aus meiner Träumerei. Ich gähne ein gedämpftes „Hallo" in die Muschel.

„Ich nochmal, Faroux. Hab ich Sie geweckt?"

„*Salut*, Faroux. Nein, nein. Überhaupt nicht."

„Wir hatten heute nacht ein kleines Pogrom, Burma. Hab's soeben erfahren."

„Pogrom?"

Ich seh die Flasche Wodka an. Wodka... Zar... Kosacken... Pogrom...

„Verlangen Sie ein Pogrom!" versuche ich einen Witz.

„Mir ist nicht zum Scherzen zumute, Burma."

„Schon gut, dann scherzen wir eben nicht. Verdammt nochmal! Was wollen Sie?"

„Was haben Sie neulich zu mir gesagt, hier im Büro? Daß Sie früher mal eine Rachel Blum gekannt haben?"

„Stimmt. Rachel Blum. Aber meine ist nicht unsere, wenn Sie verstehen, was ich damit sagen will."

„Und auch einen Samuel Aaronovič?"

„Ja... Sam... Samuel Aaronovič..."

Meine Hand krampft sich um den Hörer. Ich spüre, wie mir der Schweiß ausbricht und mir übers Gesicht tropft.

„Wer war das, dieser Aarondings? Wie alt?"

„Damals ... vor dem Krieg ... weiß nicht genau ... fünfunddreißig, so um den Dreh ..."

Ich male eine Phantombild von dem Mann, während Hitzewellen meinen Körper überfluten.

„Das ist nicht meiner", entscheidet Faroux.

„Ihrer? Sie haben einen Aarondingsbums in den Fingern?"

„Einen leicht zurückgebliebenen, anscheinend. Arbeitete auf dem Blumenmarkt. Heute morgen hing er im Laden seiner Chefin."

Faroux sagt noch ein oder zwei Sätze dazu. Ich höre sie mir an, kapiere aber nichts. Dann legt er auf. Ich sitze unbeweglich da, den Blick Kilometer und Stunden rückwärts gerichtet. Meine Hand hält immer noch krampfhaft den Hörer, der Hörer an meinem Ohr. Samuel Aaronovič! ... Es gab ihn also doch, was immer auch erzählt wurde. Leicht zurückgeblieben ... Arbeitete auf dem Blumenmarkt ... Hing heute morgen im Laden ... wahrscheinlich in der Nacht aufgehängt ... zwischen den Blumen ... Rosen ... Mimosen ... Hyazinthen ... Nelken ...

Nelken. Rot. Duftend. Wie die im Knopfloch von Issass' Mantel.

Ich steh auf. Ich brauch frische Luft. Irgendwie hab ich ihn auch ein ganz klein wenig umgebracht, diesen Samuel Aaronovič!

Ich fahre auf die Ile la Cité und parke meinen Wagen auf dem Platz neben Notre-Dame. Bis zum Blumenmarkt ist es nur ein Katzensprung. Ich gehe zwischen den bunten Auslagen hin und her, zwischen dem Gepiepse der Vögel in den Käfigen; dem Duft der Blumen und Pflanzen. Dabei versuche ich – ohne Erfolg –, etwas über den Aufgehängten in Erfahrung zu bringen. Sogar Faroux hat mir mehr erzählt. An einem Kiosk auf dem Boulevard du Palais kauf ich mir die letzte Ausgabe des *Crépuscule*. Hier steht, daß der Tote Samuel Varon hieß. Inzwischen haben die Flics dem Mann seinen richtigen Namen wiedergegeben. Varon, Baron, Caron oder Aaron: auf jeden Fall ist Aaronovič nicht Bramovici. Ich geh schnell in ein Bistro, um Hélène anzurufen und ihr die Neuigkeit mitzuteilen. Aber in der Rue des Petits-Champs meldet sich niemand. Hélène läuft bestimmt noch im Ghetto rum und fragt nach der Adresse von Ida Scherman. Werd versuchen, sie dort zu treffen.

Langsam fahre ich die Rue des Rosiers entlang. Ich muß aufpassen, daß ich die beschaulichen Fußgänger nicht überfahre, die eine Ewigkeit brauchen, um die Straße zu überqueren. Im Vorbeifahren werf ich einen Blick in den Innenhof der Blums. Ditvrais Dauphine steht nicht mehr da. Hab ich auch nicht mit gerechnet. Genausowenig hab ich damit gerechnet, Hélène zu sehen. Am Ende der Rue des Rosiers fahr ich die Rue Malher rechts und biege dann in die Rue de Rivoli ein.

Ich seh die Tour Saint-Jacques vor mir. Das erinnert mich an Margot, Dédé und alle andern. Also, ich hab ihren Aaronovič aufgetrieben. Vielleicht ist es Zeit, Dédé Bescheid zu sagen und die Sache zu vergessen.

Ich gehe zu Fuß in die Rue Nicolas-Flamel, um Margot zu suchen. Sie wird mir sagen können, wo ich ihren Kerl finde. Ich marschiere an der Perlenkette vorbei, ohne auf die geflüsterten Angebote näher einzugehen.

Endlich erblicke ich Margot. Aber sie mich auch. Sofort dreht sie sich um und haut ab. Ich höre nur noch das Klack-klack-klack ihrer hohen Absätze. Was soll der Quatsch? An der Ecke Rue Pernelle erwische ich sie. Sie wollte gerade in ein Café gehen.

„Was ist los, Margot, haben Sie Angst vor mir?"

Sie lächelt verlegen, weder sehr offen noch sehr sicher. Sie räuspert sich und bringt dann hervor:

„Sie ... Sie suchen Dédé?"

„Stimmt genau."

„Er hat Sie doch angerufen, hm? Haben Sie seinen Anruf bekommen?"

„Nein. Wollte er mich anrufen?"

„Ja."

„Warum?"

„Weiß ich nicht."

„Na schön. Anscheinend haben wir uns beide was zu sagen. Wo kann ich ihn finden?"

„Kommen Sie."

Sie zieht mich in das Bistro, in dem einige Huren sich eine Verschnaufpause gönnen und junge Kerle so tun, als dächten sie nach.

„Warten Sie."

Sie geht zur Telefonkabine. Als sie wählt, klingelt hinter der Theke kurz das Kontrollgerät. Ich bestell mir was. Margot kommt wieder.

„Bleiben Sie hier. Er ruft Sie an."

Ich schüttel den Kopf.

„Was für 'ne Komödie! Na ja... Trinken Sie auch was?"

„Nein, danke. Wiedersehn, M'sieur."

Sie geht raus. Eine Minute später klingelt das Telefon. Für mich.

„Hallo! Dédé?"

„Ja, M'sieur Burma. Sagen Sie mal: wofür bezahl ich Sie eigentlich?"

Seine Stimme klingt unfreundlich, scharf.

„Damit ich Aaronovič suche, und genau das..."

„Ja ja, schon gut. Sie sind etwas zu weit gegangen, hm?"

„Was meinen Sie damit?"

„Bramovici mein ich damit. Halten Sie mich für bescheuert, Alter? Sie haben versprochen, brav zu sein. Brav, offen und ehrlich. Ja, Scheiße. Jetzt wird gespurt. Ich sag's Ihnen im Guten, M'sieur Burma."

Seine Stimme zittert. Klingt nach unterdrücktem Zorn.

„Und weil Sie sich sowieso für Bramovici interessieren: jetzt sollen Sie mir den bringen."

„Hören sie zu..."

„Nein. *Sie* hören zu..."

Er lacht:

„Wenn Sie bei mir einsteigt, gibt's Ärger, hm?"

Heute ersetzen mir die Telefongespräche die Schwitzbäder. Meine Hände werden feucht. Ich schwitze am ganzen Körper. Am anderen Ende der Leitung wandert der Hörer von Hand zu Händchen. Hélènes Stimme dringt wie durch Watte an mein Ohr.

„Die haben mich entführt, Chef."
Sie ist den Tränen nahe, beherrscht sich aber, kriegt sogar noch einen Scherz hin:
„Das ist schon mal einer Hélène passiert."
„Hélène, du schöne Helena", seufze ich. Nicht mal fluchen kann ich.
„Also?" Dédé ist wieder an der Strippe.
Ich schicke was besonders Unfeines durch die Leitung. Das kann ihn gar nicht aus der Ruhe bringen.
„Die freche Tour zieht nicht, Alter", knurrt er. „Wir bringen sie Ihnen wieder zurück, Ihre Hélène. Sobald Sie Bramo gefunden haben. Vorher nicht."
„Ich habe Aaronivič gefunden..."
„Scheiß drauf. Bramo ist der große Fisch. Den brauch ich. Reiß dir den Arsch auf, damit du ihn anschleppst..."
Jetzt duzt er mich schon. So ein Du kann manchmal freundschaftlich klingen, zärtlich sogar. Oder verächtlich, herablassend allmächtig.
„... dann kriegst du deine Hélène wieder. Bramo, Burma. Wenn ich richtig gehört habe, bist du schon ganz gut vorangekommen. Nur noch 'n bißchen. Und wenn du ihn hast, gehst du in das Bistro, wo du jetzt bist. Werd's erfahren und dich anrufen. *Salut* du Dreiviertelflic! Ach ja, apropos: kein Wort zu den Flics, zu den richtigen, klar?... Oder..."
Ist das ein Störgeräusch? Hör ich richtig? Soll das 'ne Drohung sein? Ich hör so was wie einen Schmerzensschrei, weit weg, der spitze Schrei einer Frau, die gequält wird.
„Dédé!" schreie ich in den Hörer. „Um Himmels willen, Dédé!"
Er legt auf. Ich auch, langsam, schwerfällig, erschöpft.
„He, Schätzchen! Bist ja ganz blaß. Komm, ich bring dich wieder auf Vordermann."
Ich weiche der Hure aus und geh raus. Wie ein Besoffener schwanke ich zu meinem Auto. Besoffen bin ich aber erst viel später. Was Intelligenteres, als mich total zu besaufen, fällt mir nicht ein.

14

Am nächsten Tag, um vier Uhr nachmittags, gehen wir zusammen, mein Kater und ich, in die Rue des Blancs-Manteaux. Das Haus, das mich interessiert, hat noch bauchige schmiedeeiserne Balkone und ein Portal aus ich weiß nicht welchem Jahrhundert. In dem Hof mit Kopfsteinpflaster befinden sich die Werkstatt eines Schildermachers und die Wohnung der Concierge.

„Madame Scherman, bitte?“

„Zweite Etage. Aber sie ist, glaub ich, nicht zu Hause.“

„Ich hab gehört, daß ihre Tochter...“

Die Concierge hebt gleichgültig die Schultern.

„Die hintere Treppe.“

Breite Stufen, ausgetreten, aber noch sehr schön, ein kunstvoll gearbeitetes Geländer. In der zweiten Etage bleib ich vor einer braungestrichenen Tür stehen. Der Messingknauf müßte mal geputzt werden. Ich klopfe. Dann seh ich eine Klingel. Der Ton ist schrill, verklingt leise. Keine Reaktion. Unten fährt ein Kombiwagen auf den Hof und hupt. Leute reden, rennen hin und her, laden ab oder auf. Ich läute noch einmal. Kurz darauf hör ich Schritte hinter der Tür. Ich huste und drück zum dritten Mal auf den Klingelknopf.

„Ja?“ fragt eine müde, abgespannte Stimme.

„Mademoiselle Ida Scherman, bitte.“

„Wer ist da?“

„Polizei.“

Das Zauberwort. Das Sesam-öffne-dich. Entweder wird dann mit Blei gespritzt oder die Tür wird geöffnet, je nachdem. In diesem Fall wird ein Spaltbreit geöffnet. Vor mir im Gegenlicht steht Ida, die Haare zerzaust, auf irgendetwas kauend. Barfuß, in Pantoffeln, der Morgenmantel ist ihr zu groß. Sie erkennt mich:

„Polizei? Sie sind von der Polizei, Monsieur Dalor?“

„Privatbereich. Haben Sie meinen Namen nicht vergessen, oder ist er Ihnen gerade wieder eingefallen?"

„Ich habe ihn nicht vergessen."

„Gut. Sehr gut. Kann ich reinkommen?"

Sie entfernt die Sicherheitskette.

„Ich heiß gar nicht Dalor, sondern Nestor Burma", stelle ich klar. „Hier ist mein Ausweis."

Sie wirft einen flüchtigen Blick drauf.

„Was wollen Sie, Monsieur Burma?"

„Mit Ihnen reden. Ich hab gehört, daß Sie krank waren. Gestern mittag haben Sie sich bei Blum freigenommen. Das rauszukriegen, dazu noch Ihre Adresse, hat mich einige Zeit gekostet. Ist mir aber gelungen. Na ja, Sie sind ja auch nicht Aaronovič. Sagen Sie... sind Sie wirklich krank oder... oder haben Sie Angst?"

„Ich bin wirklich krank. Das hat mich alles ziemlich durcheinandergebracht. Michels Tod..."

„Ich hab ihn übrigens nicht umgebracht. Vielleicht waren Sie sich da nicht so sicher. Jedenfalls vielen Dank, daß Sie den Flics nichts von unserem Gespräch im Kino erzählt haben. Ich schwöre Ihnen, ich war's nicht. Als ich in seine Wohnung kam, war er schon tot."

Sie zuckt die Achseln und geht schlurfend zu einem Sofa, legt sich hin und deckt sich zu. In ihrer Reichweite steht eine offene Schachtel Pralinen. Sie bedient sich.

„Auch wenn Sie's getan hätten", sagt sie, „was geht mich das an? Ich hatte nichts mit Michel zu tun und außerdem... na ja, es geht mich nichts an."

„Warum haben Sie mir seine Adresse gegeben, nachdem Sie gezögert haben?"

„Darum."

„Ich sah ziemlich geladen aus. Haben Sie sich gesagt, daß ihm eine Tracht Prügel guttun würde?"

„Ja... Können Sie Gedanken lesen?"

„Manchmal."

Ich zieh einen Stuhl ans Sofa und setz mich.

„Sie wissen, daß er Rachel umgebracht hat, nicht wahr?" frag ich sie.

„Ja."

„Haben Sie's durch die Flics erfahren, oder wußten Sie es schon vorher?"

„Die Flics haben es mir gesagt."

„Den Blums auch?"

„Ja."

„Sagt Ihnen der Name Bramovici was?"

„Hab von ihm gehört."

Damit kein Irrtum möglich ist, erklär ich ihr, wer Bramovici ist.

„Halten Sie ihn für ein Schwein, oder verdient er Aufmerksamkeit?" will ich von ihr wissen.

„Wenn das stimmt, was erzählt wird, ist er ein Schwein."

„Es stimmt, da können Sie ganz sicher sein. Haben sich die Blums in den letzten Wochen irgendwie sonderbar benommen?"

Sie nimmt noch eine Praline, um den Gedankengang zu beleben.

„Jetzt, wo Sie das sagen... ja, vielleicht... etwas nervös, ja. Aber nicht nur sie. Alle Juden waren nervös."

„Wieso?"

„Ich weiß nicht, so was spürt man."

Ich denke kurz drüber nach, dann frag ich weiter:

„Haben die Blums in der letzten Zeit Besuch gehabt... sagen wir, ein Verwandter... der bei ihnen gewohnt hat?"

„Nicht daß ich wüßte."

„Na schön. Warum haben Sie neulich zu mir gesagt: ‚Verlangen Sie Ihr Geld zurück, und glauben Sie ihm kein Wort, er ist ein gemeiner Kerl'?"

„Na ja... ich weiß nicht... vielleicht, weil ich ihn wirklich für einen gemeinen Kerl gehalten hab. Das glaub ich übrigens immer noch."

Ich schüttel den Kopf.

„Hören Sie, Ida. Ich hab Aaronovič gesucht, sag's Ihnen und füge hinzu, daß Michel mich mit ihm zusammenbringen will. Ich glaube heute, daß Sie etwas über diesen Aaronovič wissen. Hab den Eindruck, der ist von einer schützenden Mauer umgeben. Durch Ihren Groll gegenüber Michel, aus Gründen, die ich gar nicht wissen will, kommt diese Mauer ins Wanken. Trotzdem versuchen Sie immer noch, Aaronovič zu schützen, so weit es geht. Deswegen machen Sie Issass vor mir schlecht. Ich soll ihm nichts glauben, egal was er mir erzählt. Ist das so?"

Ida antwortet nicht sofort. Sie wird rot und wendet sich ab.

„Erzählen Sie mir, was Sie über Aaronovič wissen, Ida. Jetzt können Sie reden. Er ist tot. Ich sag Ihnen nichts Neues, oder?"

„Ich hab's in der Zeitung gelesen. Dort hieß er Varon, aber meine Mutter hat gesagt, das war Samuel Aaronovič. Übrigens lebte er unter falschem Namen."

„Warum?"

Sie antwortet wieder nicht, schiebt sich stattdessen noch eine Praline in den Mund und leckt sich die Finger ab. Ich laß nicht locker, und schließlich sagt sie:

„Um vor der Neugier der Journalisten sicher zu sein. Er hat schon genug gelitten. Die Journalisten hatten noch nie Mitleid mit ihm. Bei jeder Gelegenheit sind sie über ihn hergefallen."

„Warum?"

„Weil seine Eltern sich ein Versteck im jüdischen Viertel eingerichtet hatten ... "

Ich fahr so heftig auf, daß mein Stuhl beinahe umkippt.

„Ein Versteck?"

Ich denke an Anne Frank und auch an den desertierten G.I. und Familienvater, der vor kurzem verhaftet wurde, nachdem er vierzehn Jahre unter einer Treppe bei einer Bäuerin in Origny gelebt hatte. So eine ähnliche Geschichte erzählt mir Ida. Allerdings könne sie nicht behaupten, daß es sich nicht um eine Legende handle, warnt sie mich ehrlicherweise. Sie war damals noch ein Kind und lebte seit 1940 in der Provinz. Alles, was sie weiß, hat sie von ihren Eltern. Danach haben die Aaronovice sich während der Okkupation ein Versteck eingerichtet, um den Deutschen zu entgehen. Dort lebten sie monatelang, ohne daß irgendjemand das wußte. Trotzdem hat die Gestapo sie gefunden

– vielleicht wußte doch irgendjemand davon und hat sie verraten. Sie wurden deportiert und sind gestorben. Alle. Nur Samuel ist zurückgekehrt. Halb verblödet, hatte nur einen Wunsch: zu vergessen. Aber seine Geschichte war zu schön. Die unersättlichen Journalisten ließen ihn nicht in Ruhe. Er wurde immer wieder an diese schlimme Zeit erinnert. Sie stellten ihn aus wie auf dem Jahrmarkt. Bis einige alte Juden Mitleid mit ihm hatten und beschlossen, nie mehr Auskunft über ihn zu geben, so zu tun, als hätte es ihn nie gegeben. Er wohnte übrigens nicht mehr im Ghetto.

Aha, deswegen bin ich also bei meinen Nachforschungen auf lauter abweisende Gesichter gestoßen. Möglicherweise haben auch einige tatsächlich noch nie was von Samuel gehört. Die Ereignisse verblassen mit der Zeit. Alte Bewohner des Ghettos sind gestorben, andere fortgezogen. Und die, die weniger als zehn Jahre dort leben, wissen nicht Bescheid...

„Und wo befand sich dieses Versteck?" will ich wissen.

„Keine Ahnung. Ich sag Ihnen doch, vielleicht ist es eine Legende."

„Kann mir Ihre Mutter vielleicht weiterhelfen?"

„Vielleicht, ja. Wollen Sie auf sie warten? Sie muß gleich kommen."

Ich warte. Idas Mutter ist einigermaßen erstaunt, als sie wiederkommt und mich am Bett ihrer Tochter findet. Aber mein Gesicht scheint ihr zu gefallen, und alles ist wieder in Ordnung. Ida setzt ihr auseinander, was ich von ihr will. Ich erfinde irgendein Märchen, das meine Neugier erklärt. Wäre Samuel Aaronovič nicht tot, würde mir Madame Scherman bestimmt nichts erzählen, aber so... Sie bestätigt das, was ihre Tochter gesagt hat.

„Das Versteck war in der Rue du Bourg-Tibourg. Zwei bewohnbare Zimmer im unteren Kellergeschoß. Die Hausnummer weiß ich nicht. Aber man kann es leicht finden. Die Fenster sind raus, es wird wohl bald abgerissen."

„Meinen Sie, daß dieses Versteck noch benutzt werden kann?"

„Nein. Die Deutschen haben es bestimmt zerstört."

„Wußten viele Leute Bescheid? Ich meine, nach der Befreiung?"

„Einige ja, andere nicht. Ich frage mich manchmal, ob das Ganze wahr ist. Mit eigenen Augen hab ich das Versteck nie gesehen."

Von der Rue des Blancs-Manteaux zur Rue du Bourg-Tibourg ist es nicht weit. Durch die Rue des Guillemites und die Rue Sainte-Croix-de-la-Bretonnerie brauch ich zehn Minuten. Das fragliche Haus sieht wirklich düster aus, äußerst leprös. Vor allem in der Abenddämmerung und bei dem verflixten Nieselregen. Der Putz blättert ab. Die Fenster in allen drei Etagen sind zugemauert. Eine der beiden Flügeltüren des mächtigen Portals ist mit Plakaten beklebt, meistens in hebräischer Schrift, oder mit Kreide beschrieben. Auf dem anderen Türflügel warnt ein Emailschild: GEFAHR. Im Erdgeschoß waren früher auf beiden Seiten Geschäfte, jetzt aufgegeben, verschlossen, dreckig, mit verwischten Ladenschildern. Einen Augenblick betrachte ich diese traurigen Reste eines Gebäudes. Dann gehe ich durch die Rue de la Verrerie um das Haus herum. Rechts an der Rue de Moussy sehe ich hinter einem Zaun ein Abbruchgrundstück. Dieser Häuserblock scheint für die Spitzhacke der Städtebauer bestimmt zu sein.

Wenig später sitze ich in dem Bistro in der Rue Pernelle vor einem Glas und warte. Eine Stunde, zwei Stunden. Huren kommen rein, reden, gehen wieder raus. Das Telefon klingelt mehrmals, aber nicht für mich. Endlich Dédé. Er lacht:

„Sag mal, du kannst schnell sein, wenn du willst, hm? Oder wolltest du nur was von deiner Süßen hören?"

„Ich hoffe, ihr geht's gut, oder?"

„Ja. Wir haben sie noch nicht gefressen."

„Wie schön. Ich hab was. Ihr müßt zu mehreren kommen, bewaffnet."

„Wohin?"

„Und mit einem Brecheisen. Wird wohl die eine oder andere Tür aus den Angeln zu heben sein."

„Jaja. Wo?"

„Ich warte Ecke Rue du Bourg-Tibourg und Rue Roi-de-Sicile."

„Wir sind schon da! Du weißt doch, was du tust, oder? Keine Scherze..."

„Vielleicht wartet ihr noch, bis alles pennt in der Gegend."
„Wir kommen sofort. Und warten an Ort und Stelle. Inzwischen kannst du uns alles schön erklären. Dann werd ich ja merken, ob alles in Butter ist."

Sie kommen zu viert. Zu fünft sogar, wenn man den Fahrer mitzählt, der aber sofort wieder wegfährt, nachdem er die andern abgeladen hat: Dédé, der Fettsack, der Engländer und noch einer. Alle um mich herum.

„Spuck's aus", flüstert Dédé.

„Wir machen großen Quatsch", stöhnt der Dicke. Immer noch derselbe.

„Schnauze, Hosenscheißer! Los, Burma."

„Kommt mit. Seht euch die Bruchbude mit den zugemauerten Fenstern an."

In aufgelockerter Marschordnung biegen wir in die Rue du Bourg-Tibourg ein. Dédé rechts von mir, der Hosenscheißer in meinem Rücken. Sie frieren beide an der rechten Hand. Jedenfalls haben sie sie die ganze Zeit in der Manteltasche. Der Engländer und der vierte Mann folgen uns in kurzem Abstand. Wir gehen an dem Abbruchhaus vorbei.

„Und?" fragt Dédé.

„Da drin versteckt er sich. Oder besser gesagt... um dir keine goldenen Berge zu versprechen: er *hat* sich da drin versteckt. Vielleicht ist er noch da, vielleicht auch nicht. Konnte ich ja schlecht alleine überprüfen..."

„Da drin? Wo da drin?"

„Im Keller. Hat schon der Familie Aaronovič während der Okkupation gute Dienste geleistet. Mehr oder weniger. Deswegen habt ihr Aaronovič gesucht, hm? Um das Familiengeheimnis zu lüften. In London hat euer Engländer sicher irgendwann mal was von einem Versteck gehört, von Josiah Bramovici selbst. Und als der verschwunden ist..."

„Kann sein."

„Hab gehört, daß du immer Schwein hast, Dédé. Stimmt. Dein Kumpel hat von Aaronovič gehört, und von dem Versteck in

Paris. Da hat er messerscharf geschlossen, daß Bramo sich genau da verkriecht... Habt Schwein gehabt, er hätte auch wonanders hingehen können."

„Soll dir doch scheißegal sein."

„Es sei denn, irgendetwas zieht ihn nach Paris, und du weißt, was."

„Scheißegal für dich. Also, du meinst, er ist da drin?"

„Jedenfalls war er da drin."

„Und wenn er inzwischen weg ist, kann ich wieder hinterherrennen, hm? Hab das Gefühl, du wirfst mir nur was zum Fraß vor, damit ich zufrieden bin."

„Bin ich der Detektiv oder wer? Das hier ist eine Spur. Man muß ihr nachgehen. Zu mehreren. Euer Bramo ist kein Waisenknabe."

„Schon gut. Wann gehen wir rein?"

„Wenn alle hier ringsum schlafen."

In dem eiskalten Nieselregen gehen wir weiter. Nach einer Weile sagt Dédé:

„Detektiv! Hm. Hast ihn ja doch aufgestöbert, diesen Aaronovič."

„Ja."

„War er wirklich so blöd?"

„Hab ihn nicht gesehen. Nur nach ihm gefragt. Aber nicht so vorsichtig wie ihr. Hab richtig Staub aufgewirbelt. Komischer Kerl, dieser Aaronovič. Man sagt, Tote reden nicht. Na ja, bei ihm ist es das Gegenteil. Seit er tot ist, weiß ich bestens über ihn Bescheid."

„Er ist tot?"

„Erhängt. Bramo hat begriffen, daß ich den Juden früher oder später erwischen würde. Eure Sucherei hat ihn nicht weiter beunruhigt, falls er was davon erfahren hat. Aber bei mir hat er gemerkt, daß es ernst wurde."

„Wir haben eben keine Ahnung", lacht Dédé.

In die regennasse Rue du Bourg-Tibourg verirrt sich keine Menschenseele. Die Dunkelheit der Fassaden wird hier und da von schwachem Licht durchbrochen. Nur das Café an der Ecke ist geöffnet, aber ebenfalls menschenleer. Der vierte Mann kommt zu Dédé und mir:

„Das Brecheisen brauchen wir nicht. Die Tür von dem einen Ladenlokal sieht zwar verschlossen aus, aber ich konnte sie aufstoßen. Hat nicht mal gequietscht."

„Geölt", bemerke ich. „Der Beweis, daß sie vor kurzem noch benutzt worden ist."

„Also los", sagt Dédé.

„Augenblick", bremst der andere. „Ich hatte das Gefühl, beobachtet zu werden. Werd mal nachsehen."

Kurz darauf kommt er wieder, beruhigt und beruhigend.

„Hab mich wohl geirrt."

Schnell hat Dédé seine Leute wieder zusammen. Wir dringen lautlos in das leerstehende Ladenlokal ein. Der Boden liegt voll von Bauschutt und altem Papier. Ich knipse meine Taschenlampe an, der Fettsack ebenfalls. In den Händen von Dédé und dem Engländer blitzen schwere Revolver auf. Ich hol mein Schießeisen raus, der Hosenscheißer auch. Wenn niemand hier ist, was ich befürchte, stehen wir prima da. Eine Tür hinten führt uns auf den Hof. Der Zugang zu den Kellern ist leicht gefunden. Ab nach unten! Die Stufen sind lebensgefährlich. Unsere Lampen scheuchen ein paar Ratten in ihre Löcher.

Nach mehr als einer Stunde entdecken wir hinten in einem der Kellerräume eine wacklige Steinplatte. Der Mann mit dem Brecheisen macht sich an die Arbeit. Ein seltsames Schauspiel für jemanden, der uns hier sähe: einer müht sich mit der Steinplatte ab, die andern stehen um ihn herum, Taschenlampen und Kanonen auf das zu erwartende Loch gerichtet. Dann ist die Steinplatte zur Seite gestoßen. Ein widerlicher Gestank haut uns um. Dédé flucht:

„Da drin ist bestimmt keiner."

„Mal sehen", sag ich.

„Bitte, nach dir."

Ich klettere eine Leiter hinunter in die stinkende Dunkelkammer. Die andern folgen mir. Wir lassen unsere Taschenlampen kreisen. Das Loch ist in einem jämmerlichen Zustand. Kaum möbliert, jedoch nicht so feucht wie zu befürchten war. Bestimmt befindet sich irgendwo eine unsichtbare Entlüftungsanlage. Aber der Ort ist bewohnbar und wurde auch noch vor kurzem bewohnt. Ein Nachttischchen neben dem Feldbett enthält Kerzen und Konserven. Sonst nichts Interessantes. Der fette Hosenscheißer zündet ein Dutzend Kerzen an und stellt sie auf eine Kiste. Das läßt aber auch keine romantische Stimmung aufkommen. Erinnert mehr an eine Totenwache. Unsere Schatten führen an den Wänden und an dem Gewölbe eine großartigen Totentanz auf. Es gibt noch einen Raum. Er ist leer, bis auf einen Haufen Asche in einer Ecke. Ich wühle mit dem Fuß darin rum. Nicht alles ist verbrannt. Ich finde glänzendes Fotopapier, das vom Feuer verschont geblieben ist. Dahinter liegt noch ein drittes Zimmer, aber hier beginnt schon die unbekannte Unterwelt von Paris. Von hier aus kann man theoretisch zu den Katakomben des XIV. Arrondissements gelangen oder auch zur Rue de Carrières d'Amérique im XIX... Aus diesem dritten Kellerraum kommt auch der widerliche Gestank, der einem den Atem verschlägt. Genauer gesagt, aus einer Art Brunnen ohne Rand, einem Schacht, der sicher noch zu weiteren Gängen führt. Paris steht auf einem Schweizer Käse. Aber hier auf dem rechten Seineufer gibt es besonders viele unterirdische Gänge, die so manche Überraschung bereithalten. Nicht weit von hier, unter Esders, dem Geschäft auf der Rue de Rivoli, soll es unter der Erde eine gotische Kapelle geben.

Mich kann hier so langsam nichts mehr überraschen. Völlig gelassen sehe ich auf dem Boden des Brunnenschachtes einen Mann zusammengekrümmt liegen. Wahrscheinlich liegt er nicht deshalb dort, weil er Angst vor uns hat. Um solch einen Gestank zu verbreiten, braucht man schon mehrere Tage.

Die andern schielen mir über die Schulter. Dédé flucht. Würde mir wohl verflucht gerne das Zepter aus der Hand nehmen.

„Das... Großer Gott! Das ist das Stinktier, Bramo..." stößt er heiser hervor.

Stinktier ist das richtige Wort. Ich nehm die Laken vom Feldbett. Der Mann mit dem Brecheisen errät meine Absicht und hilft mir. Wir reißen die Laken in Streifen und knoten sie zu einem relativ haltbaren Strick zusammen. Auch diesmal macht mir keiner den Vortritt streitig. Dédé kommt als erster nach. Wir beugen uns über die Leiche.

„Verdammt!“ zischt er, grün vor Wut und Übelkeit. Gleich wird er noch auf den Boden kotzen. „Wie soll man da was erkennen? Sehen Sie sich diese Fresse an, Burma...“

In der Aufregung geht er wieder zum „Sie“ über.

„Ja“, sage ich. „Eine Fresse zum Fressen. Haben die Ratten wohl auch schon mit angefangen.“

„Tja... das kann nicht vom Sturz kommen.“

„Man hat ihm richtig die Fresse poliert. Die alte Version gefiel seinem Gegner offensichtlich nicht. Hat sich Mühe gegeben. Soweit man das beurteilen kann.“

„Was ist das denn?“

Fluchend tritt er gegen einen Koffer mit farbigen Abzeichen aus aller Welt, mit dem der Tote anscheinend verreisen wollte.

„Das ist ein leerer Koffer“, sag ich.

Noch ein Fluch, dann zieht er sich schwungvoll an dem Laken nach oben. Inzwischen hab ich die Leiche durchwühlt. Die Taschen sind genauso leer wie der Koffer. Ich kletter ebenfalls nach oben. Dédé und der Engländer reden lebhaft miteinander.

„Harold, verflixt und zugenäht! Du kanntest doch Bramo. Sieh ihn dir an und sag uns, ob er's ist.“

Der Engländer will nichts davon wissen. Mit einem sicheren Instinkt für Trauerfeierlichkeiten hat jemand die Kiste mit den Kerzen hierhergeschoben. Die Flammen spiegeln sich diabolisch in den Brillengläsern des Touristen von der Insel wider.

„*No! Oh, shit, no!* Bin zu alt zum Runtersteigen. Wenn unten, nicht mehr hochkommen. *No, no.* Kann man Leiche nicht raufholen?“

„Genau!“ hören wir hinter uns eine dröhnende Stimme. „Die Leiche raufholen. Wollte sie auch untersuchen.“

Wir drehen uns um. Im Türrahmen zum zweiten Kellerraum

steht Moyes, eingerahmt von zwei jungen Juden mit Knüppeln. Er selbst richtet einen schweren Revolver auf uns.

Ein göttlicher Anblick: sieben Leute starren sich wie Bluthunde an, fast alle eine Knarre in der Hand. Das Ganze beleuchtet von einem Dutzend Kerzen auf einer Kiste. Unabhängig vom Beitrag, den die Leiche leistet, herrscht dicke Luft. Die Atmosphäre ist geladen, vergiftet, zugespitzt; jeder mißtraut jedem. Fehlt nicht mehr viel, und die Knallerei geht los. Ich könnte die Dinge klarstellen. Man muß mich nur lassen. Ich geh einen Schritt auf den Israeli zu.

„*Salut*, Oberst Moyes."

„Ich war Hauptmann, nicht Oberst."

„Na, wissen Sie jetzt auch Bescheid, Hauptmann? Aber wir kommen leider alle zu spät. Diese Herren wollten sich auch mit Josiah Bramovici unterhalten. Leider sind Tote nicht sehr gesprächig. Und wenn der Tote nicht Bramo ist, weiß ich nicht, wo der sein kann."

„Möchte wissen, was das soll", bellt Dédé nach seinem – mindestens – hundertsten Fluch des Abends.

„Ganz einfach. Der Hauptmann sucht auch Bramovici. Hat noch 'ne Rechnung mit ihm zu begleichen. Will ihm ans Leder. Nur ans Leder. Nicht so wie ihr, hm?"

„Geht Sie 'n Scheißdreck an, Burma."

„Verdammt nochmal! Sie waren auch schon mal pfiffiger, Dédé. Geht Sie 'n Scheißdreck an! Was soll das denn? Quatsch ist das, da hat der Hosenscheißer schon recht. Jetzt hören Sie mir mal alle zu, zum Donnerwetter nochmal! Wir suchen alle Bramovici, aus verschiedenen Motiven. Wir sollten uns einigen. Wär wirklich zu blöd, wenn wir uns prügeln, und er ist tot oder abgehauen. Wenn er abgehauen ist, wird er sich totlachen. Hauptmann Moyes, Sie wollen Bramo umbringen, stimmt's?"

„Ja. Ich hab geschworen, ihn mit meinen Händen zu töten ... na ja, so gut wie."

„Die Bedeutung dieser Einschränkung ist mir 'n Rätsel. Macht nichts. Sie wollen ihn also umbringen, ganz oder so gut wie. Nur das?“

„Nur das.“

„Das heißt also, wenn andere ihn zufälligerweise auch suchen... sagen wir, um mit ihm über Freunde zu reden, die er übers Ohr gehauen hat, oder über Geld..., dann würden Sie den Jagdgenossen das Geld überlassen?“

„Ja. Bramovicis Geld interessiert mich überhaupt nicht.“

Ich wende mich an Dédé:

„Das wär also klar, hm? Ich nehm an, Ihnen ist schnurzegal, ob Bramo lebt oder stirbt. Was Sie interessiert...“

„Ist ja gut! Ich weiß, Sie haben's kapiert, Dreiviertelflic. Aber, verdammt nochmal, was ist das für'n Kerl?“

„Der Bruder einer toten Schwester. Also, haben wir uns verstanden? Wenn Monsieur Dédé unseren Bramo als erster erwischt, nimmt er ihm das Geld ab und übergibt ihn dem Hauptmann. Und wenn Sie, Monsieur Moyes, der erste sind, sagen Sie Dédé Bescheid, bevor sie ihn umlegen. Sie kennen alle meine Adresse. Ich werde die Nachrichten sammeln.“ Ich laß mich da auf ein seltsames Spielchen ein, aber der Waffenstillstand ist nicht billiger zu haben. „In Ordnung, Leute? O.K. Sie können mir auch Ihre Telefonnummern geben... damit ich Sie erreichen kann...“ Keiner sagt einen Ton. „Auch gut. Übrigens ist das vielleicht nicht mehr nötig, und ich red mir umsonst den Mund fusselig. Wenn nämlich der Tote im Brunnen Bramo ist... Wird Zeit, daß wir das klären. Der Hauptmann und Sie, Harold, können doch die Leiche identifizieren, oder? Das Gesicht allerdings...“

„Am rechten Arm war er tätowiert“, sagt Moyes.

„Eine Art Äskulapstab“, ergänzt der Engländer.

Ich schlage vor – mit Erfolg – unsere Kanonen wegzustecken und die Leiche aus dem Brunnen zu holen. Der Mann mit dem Brecheisen und einer von Moyes' Begleitern übernehmen das. Aus einer Decke knoten sie einen zweiten Strick und ziehen damit die Leiche nach oben. Mit dem Messer zerschneidet der Fettsack den rechten Ärmel. Die Haut hat eine widerliche Farbe, aber keine Tätowierung.

Wir krabbeln wieder nach oben an die frische Luft. Können wir gut gebrauchen. Ich frage Moyes, wie er auf die Spur gestoßen ist.

„Indem ich Ihnen gefolgt bin. Heute sind Sie wieder in der Rue des Rosiers gewesen. Einer von meinen jungen Freunden ist Ihnen gefolgt..."

Auf dem Hof hab ich das Gefühl, daß in der Dunkelheit mehrere Schatten lauern. Und wirklich: jetzt lösen sie sich von den abbruchreifen Mauern, mit denen sie verschmolzen waren. Dédé und seine Leute fühlen sich bedroht, schimpfen und holen sofort ihre Revolver wieder raus.

„Ist schon in Ordnung", sagt Moyes und fügt laut hinzu: „Das sind alles Freunde."

Trotzdem, auf dem Weg zum Ausgang läßt keiner keinen aus den Augen. Moyes wird von gut einem Dutzend junger Leute begleitet.

„Sie haben 'ne ganz schöne Leibwache", bemerke ich.

Er lächelt.

„Ich bereite sie alle vor. Auf ein Fest..." Dann kommt er wieder auf das vorige zurück: „Mein junger Freund ist Ihnen überallhin gefolgt. Er hat gesehen, wie Sie diese Männer getroffen haben. Hat Sie ins Haus gehen sehen. Da wollte ich Sie überraschen. Mal sehn, was Sie da drin machten. Hören, was Sie so erzählten."

„Das Versteck ist von der Familie Aaronovič benutzt worden. Haben Sie nie davon gehört?"

„Flüchtig. Aber als ich zum ersten Mal hörte, daß rätselhafte Leute sich nach Aaronovič erkundigten, dachte ich, hinter dem Namen würde sich Bramovici verbergen. Und das Versteck... mein Gott! Wie sollte ich drauf kommen, daß Bramovici sich dort vergraben hat? Sie müssen doch zugeben, daß das gar kein richtiges Versteck war."

„Wie in *Der entwendete Brief* von Poe."

Für mich füge ich hinzu: Und ich persönlich glaube, das war nur für den Übergang. Vielleicht ist er länger da drin geblieben als vorgesehen, weil er auf etwas wartete, das nicht kam.

Der Moment des Abschieds ist gekommen. Moyes gibt mir die Hand und ein Stück Papier.

„Sollten Sie eine Spur haben, rufen Sie diese Nummer an."

Nacheinander verschwinden die Teilnehmer dieser seltsamen Runde in der Rue du Bourg-Tibourg. Dédé und ich sind die letzten.

„*Salut,* Burma. Außer einer Leiche haben wir zwar nichts gefunden, aber schließlich haben Sie Ihren Auftrag erledigt, wenn's auch lange gedauert hat. Vielleicht haben Sie ein andres Mal mehr Glück. Da bin ich ganz zuversichtlich. Übrigens, wer kann der Tote wohl sein?"

„Keine Ahnung", lüge ich.

„Na gut. Der letzte macht die Tür zu, Burma", scherzt er.

„Ich komme mit Ihnen."

„Denkste! Sie glauben doch nicht, daß ich Sie zu Ihrer Süßen bringe?"

„Ganz schön pfiffig, hm?" Ich fasse ihn im Dunkeln am Arm. „Welcher Blödmann hat Ihnen so einen Ruf verschafft? Hören Sie. Dieser Moyes ist ein Mörder. Das konnte ich Ihnen eben nicht sagen. Er will nicht nur Bramo umlegen – das wär mir scheißegal –, sondern dazu noch alle, die dem König geholfen haben und noch helfen werden. Das paßt mir nicht mehr in den Kram. Bramo ist wieder unterwegs. Ich weiß, wie ich rauskriegen kann, wo er jetzt steckt. Vielleicht ist er sogar bei den Leuten, zu denen wir jetzt stehenden Fußes gehen. Ist zwar schon spät, aber ich kann jetzt keine Rücksicht mehr nehmen – nur noch auf Hélène. Und ich will dem blutrünstigen Racheengel den Weg zu diesen Leuten nicht zeigen. Also?"

„Gehen wir, in Gottes Namen."

Der Wagen steht an der Ecke Rue de la Verrerie, um die Ganoven wieder einzusammeln. Wir steigen ein, und ich sage:

„Rue des Rosiers. Gegenüber der Rue des Ecouffes. Zu einem Mützenschneider. Blum."

15

Als ich am nächsten Morgen aufwache, spukt mir ein Kopf in meinem herum. Nicht der zu Brei geschlagene kalte aus der Rue du Bourg-Tibourg, sondern der von Vater Blum. Und daneben der von Mutter Blum. Sie schliefen noch nicht, gestern, als wir bei ihnen aufkreuzten, Dédé, der Engländer und ich. Frage mich, ob sie jemals wieder Schlaf finden werden. Nachdem wir uns an der Conciergesloge vorbeigemogelt hatten, indem wir irgendeinen Namen murmelten, standen wir vor Blums Tür. Vater Blum öffnete nicht sofort, auch nicht, als ich in entsprechendem Tonfall „Polizei!" rief. Aber endlich entschloß er sich dann doch.

Er erkennt mich und zuckt zusammen. Dann sieht er Dédé und Harold neben mir, ahnt nichts Gutes, fängt an zu jammern, ruft aber nicht um Hilfe. Ich frage ihn, ob Bramovici hier in der Nähe ist.

„Nein", antwortet er und schwört beim Barte irgendeines Propheten und bei den fettigen Haaren seines Weibes, die aus dem ehelichen Schlafzimmer an seine Seite geeilt ist.

„Der Teufel soll ihn holen", fügt er in aller Offenheit hinzu.

Jetzt nehm ich ihn mir vor. Er habe Bramovici beherbergt, hm? Bei ihm sei er aufgetaucht, als er aus London kam, oder? Und was sei die Gegenleistung für die Gastfreundschaft? Unglück sei über sein Haus gekommen. Rachel tot, umgebracht von ihrem eigenen Cousin, der selbst wiederum usw. Jetzt hilft nichts mehr. Er muß uns alles sagen, was er über Bramovici weiß. Denn wir hier haben auch noch ein Hühnchen mit dem König von Soho zu rupfen. Ebenso wie ein Gerechtigkeitsfanatiker aus Israel. Den Namen Moyes nenn ich aber besser nicht, nur, wie fanatisch und gnadenlos der Kerl ist. Mit seinem Bart und seiner Brille ähnelt Vater Blum zwar Lev Davidovič Trotzki, besitzt aber nicht den Mut und den unbeugsamen Willen des Schwarzkittels aus Georgien.

Er gesteht alles. Die Blums sind entfernt mit Bramovici verwandt. Sie haben sich nie mit dem Verhältnis zu dem verkommenen Subjekt gebrüstet, aber nichtsdestoweniger existiert das Verhältnis. Der enttrohnte und gejagte König von Soho bittet sie um Asyl. Das heißt, er weiß ein Versteck, braucht aber ihre Hilfe. Der Mützenschneider gewährt sie ihm. Zuerst aus Gewinnsucht. Später dann, nach dem Mord an Rachel, aus Furcht. Gewinnsucht! Ein starkes Stück. Bramo kam ohne einen Sou bei seinen Verwandten in der Rue des Rosiers an. Er war mit einem Frachter im Port d'Austerlitz angekommen. Ein Frachter eignet sich besser zur Tarnung als ein normales Schiff oder ein Flugzeug. Wer hätte den Ex-König von Soho auf einem schäbigen Frachter vermutet? Man dachte doch, er sei mit einem Batzen Geld geflohen. Genauso war es schlecht vorstellbar, daß ein ständiger Gast in Luxushotels sich in einem Keller verkriecht. Bramo kommt also ohne einen Sou an. Dédé fällt bei dieser Information der Unterkiefer runter. Hat er sich seit Wochen für nichts und wieder nichts abgestrampelt? Aber bei den nächsten Informationen hellt sich sein Gesicht wieder auf. Bramo war nicht blank, er mußte nur Hals über Kopf verduften. Und er ist nicht ohne Grund nach Paris gekommen. Irgendwo in der Hauptstadt liegt ein verborgener Schatz, den er heben will. Noch aus der Zeit der Okkupation. Von diesen „Ersparnissen" mußte er sich damals ebenfalls Hals über Kopf trennen. Bramo, der Ewige Jude. An das Geld hier in Paris will er ran, sobald sich die Wogen ein wenig geglättet haben. Vater Blum soll davon auch was abkriegen. Freudenschrei von Dédé, bedeutungsschwangeres Augenzwinkern: Was hab ich euch gesagt, Jungs? Die Kohle hat ihn nach Paris gelockt: Jetzt wird abkassiert! Armer Irrer! Na ja... Bis dahin muß Bramo von irgendetwas leben, auch wenn er in seinem Keller nicht viel Geld ausgeben kann. Blum geht an seinen Sparstrumpf. – Hier muß ich mich beherrschen, nicht laut loszulachen. Mir wird so einiges klar. Scheint eine Neuauflage der erfundenen Erbschaft von Umberto zu sein. Es gibt nicht mehr Geld als Jungfrauen im Viertel. Bramo wird verfolgt und braucht eine Verschnaufpause. Er kommt nach Paris, der einzigen Stadt, in der noch ein Rest Familie sitzt. Er hat kein Geld, also erfindet er welches. Und die andern fallen prompt drauf rein! Sogar Issass, das naive Schlitzohr, läßt sich was vormachen. – Durch die Geschichte von Vater Blum werden zwar einige dunkle Punkte der Geschichte heller, aber wo wir Bramovici finden können, wissen wir immer noch nicht.

Als ich mich wenig später von meinen Klienten aus der Unterwelt verabschiede, sagt Dédé:

„Wir waren nicht umsonst bei Blum, wenn auch Bramo nicht da war, wie Sie geglaubt haben. Wir haben keine Zeit zu verlieren, Burma! Die Moneten, verdammt nochmal! Die Moneten!"

Ja, wir müssen uns beeilen. Wüßte nur gern, wo das Gaspedal ist.

An all das erinnere ich mich beim Aufwachen. Dann muß ich an die Leiche in der Rue du Bourg-Tibourg denken. Armer Ditvrai! Ich weiß nicht, wie er umgebracht wurde, aber bestimmt nicht mit einem Holzhammer. Nein, damit ist er erst später bearbeitet worden, wütend, brutal, verbissen. Und nicht, um die Leiche unkenntlich zu machen, sondern einfach deshalb, weil der Mörder dieses Gesicht nicht mehr ertragen konnte... weil der Mörder es haßte... ein Gedanke schießt mir wie ein Irrlicht durch den Kopf. Er wird durch das Klingeln des Telefons verscheucht.

„Hallo?"

„Hier Reboul."

„Salut. Was Neues?"

„Hab meine Arbeit beendet. Die Briefmarke ist wohl in der Rue du Louvre abgestempelt worden. Der Personalausweis ist übrigens einsatzbereit."

„Dann setzen Sie ihn ein. Sollte Post für Michel Issass angekommen sein, sofort her damit."

Kaum hab ich den Hörer aufgelegt, klingelt's schon wieder. Hélène darf mir Nachricht geben. Sondergenehmigung von Dédé. Ihr geht es besser als schlecht, es könnte aber besser sein.

„Beeilen Sie sich, Chef! Mir zuliebe!"

„Vertrauen sie nur auf Nestor Burma, Chérie."

Ich steh auf, dusche, rasiere mich, trink was, dreh mich um die eigene Achse. Beeilen Sie sich! Würd ich ja gerne. Nichts lieber als das. Nur... Hoffentlich lagert was postlagernd...

Wieder das Telefon. Geistesabwesend nehm ich den Hörer ab.

„Ja?"

„Tag, M'sieur Burma." Die frische Stimme von Suzanne Rigaud. „Er ist zurück."

„Tag. Wer?"

„Er natürlich, Ditvrai!"

„Was... wie...?"

„Schon gut, beruhigen Sie sich! So umwerfend ist das nun auch wieder nicht."

„Finden Sie? Oh! Himmel, Arsch und Zwirn und... und..."

„Aber was ist denn? Geht's Ihnen nicht gut?"

„Doch, doch. Mordsmäßig. Wie unserm Freund. Lassen Sie sich umarmen, Suzanne. Ich umarme Sie und komme sofort. Oder umgekehrt. Bewachen Sie ihn. Sind Sie nackt oder stehen Sie im Hemd oder im Morgenmantel? Ziehen Sie sich an, und wenn er weggeht, folgen Sie ihm."

Ditvrai! Der du kommst aus dem Brunnen. Wie die Wahrheit, die ans Tageslicht kommt. Mit Pietät und Takt!

Im Büro des Hôtel de l'Ile ist niemand, wie natürlich nicht anders zu erwarten war. Aber der Kollege kommt gleich.

„Guten Tag", sage ich. „Ist Monsieur Ditvrai wieder zurück?"

„Ja... Hat sich wirklich nicht gelohnt. So plötzlich aufzubrechen, um so schnell wiederzukommen! Und eins auf den A... auf die Nase zu kriegen, wollte ich sagen."

„Er hat eins auf die Na... auf den Arsch gekriegt?" frage ich ihn, ironisch lachend.

„Nein, Nase war schon richtig. Er hatte einen Verkehrsunfall."

„Sieh mal einer an! Und jetzt ist er eingewickelt wie ein Hindu, hm?" Ich laß meine Hände um den Kopf flattern.

„Fast. Verband hier, Heftpflaster da. Aber am schlimmsten hat's ihn am Adamsapfel erwischt..."

„... der bei ihm, glaub ich, ziemlich ausgeprägt ist."

„Ja, kann sein. Na ja, jetzt räuspert er sich ständig. Und flüstert nur noch ganz leise."

„Ganz schön unangenehm, so was..." Ich muß die ganze Zeit lachen.

„Ja, M'sieur", sagt der Bursche und sieht mich mißbilligend an.

„Ist er auf seinem Zimmer?"

„Ja, aber er möchte nicht gestört werden. Hat sogar das Schild an seine Türklinke gehängt."

„Kann ich verstehen. Ich wollte übrigens gar nicht zu ihm... Ist Mademoiselle Rigaud da?"

„Ja, M'sieur."

Suzanne öffnet mir sofort.

„Haben Sie das Schild an der Tür gesehen?" fragt sie. „Bitte nicht stören!"

„Hab ich. Unser Freund hatte wohl einen Unfall?"

„Ja. Und Sie? Was haben Sie für Schreie am Telefon von sich gegeben?"

„Ach, nichts. Gar nicht drauf achten. Haben Sie ihn gesehen, Ditvrai?"

„Nein. Hab nur im Büro unten erfahren, daß er zurück ist und einen Unfall hatte."

„Gut. Behalten Sie ihn im Auge. Und wenn er weggeht: hinterher! Bis später."

Ich schein noch besoffen zu sein. Anstatt ihr die Hand zu geben, zieh ich das Mädchen an mich und küsse sie. Macht viel mehr Spaß als am Telefon. Dann geh ich runter und fahr mit dem Wagen in die Rue Pernell. Das Bistro kenn ich so langsam. Ich setz mich gut sichtbar an einen Tisch, warte und fluche auf Dédé und seinen Telefontrick. Zwei Stunden scheint die drahtlose Telegrafie zu brauchen. Jedenfalls klingelt wieder nach zwei Stunden das Telefon für einen gewissen Nestor Burma.

„Hör zu, Alter", mecker ich. „Wir wollten doch Dampf machen. Aber Sie mit Ihren raffinierten Tricks machen alles nur komplizierter. Ich hab ihn, und wenn er uns diesmal wieder durch die Lappen geht, ist das Ihre Schuld."

„Wo ist er?" schreit Dédé.

„In einem Hotel. Wohnt dort als ein anderer. Er besitzt keinen Sou, ist müde, am Ende."
„In welchem Hotel?"
„Werd ich Ihnen gleich sagen. Jetzt kommt's auf fünf Minuten mehr oder weniger auch nicht an, oder? Ich möchte mit meiner Sekretärin sprechen."
„Ich geb sie Ihnen."
„Hallo", sagt Hélène kurz darauf.
„Die Fotos. Erinnern Sie sich? Bramo wollte die Identität von Ditvrai annehmen, nachdem er ihn getötet hatte – aus anderen Gründen, die Sie ja kennen. Schönheitschirurgie. Die Fotos sollten als Vorlage dienen, irgendwie, um Ähnlichkeit herzustellen. Er fühlte sich im Ghetto nicht mehr wohl mit den vielen Leuten, die um ihn herumschlichen. Wenn er den Platz eines Journalisten auf der Ile Saint-Louis hätte einnehmen können, keiner hätte ihn dort gesucht..."
„Hätte können... Also hat das nicht geklappt?"
„Nicht so, wie er sich's vorgestellt hat, nein." Ich denke an die ohnmächtige Wut, mit der er Ditvrais Gesicht zu Brei geschlagen hat, dieses tote Gesicht, das ihn zum Narren hielt! „Er rennt mit verbundenem Kopf rum... Geben Sie mir nochmal Dédé. Ihre Gefangenschaft geht zu Ende, Hélène."
„Hallo", meldet sich Dédé. „Ich..."
„Später. Wir treffen uns am Pont Marie."
Beeilen Sie sich... schnell... schnell... Leicht gesagt. Der Quasi-Ditvrai ist wieder mal schneller als wir. Als ich mich mit Dédé und seinen Leuten am Quai d'Anjou treffe, hat er das Hotel schon verlassen. Wie tröstlich, daß Suzanne sich an seine Fersen geheftet hat. Außerdem ist es nicht gesagt, daß er nicht wieder in sein Zimmer kommen wird. Aber erst mal kommt Suzanne zurück, mit hängendem Pferdeschwanz. Der Kerl hat sie abgehängt. Beileid.

Das Mädchen betrachtet Dédé, den Fettsack und auch Harold wie seltene Tiere. Die Kerle fluchen aber auch, was das Zeug hält.
„Schluß damit", sage ich. „Wir tappen wieder im dunkeln. Verdammt nochmal, ich hab's euch doch gesagt! Diesmal ist es eure

Schuld. Ich hab noch einen Trumpf im Ärmel. Die letzte Chance, die letzte Hoffnung. Aber wenn wir gute Arbeit leisten wollen, muß ich Sie schnell erreichen können."

„Ordener 33-34", sagt Dédé und steigt ins Auto.

Weg sind sie. Suzanne sieht mich an.

„Könnte man für Verbrecher halten."

„Sind auch welche."

„Echte?"

„Waschechte."

„Im Gegensatz zu dem Kerl, den ich verfolgt habe, wissen Sie, weil ... es wird Sie vielleicht überraschen ..."

„Nein, wird mich nicht überraschen. Der Ditvrai, dem Sie gefolgt sind, ist nicht echt."

„Hier", sagt Reboul.

Er legt den Umschlag mit der Adresse von Michel Issass auf meine Schreibtischunterlage. Zwar kleben französische Marken drauf, aber der Brief ist auf englisch geschrieben. *My dear Josiah* ... Und am Ende *together always,* was wohl heißen soll „Wir zwei gehören zusammen" oder so einen ähnlichen verlogenen Quatsch. Mehr versteh ich nicht. Doch, noch die Unterschrift: Sheila. Aha. Issass spielte also Briefkasten für Bramovici. Ich wähle Ordener 33-34.

„Jaaa", sagt eine schleppende Frauenstimme gedehnt.

Mit einem Mal bin ich gutgelaunt. *My dear* und *together always.* Hab das Gefühl, als wär das an mich gerichtet. Ich setze übrigens viel Hoffnung in den Schrieb.

„*Salut,* Süße", sag ich mit der Stimme von Macheprot, dem Kerl, der die Leute so gerne am Telefon verarscht. „Ich hab zwei Fünfer über. Mach das Hochzeitsbett, spring ins lila Korsett und tu das Gebiß raus. Und halt dich gut fest. Ich komme."

Bevor sie auflegt, beschimpft mich das Mädchen ausgiebigst. Fünf Minuten später ruf ich wieder an.

„Jaaa." Derselbe Tonfall, aber diesmal mißtrauischer.

„Dédé", sag ich knallhart wie ein Knüppel-aus-dem-Sack. „Hier Nestor Burma."

„Momentchen."

„Hallo", meldet sich Dédé. „Sie legen ja einen Zahn vor! So schnell schon an der Strippe?"

„Hab Arbeit für Harold. Als Dolmetscher. Kommen Sie doch mit ihm in mein Büro. Ein Brief auf englisch, von Sheila an Josiah."

Eine halbe Stunde später rückt Harold seine Brille grade und fängt an zu lesen.

„Sehr interessant", sagt er dann. „Soll ich's Wort für Wort übersetzen?"

„Nur den Inhalt. Aber... ich bin ehrlich mit Ihnen. Seien Sie's auch mit mir. Ich hätte den Brief irgend jemandem zum Übersetzen geben können. Aber es soll unter uns bleiben. Also, verheimlichen Sie mir nichts."

Er liest uns den Brief ganz vor. Wirklich sehr interessant. Im großen und ganzen steht folgendes drin: Diese Sheila war in England geblieben und sollte nachkommen, auf demselben Frachter wie Bramovici, mit denselben Komplizen. Sheila hätte schon lange in Paris sein sollen, aber das Hochwasser verzögerte ihre Ankunft. Mit der Zeit wurde sie ungeduldig und schrieb Josiah, sie werde den Zug nehmen, *sobald ich mich erholt habe, und werde im Hôtel Beaumarchais absteigen, Place de la Bastille. Ankomme den...*

„Heute abend", unterbricht sich der Engländer selbst.

„Verdammt!" ruft Dédé. *„Sobald ich mich erholt habe.* Wovon? Burma, Sie sind doch so gut im Kreuzworträtselraten. Was meint sie damit?"

„Daß die Überfahrt sie ermüdet hat. Ein Frachter ist nicht besonders komfortabel... vor allem für einen blinden Passagier. Daß sie sich ein paar Tage in irgendeinem Hotel ausgeruht hat... und jetzt mit dem Zug ankommt. War Bramo verheiratet?" frage ich Harold.

„No."

„Eine Geliebte?"

„Zwei."

„Eine davon ist Sheila?"

„Kenn keine Sheila."

„Hm... Ich kombiniere: Bramo ist ohne einen Penny aus London abgehauen, Hals über Kopf. In Paris gönnt er sich eine Verschnaufpause. Der einzige Ort, wo das möglich ist. Erstens Familie und dann... die Moneten, die er während der Okkupation vergraben hat. Er wartet auf Sheila, um das Geld auszugraben und mit ihr ein neues Leben anzufangen, in einem milderen Klima."

Das erzähle ich Dédé. Denken tu ich aber folgendes: Bramo ist ohne einen Penny aus London abgehaun. Gut. Aber es würde mich sehr wundern, wenn er als König von Soho nicht ein paar Millionen unter verschiedenen Namen auf verschiedene Banken verteilt hat. In bar, als Schmuck usw. Dann zur Familie nach Paris. Verschnaufen. Gut. Aber das Geld, von dem er Blum was vorerzählt, ist ein Bluff. Aber kein Bluff ist das Geld, das Sheila mitbringen soll. Die Kleine kannte keiner, wußte aber wahrscheinlich bestens über Bramos Verstecke Bescheid. Als er aus London verschwinden mußte, blieb sie zurück, um die Schätze einzusammeln. Danach sollte sie ihn in Paris treffen. Sollte schon lange hier sein, aber das Hochwasser... Und inzwischen ist einiges passiert.

Aber das sag ich Dédé natürlich nicht. Sonst rast der sofort zum Hôtel Beaumarchais und nimmt der Frau den Schatz weg. Nichts da! Dédé hat mich für die Suche nach Aaronovič bezahlt. Das hab ich erledigt, mehr oder weniger. Dann hat er Hélène gekidnappt, damit ich Bramo finde. Das will ich wohl auch tun – um Hélène zu befreien. Aber die Moneten des Juden, das ist ganz was anderes. Wenn ich ihm die auf einem Silbertablett serviere, scheißen mich die Flics erst recht an. Nein, nein. Hab schon so genug Schwierigkeiten, Faroux die Sache zu erklären.

„Also", schließt Dédé, „soll diese Sheila uns zu Bramo führen?"

„Ja."

„Aber... das geht nicht. Es sei denn... Dieser Brief... haben Sie ihn gefunden oder... hat Bramo ihn gelesen?"

„Er weiß nichts davon."

„Wie soll er dann zum Hôtel Beaumarchais kommen?"

„Hören Sie. Als Bramo in seinem Versteck in der Rue du

Bourg-Tibourg war, hat er Sheila geschrieben. Die Antworten kamen postlagernd an, auf den Namen Michel Issass, entfernter Verwandter und Verehrer von Bramo. Issass hat zwar eine Wohnung, aber die Briefkästen in einem solchen Haus sind nicht sicher genug. Da ist postlagernd schon besser. Erst kommen Briefe aus England, dann aus Frankreich. Issass ist übereifrig. Träumt wohl davon, Bramovicis Stellvertreter zu werden. Vielleicht hat der ihm das versprochen. Issass leistet sich Extravaganzen, unter anderem nimmt er Kontakt zu mir auf. Will mich aushorchen, weil ich mich für Aaronivič interessiere und er mich für gefährlich hält. Er sieht mich schon mit Aaronivič reden und hört den schon das Versteck von Josiah verraten. Also bringt er schleunigst Aaronovič um die Ecke. Eine große Dummheit. Solange Aaronovič nämlich noch lebte, wollte keiner von dem Familiengeheimnis sprechen. Aber als er tot war, lösten sich die Zungen. Bramo hat das kapiert. Wild geworden, tötet er Issass. Er ist schon sehr nervös. Denn der Aufenthalt im Keller sollte nicht lange dauern. Nur so lange, um – sagen wir – auf Sheila zu warten. Ohne die kann er vielleicht nicht an sein Geld ran." Ich knipse mir selbst ein Auge zu. „Aber Sheila kommt nicht. Bramo fühlt, wie das Netz um ihn herum immer enger wird. Ihr Netz und das von Hauptmann Moyes. Außerdem scheint Rachel dem Journalisten nachzugeben. Issass bringt Rachel um. Ditvrai besitzt umfangreiches Material. Ab in den Keller mit ihm und hopp! Sie haben ihn ja gesehen. Die Schönheitschirurgie haut nicht hin. Inzwischen wird Aaronovič von Issass aufgehängt. Nervös, sehr nervös, dieser Monsieur Bramo! Hat sich nicht mehr unter Kontrolle. Tötet Issass. Die letzte Dummheit auf einer langen Liste. Denn wer soll jetzt die postlagernden Briefe abholen? Issass, als Geist mit Bettlaken und Loch im Kopf? Ich konnte mir erst den Personalausweis und damit den Brief besorgen. Wohlgemerkt: *ich hatte den Ausweis, nicht er! Bramo hat sicher sehr schnell gemerkt, daß er an die Briefe nicht rankommt. Schreibt seiner Sheila an die Mündung der Seine. Das Mädchen hat schon diesen postlagernden Brief abgeschickt. Sie schreibt ihm noch einen an eine neue Adresse. Deswegen meine ich: Bramo* wird zum Rendezvous ins Hôtel Beaumarchais kommen. Glaub nicht, daß ich mich großartig täusche."

„Also, was sollen wir machen?"

„Erst mal rauskriegen, wie diese Sheila aussieht."

„Moment", sagt Dédé und greift zum Hörer, wählt eine Nummer. „Hosenscheißer? Hör mal... Hôtel Beaumarchais, an der Bastoche... Kennst du da jemand?... Ja... Sheila... Name, Fresse und alles! Ja. Tschau." Er legt auf, gibt mir die Hand.

„*Salut*. Sobald ich mehr weiß, geb ich's Ihnen durch. Sie sehen dann auch bald Ihre Süße wieder, Alter."

Er haut ab, der Engländer hinterher, ein Tourist, wie er im Buche steht.

Wenige Stunden später, genau um viertel nach sechs, steht Hélène vor mir.

„Er ist ein guter Verlierer", sagt sie. „Hat nicht erwartet, daß Sie das für meine Befreiung tun. Er hält Sie für korrekt."

„War's schlimm mit Ihren Wärtern?"

„Hab mich schon fast dran gewöhnt. Meine Wärter waren übrigens Wärterinnen... äh... wie soll ich sagen?"

„Hetären. Zu Ehren der historischen Gemäuer im IV. Arrondissement."

„Hetären. Genau. Sehr nett, übrigens."

„Das sind sie alle, egal was 'n Haufen Blödmänner davon denken. Sonst noch was?"

„Hier... eine Nachricht."

Sie gibt mir einen Zettel. Ich lese: *Sheila Anderson. Groß. Flache Absätze. Blond. Roter Mantel. Zimmer* 58. rufen Sie mich an. Ich wähle Ordener 33-34. Dédé ist sofort am Apparat.

„Danke für Hélène", sage ich. „Sind die Angaben zuverlässig?"

„Völlig. Wir haben nicht nur in Absteigen unsere Leute."

„Gut. Bin in 'ner halben Stunde an der Bastoche und bezieh Posten. Halten Sie sich unauffällig in meiner Nähe auf."

Ich lege auf. Eine Weile bleib ich noch sitzen und denke nach. Wenn ich den Israeli vom Boxring fernhalte, wird es ein Blutbad geben. Er ist hartnäckig, wird so lange nachforschen, bis er weiß, daß die Blums ... Sogar die Angestellten müßten dran glauben ... Ida, das andere Mädchen, der Alte ... Scheiße! Schließlich hat Bramo seine Schwester verraten ... hat Ditvrai umgebracht ... und Issass ... und wegen ihm mußten auch Rachel und Samuel Aaronovič ins Gras beißen ... und noch viele andere, die ich nicht kenne. Er hat's verdient, aber trotzdem ... es ist zum Kotzen ... Ich schäme mich ein wenig, als ich die Nummer wähle, die mir der Israeli in dem düsteren Keller des Abbruchhauses gegeben hat.

16

Gegen 23 Uhr verläßt sie das Hotel mit einem kleinen Koffer. Ihren roten Mantel sieht man schon von weitem. Es wurde auch Zeit. Hab schon so langsam Eisbeine gekriegt. Es ist Februar, das darf man nicht vergessen, der scheußlichste, ungemütlichste Monat des Jahres. Ich häng mich an Sheilas Fersen. Der Hosenscheißer steht vor einem Kiosk und tut so, als könnte er lesen. Im Vorbeigehen geb ich ihm ein Zeichen. Er zwinkert mir zu und rollt wie eine Kugel zu dem Wagen, in dem Dédé und der Engländer warten. Dessen Landsmännin hat keine große Eile. Sie geht brav über die Fußgängerstreifen, überquert die Rue de la Bastille, die Rue Saint-Antoine, den Boulevard Henri-IV. Entweder kennt sie Paris, oder sie hat sich's genau beschreiben lassen. Ich weiß, daß sie vor einer Stunde angerufen wurde. Jetzt geht sie bestimmt zu dem angegebenen Treffpunkt. Den Boulevard Bourdon hinauf, am Bassin de l'Arsenal entlang. Dédé und Co. fahren langsam direkt hinter mir her. Wir haben alles bis ins kleinste durchgekaut. Wenn sie ein Taxi nimmt oder in irgendein Auto steigt, spring ich in Dédés Wagen, und wir verlieren keine Zeit. Ich folge Sheila entlang der Brüstung. Das Wasser am Kanal sieht schmierig und breiig aus. Auf der Oberfläche spiegeln sich die Lichter der Ampelanlage der Passerelle de l'Arsenal, ohne sie auch nur einen Millimeter durchdringen zu können. Die festgemachten Kähne sehen aus wie schlafende Ungetüme. An dem Pont Morland bleibt die Engländerin stehen, orientiert sich und betritt die Brücke. Donnernd taucht die hell erleuchtete Metro aus dem Boden auf und nimmt auf der Brücke über der letzten Schleuse vor der Seine die Kurve zum Quai de la Râpée. Hinter der Brücke geht unsere Führerin nach rechts an einer Häuserwand entlang, vorbei an einem kleinen Gitter. Dann geht sie die Treppe zur Schleuse hinunter. Ich bin oben auf der Treppe, als sie unten angekommen ist und unter dem grünlichen Licht einer alten Gaslaterne verschwindet. Jetzt geht sie wieder auf den Pont Morland zu, aber diesmal drunter her. Lautlos rase ich die Treppe runter, meide das Licht der Gaslaterne und drücke mich in den Schatten der Metrobrücke. Sheila überquert jetzt den Kanal über die Schleusentore und verschwindet aus meinem Blickfeld. Auf der anderen Seite des Kanals angekommen, bleibe ich unter dem feuchten, tropfenden Brückenbogen des Pont Morland stehen und blicke den gekrümmten Quai entlang. Das diffuse Licht vom Boulevard Bourdon erlaubt gerade mal, im Dunkeln noch dunklere Schatten wahrzunehmen. Sheila steht regungslos da, ihren kleinen Koffer in der Hand, wartet. Plötzlich ein Quietschen von rostigen Türangeln, dann ein Stimmengemurmel. Die Schatten umarmen sich. Bramovici – das kann nur er sein! – ist aus seinem Schlupfwinkel gekrochen: ein Gang, von einem Gitter versperrt, unter dem Boulevard. Hier wimmelt es in wärmeren Jahreszeiten von Clochards. Und das hat die Angst aus dem Ex-König von Soho gemacht: er sieht schlimmer aus als jeder Chlochard. Er hat so schreckliche Angst, daß er schon sein Gesicht verändern wollte. Mit dem Instinkt eines wilden Tieres hat er gespürt, daß seine Feinde ihren Kreis immer enger um ihn gezogen haben. Er wagt nicht mehr, sich auf offener Straße zu zeigen. Deswegen das Rendezvous mit Sheila an diesem gottverlassenen Ort. Sein verbundener Kopf erregt zuviel Aufsehen. Vielleicht hat er auch gemerkt, daß er seinen Auftritt im Hôtel de l'Ile nicht gefahrlos wiederholen kann. Aber jetzt ist Sheila hier, den kleinen Koffer in der Hand...

Ein kurzes Aufblitzen wie von einer Taschenlampe oder einem Feuerzeug. Der Schrei einer Frau. Sieht sicher nicht zum Verlieben aus, unser Josiah Bramovici! Mit dem Revolver in der Hand nähere ich mich dem Paar. Aber die Reflexe des Verbrechers scheinen noch in Ordnung zu sein. Er hat mich gesehen, schiebt die Frau in Rot zur Seite und tritt den Rückzug an, den Koffer in der linken Hand, einen Revolver in der rechten.

Und plötzlich...

Sie sind die Seitentreppe vom Boulevard Bourdon zum Kanalufer runtergekommen. Wie Schlangen haben sie sich an der Mauer entlanggeschlichen: Dédé, der Hosenscheißer und der Engländer. Lautlos stürzen sie sich auf Bramovici. Ein menschliches Knäuel wälzt sich auf dem feuchten Pflaster, nähert sich gefährlich dem Wasser. Ein Schuß, ein Schrei. Aus dem Menschenhaufen löst sich einer. Er hält irgendetwas in der Hand, wirft es mir zu: den Koffer von Sheila Anderson. Ich könnte ihn auffangen, tu aber so, als könnte ich ihn nicht festhalten, lasse ihn ins Wasser fallen, tu so, als würde ich um ein Haar selbst reinfallen. Der Koffer plumpst in die dicke Brühe.

Dédé ist bei mir, flucht, spuckt, schäumt. Ein zweiter Schuß. Dédé wirbelt herum. Allgemeines Gerenne. Ich hab das Gefühl, die dunklen Gestalten haben sich vermehrt. Aber ich zähl nicht nach. Die Flics werden nicht lange auf sich warten lassen. Ich renne zu der kleinen malerischen Treppe, die ich eben runtergelaufen bin. Wenn mich niemand dran hindert, jetzt wieder die Stufen hochzuspringen... Niemand. Freie Bahn. Im Schatten der Mauer erreiche ich die Metrostation La Râpée. Hat immer schon einen altmodischen Zauber auf mich ausgeübt. Aber im Augenblick ... Ich kann ja demnächst nochmal herkommen. Jetzt jedenfalls löse ich einen Fahrschein. Ungeduldig geh ich auf dem Bahnsteig auf und ab und schimpfe innerlich auf die Metro, die nicht kommt. Endlich kommt eine, bringt mich zur Place de la Bastille. Der Waggon schaukelt mich hin und her, ich denke: ich weiß, wo der Koffer versunken ist... wieviel Zentimeter von der Schleuse entfernt... Ja, ich werde zurückkommen, zusammen mit den Froschmännern der Polizei, den Wassermolchen der Flußabteilung. Und ich denke auch an die vielen, vielen Schatten am Kanalufer des Bassain de l'Arsenal. Ich könnte schwören, daß auch Hauptmann Moyes dabei war.

An der Bastille tauch ich an die Erdoberfläche. Ich geh in ein Bistro und bleib vielleicht eine Stunde dort. Dann geh ich zu meinem Wagen, klemm mich hinters Lenkrad, fahr los. An dem Pont Morland hätte ich mir einen schönen Menschenauflauf gewünscht. Aber es ist alles ruhig. Los, geh schlafen, Nestor. Das Fest ist aus. Ich biege in die Quais ein. Eine ruhige, vertraute

Gegend. Ein Polizeiwagen überholt mich mit halsbrecherischer Geschwindigkeit und dem üblichen Sirenengeheul. Dann in der Ferne noch einer … oder derselbe nochmal. Vom Quai de l'Hôtel-de-Ville seh ich das Haus zwar nicht, weiß aber genau, wo es steht, da hinten, das Haus, in dem Issass umgebracht wurde. Dann wird meine Aufmerksamkeit von einem Heidenlärm aus der Rue Geoffroy-l'Asnier in Anspruch genommen. Ich halte an. Flics springen aus ihren Mannschaftswagen und versuchen, eine Art Aufmarsch oder Demonstration mit ihren Knüppeln auseinanderzutreiben. Ein Mann überquert vor mir den Quai, lehnt sich gegen die Brüstung. Ohne Hut, die Hände in den Taschen, aufrecht, fast militärisch. Ich steige aus, gehe den Square de l'Hôtel-de-Ville entlang, biege in die Rue Geoffroy-l'Asnier ein. Ein Flic versperrt mir den Weg.

„Sie können nicht weiter", sagt er.

„Was ist los?"

„Sie können nicht weiter."

Andere Flics kommen zurück zu ihren Wagen, im Schlepptau einige junge Leute. Ich nutze die Unaufmerksamkeit meines Gegenüber aus und schlängel mich durch. Die Scheinwerfer eines Polizeiwagens sind auf das Gitter vor dem Jüdischen Mahnmal gerichtet. Davor steht eine Gruppe Männer in blauer Uniform. Auf dem Mahnmal die Namen der Vernichtungslager: Auschwitz, Buchenwald, Bergen-Belsen, Mauthausen … Das Licht erfaßt auch noch den oberen Teil des Mahnmals mit dem Siegel Salomons und der Inschrift: *Den Leiden des Unbekannten Juden.*

Die Flics lösen sich jetzt vom Gitter. Ein Mann liegt am Boden, Mantel und Anzug zerknittert. Sein Gesicht hat nichts Menschliches mehr an sich. Um die Leiche herum riesige Pflastersteine …

Ich kehre um, gehe zu der aufrechten Gestalt, die sich immer noch gegen die Brüstung lehnt. Ich spreche den Mann an:

„Sie haben geschworen, ihn mit Ihren eigenen Händen zu töten … oder so gut wie. Tja. *Eine kleine Truppe, die ich auf ein Fest vorbereite.* Eine kleine Steinigung, gemäß der Tradition, den Sitten und Gebräuchen. Man hat mir erzählt, daß einige Juden in der letzten Zeit sehr nervös waren. Ich verstehe... Gute Nacht, Moyes."

Ich setz mich in mein Auto und warte, seh, wie er sich aus seiner Erstarrung löst, zu den Flics geht, mit ihnen spricht...

Ich fahre los und verschwinde in der Dunkelheit.

Paris, 1957

Nachgang

Bei Berthillon gibt es das beste Eis von ganz Paris. Nicht sehr billig, drei Kugeln in der Tüte kosten etwas mehr als drei Mark, aber eben gut. So gut jedenfalls, daß selbst Familienväter aus entlegenen Stadtvierteln auf Geheiß ihrer Sprößlinge eine kilometerlange Anfahrt in Kauf nehmen, sich über eine der fünf Brücken quälen, die zur Insel führen, in den engen Gassen vergeblich einen Parkplatz suchen, den Wagen entnervt in der zweiten Reihe mit laufendem Motor stehen lassen, um sich dann doch geduldig in die lange Warteschlange einzureihen, die in schwatzhaftem Flüsterton darüber debattiert, ob man sich neben Wildkirsche und Papaya nicht noch einen halben Liter Haselnuß leisten soll. Schließlich ist nur einmal im Jahr Kindergeburtstag.

Ich selbst entscheide mich für Kiwi und Pfirsich und finde das Eis ziemlich kalt. Ein Kaffee wäre mir lieber, aber den habe ich schon drüben im Marais, auf der anderen Seite der Seine, im „Temps des Cérises" getrunken, einem urgemütlichen Bistro in der Rue de la Cérisaie.

Der Februar, meint Burma, als er sich an Sheilas Fersen heftet, sei der scheußlichste und ungemütlichste Monat des Jahres. Der März, lieber Nestor ist in diesem Jahr kaum freundlicher. Der böige Wind und ein eiskalter Nieselregen peitschen mir die Schenkel naß.

In dieser Wohnung des Malers Fred Baget wurde Rachel tot aufgefunden. Links Notre Dame.

Fred Baget muß nicht nur ein trinkfester Gastgeber, sondern als Maler auch sehr erfolgreich gewesen sein. Ansonsten hätte er sich die Wohnung am Quai d'Orléans kaum leisten können. „Durch das breite Atelierfenster sieht man rechts Notre Dame und links das Restaurant der Tour d'Argent. Im Vordergrund, am Ende des Pont de la Tournelle, das Denkmal zu Ehren der Sainte Geneviève, der Schutzpatronin von Paris."

Ein solcher Blick mit dazugehöriger Wohnung ist heute gut und gern seine fünfzehn- bis zwanzigtausend Francs Monatsmiete wert. Das entspricht dem Bruttogehalt eines gehobenen Angestellten. Ile St. Louis, Südseite, ist eine absolute Top-Adresse.

Am Quai gähnt ein tiefes Bauloch. Ein flüchtiger Blick verrät nicht, ob man vor dem Haus Bagets eine weitere Leiche ausgebuddelt hat. Aber das wäre Burma wohl kaum entgangen.

Auf der Nordseite der Insel, am Quai d'Anjou, suche ich verlich das Hotel, in dem der neugierige Ditvrai Unterschlupf gefunden hat. Auch das alte Toilettenhäuschen, in dem Burma seinen Beobachtungsposten bezogen hatte, ist abgerissen.

Noch in den fünfziger Jahren gab es in der französischen Hauptstadt mehr als tausend dieser allein Männern vorbehaltenen Bedürfnisanstalten. Nicht Vorboten der feministischen Bewegung machten in ihrem Drang nach Gleichberechtigung den sogenannten Vespasiennes nach und nach den Garaus, sondern das wachsende hygienische Bewußtsein der Stadtväter.

Ihren Namen hatten die häufig noch aus dem vergangenen Jahrhundert stammenden gußeisernen Schmuckstücke vom altrömischen Kaiser Vespasian, der zur Aufstockung seiner defizitären Staatskasse die Benutzung öffentlicher Latrinen mit einer Sondersteuer belegte und auf Proteste hin diesen ungewöhnlichen Schritt mit dem heute geflügelten Satz kommentierte: pecunia non olet, Geld stinkt nicht.

An Stelle der alten Vespasiennes hat man im Laufe der Jahre nüchterne Betonkästen mit einer komfortablen Innenausstattung gesetzt, die man freilich nur aufsuchen sollte, wenn man die Gebrauchsanweisung aufmerksam durchgelesen hat. Dann jedoch garantiert der bescheidene Eintrittspreis von umgerechnet 30 Pfennigen ein eindrucksvolles Vergnügen, das kein Paris-Besucher auslassen sollte.

Nestor Burmas detektivischen Bedürfnissen jedoch kämen die Nachfolge-Modelle der Vespasiennes nicht entgegen. Zum einen hat man auf die Anbringung von Sehschlitzen zur Außenwelt verzichtet, zum anderen öffnet sich die Tür nach einigen Minuten selbst dann wieder automatisch, wenn man eine ausgedehntere Sitzung noch nicht abgeschlossen haben sollte. Nur hartgesottene Exhibitionisten wären wohl bereit, sich dieser peinlichen Erfahrung auszusetzen. Diskrete Detektive müßten früher Reißaus nehmen.

Da, wo Burma einst stehenderweise durchs Guckloch äugte, hat heute eine Sitzbank Platz gefunden. Noch immer jedoch führen zwei Dutzend Steinstufen zur träge dahinfließenden Seine hinab. Auch die vielen Adelshäuser umfrieden in abweisender Noblesse das für den Spaziergänger unzugängliche Innenleben der Quai-Anlage. Hinter meist dezent gestalteten Fassaden verbergen sich prächtige Innenhöfe und architektonisches Meister-

An dieser Stelle beobachtete Nestor aus einem Toilettenhäuschen das Hotel Dit Vrais.

werk. Das Hôtel Lambert zum Beispiel, das einmal einem königlichen Berater zu eigen war, hatte vorübergehend die Schauspielerin Michèle Morgan bezogen, ehe es in den Besitz der Familie Rothschild überging.

Das Hôtel de Lauzun, das Burma zitiert, dient heute der Stadt Paris als Herberge für hochkarätige Gäste. Daß es Mitte des vergangenen Jahrhunderts Luststätte höchst verwerflicher Vergnügen war, ist weithin vergessen. Das lasterhafte Dichterpaar Théophile Gautier und Charles Baudelaire hielt dort in einem kleinen Zimmer der zweiten Etage seine berüchtigten Sitzungen des Haschischraucher-Clubs ab.

Aber das war längst Vergangenheit, als Walter Mehring vor nun schon 60 Jahren notierte, was heute noch Gültigkeit hat: „Die Ile St. Louis ruht auf einem zu hohen Kaimauer-Postament und formt eine feste graugebackene Krone antiker Hotels und einbalsamierter Paläste, die nach innen geneigt sind, schraffiert von immer geschlossenen Fensterläden."

Adel verpflichtet eben. Nur im eisheiligen Salon von Berthillon, ein paar Schritte weiter, geht's lauter zu.

Eine frühere Postkutschenstation im Marais.

Ein Hôtel ist nur selten ein Hotel. Trügerisch drum das Entzükken des ‚ich-bin-zum-erstenmal-in-Paris-Touristen', der sich vermeintlich der Nobelherberge der Stadt gegenübersieht. Das Hôtel de Ville ist nämlich das Rathaus. Seit Malraux' Saubermänner zu gaullistischen Zeiten die staubgraue Fassade wieder herausputzten und der Vorplatz in einer Art Fußgängerzonen-Stil des späten zwanzigsten Jahrhunderts hergerichtet wurde, zeigt sich der Vorhof des Maraisviertels im schmucken Glanz. Bis fast in die Mitte des vergangenen Jahrhunderts, also weit über die Revolutionswirren hinaus, war der Platz die traditionelle Stätte der Hinrichtungen.

Das stets gutbesuchte Volksspektakel bot dem neugierigen Publikum allerlei Kurzweil, zumal wechselweise und je nach Zeitgeschmack die Delinquenten mannigfachen Torturen ausgesetzt waren. Mal wurden sie auf schlichte Art gehängt oder geköpft, mal auf's Rad geflochten oder gevierteilt. Unvergessen zum Beispiel ist den Chronisten der qualvolle Tod des unbotmäßigen Damiens, der so dreist war, dem König Louis XV. mit dem Messer auf den Leib zu rücken. Nachdem man ihm die Gliedmaßen mit flüssigem Brei verbrannt hatte, mußten ein paar kräftige Rosse schon alle Pferdestärken aufwenden, um dem solide gebauten Todeskandidaten das restliche Gebein auseinanderzureißen. Die Bilanz des Grauens reicht bis ins Jahr 1310 zurück, als eine gewisse Margarethe Porette als Ketzerin ein vergleichsweise schmerzfreies Ende fand.

Der immer wieder erstaunte Paris-Bummelant Ludwig Börne, der es sich gleichwohl nicht nehmen ließ, einer dieser Hinrichtungen beizuwohnen und sich wohlgefällig darüber zu entrüsten, quittierte diese alte Sitte mit den schicksalsschweren Worten: „So ist Paris, so ist der Mensch, so ist die Welt!"

Lange Jahre hieß der Platz Place de Grève, was für Müßiggang stand, da sich dort die Arbeitslosen auf der meist vergeblichen Suche nach einer neuen Beschäftigung einfanden. Heute steht im französischen das Wort grève für Streik, worüber gewerkschaftlich orientierte Sprachdeuter einige Reflexionen anstellen mögen.

Am 4. September 1870 rief Gambetta dort die dritte Republik

aus, die immerhin bis zu den Zeiten der Kollaboration und der Résistance hielt. Im Januar 1871 brannte die Kommune das Gebäude bis auf die Grundmauern nieder.

Ein dreiviertel Jahrhundert später – das Vichy-Regime lag schon in den letzten Zügen – ließ sich der greise Marschall Pétain noch einmal von mehr als hunderttausend Menschen feiern, bevor – wenige Monate darauf – der General de Gaulle dort das Ende der deutschen Besatzung mitzuteilen wußte. Manche Historiker meinen, er sei vom gleichen Publikum bejubelt worden.

Hinter dem Rathaus und der geschäftigen Rue de Rivoli sowie der nachfolgenden Rue St. Antoine im Norden und dem Seine-Ufer im Süden wird es still. Es ist das verschwiegene Viertel, in das Burma auf Schleichwegen zum Verhör gekarrt wurde. Die enge Rue du Prévot, in der, wie auch in der Nachbarschaft, seit Jahren schon abgerissen, aufgebaut und restauriert wird. Es ist das Viertel der Kirche St. Gervais mit ihren dorischen und ionischen und korinthischen Säulen. Die Kirche, in der Couperin an der Orgel saß und Madame de Sévigné getraut wurde. In die, im März 1918 noch, eine mörderische Granate einschlug und mehr als 50 Menschen tötete. Ziemlich überflüssig der Streit der Historiker, ob es ein Geschoß der ‚dicken Berta' oder des ‚langen Gustav' war.

Es ist das Viertel auch der Rue Geoffroy l'Asnier, in der das

Margots „Stellplatz" in der Rue St. Bon.

Mahnmal des ‚unbekannten jüdischen Märtyrers' errichtet ist, an dessen eisernem Gitter Léo Malet die Spur ins Ghetto enden läßt. „... ein Mann liegt am Boden. Sein Gesicht hat nichts menschliches mehr. Um die Leiche herum riesige Pflastersteine ...“ Ein düsterer Ort an einem düsteren Tag. Ein regnerischer Sonnabend im März.

Es ist Sabbat. Das Eisengitter ist verschlossen. Aber auf der Rundumschrift des Mahnmals läßt sich nachlesen: Auschwitz und Buchenwald und Bergen-Belsen.

Da, wo Margot ihren so bezeichneten Stellplatz hatte, („ihr Heimathafen ist in der Rue St. Bon“) da, wo Paris so war, wie mancher glaubt, Paris müsse so sein, da hat der Pizza- und Grill-Trend weit sinnlichere Vergnügen verdrängt. Die Hotels (und damit sind nicht die teils restaurierten, teils abgerissenen Adelspaläste gemeint), in der Margot und all die anderen ihrem Gewerbe nachgingen, sind verschwunden. Dort jedenfalls.

Im vormaligen Huren-Paradies der Rue Nicolas Flamel, in der selbst Nestor Burma sündhafte Schritte tat, wird heute für andere Lustbarkeiten geworben. So sucht die Sport- und Kultur-Gesellschaft Aikizen Budo-Anhänger für einen in Frankreich noch kaum verbreiteten Kampfsport und das eingerissene Werbeplakat der Liga für die kommunistische Weltrevolution verkündet, auf ihren Wahllisten sei jeder zweite Mann eine Frau, was ihr, wie die inzwischen ausgezählten Stimmen belegen, nur wenige Promille an der Urne einbrachten.

Sehr viel sündhafter gerät die Rue Nicolas Flamel nicht mehr, auch wenn man um die Ecke schaut. Irma la Douce und Margot sind resigniert in ein anderes Quartier umgezogen. Die Sünde, was immer man sich darunter vorstellen mag, geht im Paris der achtziger Jahre verschlungene Wege.

Ganz in der Nähe steht die Kirche St. Merri. Und über deren Eingangsportal thront ganz oben eine winzige Figur. Das gehörnte Zwitterwesen mit Bart und Busen stellt angeblich den berüchtigten Dämon Baphomet dar, eine von ihrer Wortdeutung her unterschiedlich gedeutete Gestalt, die sich im Mittelalter bei etlichen Sekten und okkulten Gruppen hoher Beliebtheit

erfreute. Auch namhafte Angehörige des ehemals mächtigen Templerordens sollen sich ihr verschrieben haben. Umso erstaunlicher, daß der in angesehenen Kirchenkreisen verteufelte Baphomet ausgerechnet eine Sakralstätte ziert.

Malets neue Geheimnisse von Paris, die ja so neu nun nicht mehr sind, nisten sich häufig dort ein, wo die Stadt ein altes Gebrechen plagt. Burmas Spürnase wittert Unrat in abbruchreifen (und inzwischen oft auch abgebrochenen) Häusern, in muffigen Kellergewölben, in winkligen Hinterhöfen. Bretterzäune und Stützbalken weisen ihm den Pfad in halbverfallene Ruinen.

Was Wunder, daß dieses asthmatische Paris zum Teil ausgehustet hat und der neugierige Blick des Nachgängers zuweilen ins Leere schaut. Die Wohnung des zwielichtigen Informanten Issass zum Beispiel, so hatte Burma notiert, befand sich in einer Bruchbude und in der Tat ist der Budenzauber gebrochen. Freilich steht gegenüber noch das Hôtel de Sens, das sich der Erzbischof von Sens als Stadtpalais hatte bauen lassen, bevor sich später dort die exzentrische Königin Margot niederließ. Den Launen der kapriziösen Margot fiel denn auch das Wahrzeichen der benachbarten Rue du Figuier zum Opfer, ein prächtiger Feigenbaum, der der königlichen Karrosse im Weg stand. Heute ist im Hôtel de Sens, einem der letzten Pariser Zeugnisse profaner mittelalterlicher Baukunst, die Kunstgewerbe-Bibliothek Forney untergebracht.

Der klassische Weg zur Bastille führt über die breite Rue St. Antoine. Linkerhand liegt die Place des Vosges, die allemal einen

In diesem Bistro (rechts) traf sich Burma mit dem zwielichtigen Informanten Issass.

Abstecher wert ist. Auffallenderweise hat Malet sie ebenso wenig in seine Geschichte einbezogen wie auch die anderen touristischen Glanzlichter des vierten Arrondissements: die Kathedrale Notre Dame oder eben die Bastille. Der Bastille-Platz allerdings ist schon die Grenzmarke zum elften und zwölften Arrondissement und allzuviel gibt es dort nicht zu sehen.

Die Festung wurde schon bald nach ihrer Einnahme abgerissen und die Steine wurden zum großen Teil für den Bau der Concorde-Brücke verwendet. Einige wenige Steine hat man auf einem kleinen Platz in der Nähe der Seine wieder aufgerichtet. Ganz so ruhmreich, wie es die Geschichte der Revolution beschrieben hat, verlief der Sturm auf die Bastille ohnehin nicht. Als die Belagerer den Widerstand der Verteidiger endlich gebrochen hatten, fanden sie in den zahlreichen tristen Zellen nur noch sieben Gefangene vor, die selbst bei wohlwollender Auslegung ihrer Straftaten nicht als antiroyalistische Regimekritiker anzusehen waren. Das galt für einen adligen Sittenstrolch nicht weniger als für eine Bande von Geldfälschern, die übrigens sehr schnell wieder hinter Schloß und Riegel gebracht wurden.

Das lange Zeit öde Viertel hat mit dem Bootshafen am Arsenal an Attraktivität gewonnen. Es sind nicht mehr allein die Schlepp-

kähne, die dort am Ufer festgemacht haben. Aber an eine fröhliche Kahnpartie ist an diesem schmuddeligen Märztag nicht zu denken. Es ist Burma-Wetter. Ich überquere den Pont Morland, aber die Treppe gleich dahinter führt mich nicht auf Sheilas Spuren hinab unter den Brückenbogen, sondern geradewegs zur Metrostation Quai de la Rapée. So bleibt mir Bramovicis Schlupfwinkel verborgen, dieser von einem Gitter versperrte unterirdische Gang.

Es bleibt mir natürlich auch verborgen, was aus dem Koffer von Sheila Anderson wurde. Kaum zu glauben, daß ihn das träge Wasser davongetragen hat. Oder sollte er sich im Lauf der Jahre ins trübe Flußbett eingegraben haben? Schade wär's um die vielen Millionen, denn daß die blonde Sheila ihrem gehetzten Bramovici eine Briefmarken-Sammlung nachgetragen hat, damit ist ja nicht zu rechnen.

Burma läßt das Rätsel offen. Erstaunlich genug, daß er beim Fang-den-Koffer-Spiel nebendran gegriffen hat. Vielleicht hat ihn der schlitzohrige Florimond Faroux in einer Nacht-und-Nebel-Aktion wieder herausfischen lassen und mit den klammheimlich umgetauschten Devisen bei einer rauschenden Flic-Fête am Quai des Orfèvres die Puppen tanzen lassen. Aber das bleibt wohl eines der neuen Geheimnisse von Paris.

Den Feigenbaum der Rue du Figuier hat die gewissenlose Königin Margot auf dem Kerbholz. Wer die Rosenstöcke der Rue des Rosiers hat verkommen lassen, ist in der Geschichtsschreibung nie aufnotiert worden.

Es zieht mich immer wieder in die Rue des Rosiers. Obwohl ich nicht einmal den Hammam aufsuche, das schweißtreibende Dampfbad, in seiner Art eine der ersten Adressen von Paris. Obwohl ich den kulinarischen Verlockungen der jüdischen Küche von Jo Goldenberg zu widerstehen wußte, und eine herzhafte Daube provençale immer einem noch so leckeren ‚gefillte Fisch' vorziehe. Obwohl mir weder eine Rachel noch eine Rebecca den Kopf verdreht und das Herz gebrochen haben und obwohl ich meinen durchaus überschaubaren Bedarf an Kopfbedeckungen nicht bei den Mützenmachern des Quartiers abdecke.

Und trotzdem ist es das Kommen und Gehen im Hamman, ist es die propper aufbereitete Feinkost-Theke bei Goldenberg, sind es die Rachels, die Rebeccas und die Samuels, die mir die Rue des Rosiers und ihre Seitenstraßen zu einem der lohnenswertesten Spaziergänge von Paris machen.

Es gibt ein paar wenige solcher Viertel in Paris, die sich abgeschottet haben. Wo der Einheimische – und damit ist der so schwer definierbare Pariser gemeint – ein Fremder ist. Der dreizehnte Bezirk, Belleville, Barbès – Randzonen eher. Die Juden von Paris waren immer schon im Quartier St. Paul zu finden. Bereits im zwölften Jahrhundert hatte die Rue des Rosiers eine jüdische Kolonie. Viele von ihnen sind vertrieben worden, andere nachgekommen. Die alteingesessenen Familien aus dem Elsaß und dem Midi begegneten den Zuwanderern aus dem Osten Europas mit Mißtrauen, den Opfern der Vertreibung aus der Sowjetunion und aus Polen. Der Exodus aus Nazi-Deutschland sorgte eine Zeitlang für erzwungene Solidarität. Aber dann, lange nach der Libération, der Befreiung, da kamen die Sepharden, da vertrieb der israelisch-arabische Krieg die nordafrikanischen Juden auch und gerade nach Paris.

Es ist eine jüdische Diaspora, die sich im Marais zusammengefunden hat. Und es ist eine Abfolge vieler kleiner Eifersüchteleien und Rankünen einer Gemeinschaft von Vertriebenen, die fromm

FONDATION ROGER FLEISCHMAN
CRÉÉE EN 1931, EN SOUVENIR DU JEUNE TZADIK
ROGER FLEISCHMAN ÉTUDIANT EN MÉDECINE, MORT A L'ÂGE DE 19 ANS
CENTRE D'ENSEIGNEMENT DE LA TORA DE DIEU
:POUR LES ENFANTS:
בית המדרש
ORATOIRE
VÉRITÉ · JUSTICE · CHARITÉ
תלמוד תורה
בית המדרש
תלמוד תורה
FONDATION
Roger FLEISCHMAN

in Frieden offenbar nicht leben kann, weil es dem vermeintlich bösen Nachbarn nicht gefallen will. Da mag man sich nicht einmal auf die gleiche Synagoge verständigen. Die Loubavitch-Sekte trifft sich in der Rue des Rosiers, die Ostjuden sammeln sich in der Rue Pavée, wohl wissend, unter sich zu sein, da sich die Nordafrikaner in der Rue des Ecouffes finden, während sich die alten elsässischen Familien in die Rue des Tournelles zurückgezogen haben.

Da mag mancher den Sabbat längst nicht mehr heiligen, während der andere – ein Metzger, der er gar nicht sein wollte, aber die Verhältnisse waren nun mal so – in sein Schaufenster ein Schild hängt, auf dem geschrieben steht, er lese die Thora Tag und Nacht. Und alle miteinander, in der Rue Ferdinand Duval und all den anderen kaum 150 Schritt langen Straßen ereifern sich entrüstet gegen die Dominanz des stadtbekannten Prominenten Jo Goldenberg, der die Nobeladresse hergibt, wenn denn einmal ein Minister oder gar der Präsident der französischen Republik sein Kommen ansagt, um sich am ‚gefillte Fisch' zu laben.

Dann nämlich gleicht das Viertel einer hermetisch abgeriegelten Festung. Der Prominenten-Treff Goldenberg hat für diese Reputation bitter bezahlen müssen. Am 9. August 1982 stürmten mutmaßlich arabische Terroristen, die nie gefaßt wurden, das gediegene Restaurant an der Ecke Rue des Rosiers / Rue des Ecouffes und richteten mit ihren Schnellfeuer-Gewehren ein Massaker an. Sechs Menschen wurden getötet, 22 weitere verletzt. Unter den Opfern waren Touristen und Angestellte, auch ein arabischer Küchenjunge.

Es geschah wenige Wochen, nachdem israelische Truppen im Libanon einmarschiert waren. Mittlerweile hat man eine Gedenktafel angebracht – in französischer, hebräischer und arabischer Sprache – und zwei Einschußstellen in der nicht mehr renovierten Schaufensterscheibe hat man mit einem gelben Carré gekennzeichnet.

All das konnte Burma nicht wissen, als er sich auf der Suche nach dem mysteriösen Aaronovic in diesem Viertel herumtrieb. Rachels Wohnung hatte er bald ausfindig gemacht, das Haus der

Rechts das Prominentenrestaurant Jo Goldenberg – 1982 das Ziel von Terroristen.

In diesem Innenhof wohnte der Mützenmacher Blum, Rachels Vater.

Ida Scherman in der Rue des Blancs Manteaux und auch das düstere Versteck in der Rue Bourg-Tibourg gefunden, aber er blieb stets der Sucher und der Besucher, dem man mit Mißtrauen begegnete.

„Würde mich wundern", wundert er sich, „wenn es hier bei diesen Leuten, die praktisch in einer eigenen Welt leben, nicht so was wie ein arabisches Telefon gibt." Aber auch der gewiefte Nestor war manchmal falsch verbunden. Kein Anschluß unter dieser Nummer.

Es war der andauernde Nieselregen nicht, der mich an diesem grauen Märztag in den Laden von Finkelsztajn trieb. Es war der Apfelstrudel, Finkelsztajn hat auch am Sabbat auf. Auf dem Weg zur Metro-Station St. Paul passiere ich noch einmal die koschere Metzgerei. Der Laden ist fest verschlossen, die Auslage hinter dem Schaufenster wie leergefegt. Ein zigarrenkistengroßes Schild versteckt sich hinter dem Lamellen-Rollo. Und auf dem steht geschrieben: Ich lese die Thora, Tag und Nacht.

Peter Stephan im März 1986

Anmerkungen

Seite 7: **appellation contrôlée:** geprüfte Herkunftsbezeichnung bei französischen Weinen.

Seite 23: **Tour Pointue:** Polizeidienststelle im Palais de Justice am Quai de l'Horloge.

Seite 24: **Ambigu:** Zweideutig, zwielichtig; Name eines Theaters in Paris.

Seite 27: **Ditvrai, dit vrai:** von **dire vrai**, die Wahrheit sagen oder auch recht haben.

Seite 27: **Billetdoux, billet doux:** Liebesbrief (wörtl.: süßes Briefchen).

Seite 28: **Morgne:** Gerichtsmedizinisches Institut und Leichenschauhaus in Paris.

Seite 49: **makkaronischer Stil:** aus lateinischen und lateinisch aufgeputzten Wörtern gemischter Stil (Makkaronische Dichtung).

Seite 50: **Prix Goncourt:** Wichtiger, sehr verkaufsfördernder Literaturpreis in Frankreich, der von den Brüdern Goncourt ins Leben gerufen wurde und jährlich verliehen wird.

Seite 51: **Quai d'Orfèvres:** Sitz der Kriminalpolizei in Paris.

Seite 52: **Seine-et-Oise:** Französisches Departement bis 1964.

Seite 53: **Tausend Francs:** Bei allen Geldbeträgen, von denen im Laufe des Romans die Rede ist, handelt es sich um „Alte Francs".

Seite 54: **Taylorismus:** System der Betriebsführung zur bestmöglichen Ausnutzung der menschlichen Arbeitskraft. (Nach dem Amerikaner F.W. Taylor).

Seite 80: **... die Karabiniere bei Offenbach:** In O's Operette **Die Banditen** wird nach der Erbeutung eines Millionenschatzes gesungen: „Es kommt die hohe Polizei, wo sie gebraucht wird, meist zu spät!"

Seite 129: **Cambronnes Wort:** Ähnlich wie Götz von Berlichingen ist auch der napoleonische General Cambronne in die Geschichte eingegangen. Als ihm bei Waterloo die Aufforderung zur Übergabe überbracht wurde, soll er mit **merde** (Scheiße) geantwortet haben.

Straßenverzeichnis

O 18	Quai d'Anjou
O 19	Passerelle de l'Arsenal
N 18	Rue de l'Ave-Maria
N 19	Place de la Bastille
N 19	Rue de la Bastille
M 17/18	Rue des Blancs-Manteaux
N 17	Quai de Bourbon
O 19	Boulevard Bourdon
M 17	Rue du Bourg-Tibourg
N 17	Rue de Brosse
N/O 18	Quai des Célestins
M/N 16	Pont au Change
N 18	Rue Charlemagne
O 17/18	Rue des Deux-Ponts
M 18	Rue des Ecouffes
N 18	Rue du Fauconnier
M/N 18	Rue Ferdinand-Duval
N 18	Rue du Figuier
N 18	Rue de Fourcy
N 17	Rue Geoffroy-l'Asnier
M 16	Quai de Gesvres
M 18	Rue des Guillemites
O 18	Boulevard Henri-IV
M 18	Rue des Hospitalieres-Saint-Gervais
N 17/18	Rue de l'Hôtel-de-Ville
N 17	Square de l'Hôtel-de-Ville
M 16	Rue des Lombards
N 18	Rue Malher
N 18	Pont Marie
P 19	Pont Morland
M 17	Rue de Moussy
M 16	Rue Nicolas-Flamel
N 18	Rue des Nonnais-d'Hyères
O 17	Quai d'Orléans
N 16	Boulevard du Palais

M/N 18 Rue Pavée
M 16/17 Rue Pernelle
N 18 Passage du Prévôt
M 16/17 Rue Quincampoix
N/O 17 Rue Le Regrattier
M 16/17 Rue de la Reynie
M 17/N 18 Rue de Rivoli
N 18 Rue du Roi-de-Sicile
M 18 Rue des Rosiers
N 18/19 Rue Saint-Antoine
M 17 Rue Saint-Bon
M 17 Rue Sainte-Croix-de-la-Bretonnerie
M 16 Square Saint-Jacques
O 16 Rue Saint-Julien-le-Pauvre (5. Arrondissement)
M 17 Rue Saint-Martin
N 16 Pont Saint-Michel (5. Arrondissement)
N 16 Quai Saint-Michel (5. Arrondissement)
M 16 Boulevard de Sébastopol
O 18 Pont de Sully
O 17 Pont de la Tournelle
M 17 Rue de la Verrerie
M 16 Avenue Victoria
M 18 Rue Vieille-du-Temple
N 19 Place des Vosges

Inhaltsverzeichnis

Pierre Véry *Krimis aus der französischen Provinz*

Pierre Véry zählt zu den Meistern der französischen Kriminalliteratur. Seine Romane wurden u. a. mit Marlene Dietrich, Jeanne Moreau und Jean Gabin verfilmt.

»Mein Traum ist es, durch poetische und humoristische Elemente die Kriminalliteratur zu erneuern... Das Wunderbare ist darin keineswegs ausgeschlossen, im Gegenteil, es nimmt einen Ehrenplatz ein.«

Pierre Véry

»Sicher zusammen mit Malet der *Dichter des französischen Kriminalromans. Was für Malet Paris ist, ist für Véry das Land und die Provinz... Véry ist einer unserer großen Dichter. Mehr noch: ein Zauberer.«*

Pierre Siniac

Bisher erschienen:
Böser Traum um braches Land
Aus dem Französischen von Wolfgang Rentz
Sorgfältig und wunderschön editiert,
ca. 200 Seiten, 24,– DM.

Ein weiterer Roman erscheint in Kürze.

Elster Verlag
Lange Str. 33
7570 Baden-Baden

Martha Grimes

Inspektor Jury besucht alte Damen
Roman
304 Seiten. Gebunden
(Wunderlich Verlag)

Inspektor Jury bricht das Eis
Roman
320 Seiten. Gebunden
(Wunderlich Verlag)

Inspektor Jury küßt die Muse
Roman
256 Seiten. Gebunden
(Wunderlich Verlag)
und als rororo 12176

Inspektor Jury sucht den Kennington-Smaragd
Roman
320 Seiten. Gebunden
(Wunderlich Verlag) und als
rororo 12161

Inspektor Jury schläft außer Haus
Roman
rororo 5947

Inspektor Jury spielt Domino
Roman
rororo 5948

ro
ro
ro

C 2383/2

Serientäter

Jo Bannister
Selbstmord wider Willen
(thriller 2894)
Clio Rees kann es nicht fassen: Luke Shaw hat sich getötet. Selbstmord meint die Polizei, aber Clio hat Zweifel...

Robert Brack
Die siebte Hölle
(thriller 2941)
Oldtimer bringen´s besser als Bücher, meint der bankrotte Buchhändler Jercy Pacula, und überführt zwei Limousinen nach Lissabon...

Die Spur des Raben
(thriller 2906)

Howard Engel
Ein Opfer muß her
(thriller 2949)
Es hat lange gedauert, bis Privatdetektiv Benny Cooperman in ein eigenes Apartment umziehen konnte. Sein Freund, der Kunsthändler Pambos Kiriakis hat ihm geholfen, und da eine Hand die andere wäscht, sucht Benny jetzt verschwundene Kunstwerke...

Ticket für einen Toten
(thriller 2833)

Frank Göhre
Der Tod des Samurai
(thriller 2832)

Letzte Station vor Einbruch der Dunkelheit
(thriller 2795)
Es ist Ende der 50er Jahre. Am Baggersee wird ein totes junges Mädchen gefunden und für Kommissar Peter Gottschalk ist es der erste eigene Mordfall...

rororo thriller

Ross Macdonald
Reiche sterben auch nicht anders
(thriller 2496)

Triff mich in der Leichenhalle
(thriller 2594)
Die Rechnung der Kidnapper scheint aufzugehen: Der einzige Zeuge der Transaktion war ein Blinder...

Daniel Pennac/ Jean-Bernard Pouy/ Patrick Raynal
Machtspiele
(thriller 2961)
Die drei französischen Erfolgsautoren schrieben reihum je eines der 49 Kapitel. Das Ergebnis: der Plot rast...

Julian Symons
Entscheidung im Kreuzverhör
(thriller 2866)
Für die Partygäste ist die Sache klar: Solomon Grundy hat versucht, die junge Frau zu vergewaltigen. Als sie ein paar Tage später aufgefunden wird, gibt es nur einen Verdächtigen....

Der 31.Februar
(thriller 2871)

3024/1a

Serientäter

Larry Beinhart
Kein Trip für Cassella
(thriller 2873)
Ausgezeichnet mit dem «Edgar» 1986.

Zahltag für Cassella
(thriller 2932)
Bei Privat Eye Tony Cassella steht eine Steuerprüfung an. Genau in dem Augenblick, als er genügend Beweismaterial gegen den Justizminister persönlich zusammen hat...

Bob Cook
Arrivederci Roma
(thriller 2870)
Die Roten Brigaden haben den renommierten Wissenschaftler Scheib entführt. Aber diesmal mischt auch der englische Geheimdienst M16 mit...

Georg Feil
Totgeschwiegen
(thriller 2914)

William Krasner
Auf dunklen Straßen
(thriller 2928)
«... ein finsterer, milieusicher erzählter, bitter realistischer Roman, der den litarischen Vergleich auf hoher Ebene ohne weiteres standhält.» Heinrich Vormweg im Westdeutschen Rundfunk

Blackout
(thriller 2936)

Tod eines Bohemien
(thriller 2938)
Am Tatort wimmelt es von zwielichtigen Künstlergestalten, gescheiterten Intellektuellen und Möchtegern-Bohemiens. Nur der Mörder ist nicht zu entdecken...

rororo thriller

Jerry Oster
Kältesturz
(thriller 2953)
Winter in New York. Der Schnee hat die Stadt im Griff und nicht nur ein paranoider Killer läuft frei herum...

Jean-Bernard Pouy
Verdammte Ferien!
(thriller 2896)
Mit Fünfzehn ist man heilfroh, wenn man die Schule hinter sich und die Sommerferien vor sich hat. Dieses Gefühl verläßt Marcel recht schnell, als er in ein Zugunglück gerät und eine Tote auf ihm liegt...

Volle Dröhnung
(thriller 2856)

Detlef Wolff
Zwölf Jahre zuviel
(thriller 2912)
Carl-Heinrich Heugen ist kein Mensch mit einwandfreiem Charakter. Aber seine Frau hat der Spezialist für chemische Kampfstoffe wirklich nicht ermordet....

3024/1b

Crime Ladies

«Frauen morden einfach besser.»
Bild am Sonntag

Patricia Highsmith
Venedig kann sehr kalt sein
(thriller 2202)
Peggy, jung, hübsch, verträumt, liegt eines Morgens tot in der Badewanne. Niemand zweifelt, daß sie sich selbst die Schlagader aufgeschnitten hat. Nur für den Vater ist klar: der Ehemann muß schuldig sein... «Unter den Großen der Kriminalliteratur ist Patricia Highsmith die edelste.» Die Zeit

Faye Kellerman
Geh nicht zur Mikwe!
(thriller 2812)

Linda Barnes
Carlotta steigt ein
(thriller 2917)
Eine neue Privatdeketivin gibt es zu bewundern: Carlotta Carlyle, rothaarig, Ex-Cop, Ex-Ehefrau und erster weiblicher Privat Eye in Boston.

Nancy Livingston
Ihr Auftritt, Mr.Pringle!
(thriller 2904)
«Wer treffenden, sarkastischen, teils tief eingeschwärzten Humor und exzentrische Milieus schätzt, kommt mit Privatdetektiv G.D.H.Pringle, einem pensionierten Steuerbeamten, der die Kunst liebt, ganz auf seine Kosten.» Westdeutscher Rundfunk

Helga Riedel
Ausgesetzt
(thriller 2715)
«Spitzenklasse des deutschen Psychothrillers.» Welt der Arbeit

rororo thriller

Barbara Neuhaus
Tatmotiv Angst
(thriller 2824)
«Die DDR-Schriftstellerin erzählt nicht nur einen spannenden Mordfall, sondern entwirft ein lebendiges Bild vom Provinz-Alltag im anderen Deutschland.» Westdeutsche Allgemeine Zeitung

Anne D.LeClaire
Die Ehre der Väter
(thriller 2902)

Irene Rodrian
Schlaf Bübchen, schlaf
(thriller 2935)
«Böse, bedrückend, typisch deutsch.» Schädelspalter Nürnberg

«Es liegt in der Tradition des Kriminalromans, daß Frauen bessere Morde erfinden. Das ist schon seit Agatha Christie so. Aber warum? Diese Frage kann einen wirklich um den Schlaf bringen!» Milena Moser in «Annabelle»

3022/1

Schwarze Beute

«Wir haben den Wunsch, so gute Autoren zu gewinnen, wie es dem Black Mask-Magazin mit Hammett und Chandler gelang, Aber wir wollen noch mehr.»
Norbert Klugmann und Peter Mathews, Herausgeber der thriller-Magazins **Schwarze Beute**.

Schwarze Beute 1
(thriller 2735)
Mit Geschichten von Friedrich Glauser, Ruth Rendell, Michael Molsner, Janwillem van de Wetering. Georges Simenon, Fritz Mierau, Frank Göhre u.v.m. und ein Interview mit Maj Sjöwall über ihre gemeinsame Arbeit mit Per Wahlöö.
«... dieser Band ist seit Jahren das bestgemachte, witzigste und spannendste Buch zum Thema Kriminalität und Kriminalliteratur.»
Süddeutsche Zeitung

Schwarze Beute 2
(thriller 2802)
Mit einem Drehbuch von Raymond Chandler, einem Insekten-Thriller von Per Wahlöö und einem Comic mit Texten von Dashiell Hammett. Außerdem Beiträge von Richard Hey, Alfred Döblin, Felix Huby, Fred Breinersdorfer, -ky, Irene Rodrian u.v.m.

Schwarze Beute 3
(thriller 2888)
«Das erste Mal, als Raymond Chandler ihn zu Gesicht bekam, lag Thomas Mann wie betrunken in einem Rolls-Royce Silver Wraith draußen vor der Terasse des Adonis.»

rororo thriller

So beginnt Michael Molsners fiktive Ermittlung, «der originellste, freilich auch frechste Beitrag zur Chandler-Hommage.» Neue Zürcher Zeitung
Außerdem Texte von Colin Dexter, Gertrude Stein, Jean Vautrin, Sjöwall/Wahlöö u.v.m.

Schwarze Beute 4
(thriller 2933)
Neues von und über Dashiell Hammett, Ed McBain, -ky, Hansjörg Martin, Frank Arbau, Pinkerton, Malefizschenk und andere Fälle, Täter und Autoren.

Schwarze Beute 5
(thriller 2969)
Frischer Wind im Sowjet-Krimi, heiße Stories aus Afrika, Arizona und Amsterdam. Geschichten von Jean Genet, Doris Gercke, Christine Grän, Detlef Blettenberg, Tony Hillermann u.v.m.

3023/1